雨花忠魂 雨花英烈系列纪实文学

抱璞泣血

石璞烈士传

杨洪军 著

江苏凤凰文艺出版社

图书在版编目（CIP）数据

抱璞泣血：石璞烈士传 / 杨洪军著. — 南京：江苏凤凰文艺出版社，2018.10
（雨花忠魂：雨花英烈系列纪实文学）
ISBN 978-7-5594-1507-3

Ⅰ. ①抱… Ⅱ. ①杨… Ⅲ. ①纪实文学－中国－当代 Ⅳ. ①I25

中国版本图书馆 CIP 数据核字(2017)第 306844 号

书　　　名	抱璞泣血：石璞烈士传
著　　　者	杨洪军
责 任 编 辑	黄孝阳　傅一岑
出 版 发 行	江苏凤凰文艺出版社
出版社地址	南京市中央路 165 号，邮编：210009
出版社网址	http://www.jswenyi.com
印　　　刷	南京新洲印刷有限公司
开　　　本	880×1230 毫米 1/32
印　　　张	7.375
字　　　数	197 千字
版　　　次	2018 年 10 月第 1 版　2018 年 10 月第 1 次印刷
标 准 书 号	ISBN 978-7-5594-1507-3
定　　　价	32.00 元

（江苏凤凰文艺版图书凡印刷、装订错误可随时向承印厂调换）

"雨花忠魂·雨花英烈系列纪实文学"丛书编委会名单

王燕文　徐　宁　刑光龙

万建清　范小青　韩松林

贾梦玮　张红军　邵峰科

万里长空且为忠魂舞

中共江苏省委书记　娄勤俭

天地英雄气，千秋尚凛然。雨花台，这片深深浸染着英烈鲜血的山岗，曾见证了几代仁人志士信仰至上、慨然担当的英雄壮举，也铭记着无数革命先烈舍身为民、矢志兴邦的不朽事迹。在这里，彪炳日月、名垂青史的革命烈士就有1519人；也是在这里，还有更多鲜为人知的英烈故事，无法铭刻于碑文，没有见诸史册，像一粒粒晶莹的雨花石，深埋在雨花台殷红的泥土里。理想之光不灭，信念之光不灭。英烈们的背影虽然早已远逝，但他们的集体"影像"已定格在永恒的瞬间，那就是义无反顾、慷慨赴死，前赴后继、为国捐躯，用热血和生命铸就了信仰丰碑，在血与火的洗礼中撑起了民族脊梁，谱写出一部又一部壮怀激烈、气吞山河的"英雄交响曲"。

英雄是旗帜，革命英雄是民族的共同记忆。习近平总书记指出："对中华民族的英雄，要心怀崇敬，浓墨重彩记录英雄、塑造英雄，让英雄在文艺作品中得到传扬，引导人民树立正确的历史观、民族观、国家观、文化观。"为缅怀英烈伟绩、弘扬崇高风范，培育和践行社会主义核心价值观，培养爱国主义、集体主义精神和社会主义道德风尚，江苏省委宣传部、江苏省作家协会组织创作了《雨花忠魂·雨花英烈系列纪实文学》丛书，以文字、文学、文化的形式，讲述英烈的感人故事，表现英烈的高尚情操，诠释英烈的不朽精神。邓演达、贺瑞麟、石璞、刘亚生、吴振鹏、许包野……这一个个闪亮耀眼的名字，如同一座座高耸入云的丰碑，始终矗立在一代代共产党人的灵魂深处。这套丛书，为更好地传承弘扬"雨花英烈精神"提供了生动教材，也为教育党员干部走进历史、追寻英烈，激励党员干部不忘初心、牢记使命，永葆革命本色提供了精神之"钙"。

英烈风骨犹存、感召后人；历史启迪心灵、照亮未来。牺牲在雨花台的我党早期领导人恽代英曾说："我们吃尽苦中苦，而我们的后一代则可以享到福中福。为了最崇高的理想——共产主义，我们是舍得付出一切代价的。"可以告慰雨花英烈的是，经过近七十年的不懈奋斗，近代以后久经磨难的中华民族，迎来了从站起来、富起来到强起来的伟大飞跃，一幅国家富强、人民幸福、民族复兴的壮美图景正在祖国大地上全面展开。

与伟大祖国历史进程同步伐，江苏发展站到了新的起点上。深入贯彻习近平新时代中国特色社会主义思想，努力把习近平总书记为我们描绘的"强富美高"新江苏蓝图化为美好现实，推动高质量发展走在前列，迫切需要我们传承红色基因，用好红色资源，学习雨花英烈的崇高理想信念、高尚道德情操和为民牺牲的大无畏精神，不忘初心，砥砺前行。我们缅怀革命先烈，就要从前辈先贤身上汲取养分和力量，让他们曾经的牺牲和付出，成为今天前进的动力源泉,砥砺我们以永不懈怠的精神状态推进改革再深入、实践再创新、工作再抓实;我们讴歌革命先烈,就要用"雨花英烈精神",激励全省人民更加主动担当新使命,意气风发创造新未来,不断开辟新时代中国特色社会主义在江苏实践的新境界。这,正是我们对革命先烈最好的礼敬与告慰。

沧海横流,英雄显本色;落花如雨,正气贯长虹。"万里长空且为忠魂舞","雨花英烈精神"必将长留在时光的长河和人民的记忆中。

是为序。

目 录

上部 萌芽

- 003　第一章　依依惜别
- 013　第二章　家国情怀
- 025　第三章　江山之恨
- 038　第四章　戏里戏外
- 049　第五章　赤心报国
- 057　第六章　驿寄寒梅
- 063　第七章　旧恨新仇
- 070　第八章　云开日出
- 076　第九章　凌霄之志
- 088　第十章　长风破浪
- 097　第十一章　得偿所愿

下部 涅槃

- 111　第十二章　海阔天空
- 123　第十三章　志存高远
- 133　第十四章　碧血丹心
- 145　第十五章　引人入胜
- 152　第十六章　挺身而出
- 163　第十七章　推波助澜
- 175　第十八章　黑云压城
- 194　第十九章　舍生忘死
- 214　第二十章　巍巍丰碑
- 222　参考文献

长命也许不够好,但是美好的生命却够长。

——本杰明·富兰克林

上 部

萌 芽

第一章
依依惜别

石璞离家出走这日，疯癫了多年的母亲十分蹊跷地突然间清醒了。这让全家人，乃至左邻右舍都觉得特别地不可思议。

石璞也是苦思冥想了数年，终无所得。直到蹈锋饮血，粉骨捐躯。

母亲自己把脸洗得一尘不染，头发也梳得一丝不乱。在石璞的印象里，以往每天都是父亲石吉昌给她梳头洗脸的。父亲一天不给她梳洗，她就能蓬头垢面地在家里乱腾一天。

母亲梳洗打扮完毕，换上了只

在年节时才穿的那件枣红色的丝绒外套，泰然自若地自己就来到了厅堂，很有气派地往太师椅上一坐，先看了一眼石璞装得满满当当的行囊，又将眼睛看向石璞。

母亲的脸上，有一种深不见底的平静和辽远。

打从疯了以后，母亲就极少到厅堂来了。只在每年的正月初一，父亲才让人将母亲背到厅堂，坐到太师椅上，接受全家人的贺拜。

母亲坐到太师椅上也不安稳，咧着嘴，嘻嘻地笑着，像个小孩子一样手舞足蹈，自言自语，振振有词，尽念叨着一些大家伙都听不懂的东西。

母亲是怎样疯的？石璞曾向父亲打探过。

父亲愣愣地看着他，脸色一下子成了一只风干在树梢上的柿子。父亲抓起桌上的紫砂茶壶，举到嘴边，想了想，没往下喝，放下壶，起身走了。及至门前，又站住身，一脚门里一脚门外，说：

"别人笑她太疯癫，我笑他人看不穿。生逢乱世，饿殍遍野，民不聊生。你母亲痴痴呆呆，疯疯傻傻，今日种种，似水无痕；明夕何夕，君已陌路。无忧无虑，云淡风轻。这焉知不是一种福分啊？"

父亲没有说真心话。

这也符合父亲的一贯性格。

父亲从不对人述说自己的苦闷与烦忧，似乎日子永远都过得人寿年丰、风调雨顺。但是，那满头的雪鬓霜发毫不客气地出卖了他心中的愁苦和无奈。

人言柳叶似愁眉，更有愁肠似柳丝。石璞经常看见父亲形单影只地枯坐在光线青荧的油灯前，熟练而又机械地用劣质的烟末卷那种一头尖一头圆的"喇叭筒子"。枯黑、干瘦的脸上布满了如沟壑又如车辙似的皱纹，深陷的眼睛里泛着凄楚、迷茫又带着恳切的目光，像是在缅怀过去，又像是在期待未来。呼呼噜噜卷好，尖的这头纸条用舌头舔舔，黏合成天然的烟嘴，圆的那头纸条拧紧，不让烟丝外露，再掐去圆头的螺旋形余纸，头一歪，凑在灯上点燃。大功告成。

父亲做这一切,做得相当娴熟。从从容容,不疾不缓,每一个步骤都很有章法,很讲细致。卷出的烟卷那也是相当地规矩,比起工厂里生产出来的不差半点。一支还没吞吐完,另一支已然在手了。周而复始,循环往复。浓烈又辛辣的烟土味儿,让不大的屋子里氤氲氤氲。

莫道身闲总无事,孤灯夜夜写清愁。

父亲一坐就是一晚,跟谁都不说一句话。油灯的黄晕,把父亲的身影映在墙上,像似把墙给凹下去了一块。

石璞经常放下手里的作业,越过父亲的肩膀,去看墙上的剪影。看着,看着,会突然觉得,那身影不很真切。

母亲到底是哪年发的疯?如何发的疯?这些疑问,多年来一直像只秤砣似的沉重地压在石璞的心头。

一天,石璞忍不住又向祖母探问这件事。

老祖母当即就把脸一沉,"你是包打听啊?老石家祖祖辈辈的,咋就没见过一个你这般好事的孩子呢?"说完,就直勾勾地盯着石璞的眼睛看。石璞的眼睛像一个深潭,深潭里是看不到底的忧伤。祖母看了一会儿,又说:

"你还小,你不会懂的。"

石璞说:"奶奶,我怎么会不懂的呢?我懂的!"

这是一个有月亮的夜晚,月亮随心所欲地慢慢地往上升腾着,而且十分地明亮。老祖母一口接一口地抽着儿子——也就是石璞的父亲石吉昌亲手为她炮制的"喇叭筒子",直到把盖盒底的那几支全部抽完。她把最后一支烟蒂扔在地上掐灭,咬着牙,仿佛下了很大的决心似的说:

"如果你能懂,那就最好了。"祖母说,"你也长大了,也该知道一些事儿的来龙去脉了,就说给你听听也罢——"祖母轻声地说着,眼里的泪水跟着滚滚而下。

从祖母时断时续长吁短叹的叙述，以及后来左邻右舍的补充中，石璞终于得知，自己一岁那年，本村的一名女孩因准备出嫁，约石璞的母亲陪她去集上购些结婚用品，刚巧本村另一位刚刚怀孕不久的女孩也想给未来的孩子扯块布，做两件新衣裳，便相约一同前往。哪知，天有不测风云，途中遇到了几名日本士兵。日本兵见三位女孩颇有几分姿色，动起了邪念，边喊着"花姑娘"，边"轰"地一下子就围了上来。一阵厮打，石璞母亲侥幸逃脱，另两名女孩却不幸落入虎口。石璞母亲躲在草丛之中，眼睁睁地看着自己的小姊妹光天化日之下被小鬼子丧心病狂地轮奸，更惨遭杀害。

母亲的内心里，塞满了恐惧。她就这样很远很静地看着，不敢动，不敢喊，甚至都不敢哭。月明星稀，家人挑着灯找到她时，这位可怜的年轻母亲还一动不动地伏在草堆里瑟瑟发抖呢。

石璞母亲回到家就把自己一个人闩在了屋里。从此以后，再也不出屋，谁劝都没有用。有时，甚至连床都不愿下。人也不见，饭也不吃，就是哭，哭得凄风苦雨，哭得暗无天日。

一个月之后的一天早晨，当石吉昌绞尽脑汁打开屋门，给妻子送饭时，忽然就发现妻子的目光变了。那目光是浑的，是乱的，是隔了千重山万重水，隔了几百个几千个村子望过来的。妻子的身体里就像忽然住进去了一个陌路相逢的不速之客，朝夕相处连枝比翼的夫妻倏忽之间成了殊途之人。这个不速之客隔着妻子的身体，满眼惶恐胆战心惊地与石吉昌四目相对。

那一瞬间，石吉昌恍然发现：妻子疯了。

母亲彻底地崩溃了，再也没有恢复过来。从此以后，她只活在对亡友的追悼和怀念中。完完全全忽略了石璞。

石吉昌绝望得像掉进了没底儿的深潭一样万念俱灰。

"老乡们都说：日本军队是一支嗜血成性的、杀人成瘾的、穷凶极恶又野蛮透顶的军队。这话儿一点儿也不假！"

奶奶一直坐在窗前，背对着月光在那里说话，把自己隐蔽在这背光的角落里。 石璞看不清奶奶的表情，只能听见她心如刀割肝肠寸断的声音。

"西风吹老洞庭波，一夜湘君白发多。"如伍子胥过昭关，一夜之间，石吉昌头发全白了。

那一年，石吉昌还不到三十岁。

好在他的头发依然是那么稠密浓茂，一根儿也没有掉。 石璞有时看父亲满头繁茂的头发时，心里就会不由自主地泛起这样一段词句："雕栏玉砌应犹在，只是朱颜改。"

这些年，正是由于亲朋好友特别是婶婶巧夺天工的剪裁手艺，石璞才得以衣冠齐楚，穿戴得体大方。 石璞也争气，同样的衣服，从别人身上扒下来，随随便便套到石璞身上去，立刻就显得器宇不凡。

作为铁岭县商会会长，石吉昌有着一份殷实的家业，但他照样喝自己酿的酒，抽自己卷的烟，节衣缩食，省吃俭用。 闲暇时，跟长工短工一样下地干活。 哪怕就是将汗珠子摔了八瓣，也要换来金灿灿的谷穗，也要换回白花花的大洋，把孩子送进学堂，把孩子培养成人。

作为一个当活鳏的男人，他深知独自凭形吊影，谁人知暖知寒的滋味。 妻子是指不上了，孩子已然失去了母爱，他不能铁石心肠，连仅有的一点父爱也给剥夺了。

"梦里故乡慈母泪，滴滴穿石盼儿归。"

石吉昌没有想到的是，今天，就在儿子即将启程的关键时刻，这个疯婆子竟然神志清醒腿脚麻利地下了床，收拾得清清爽爽利利索索，自己来到了厅堂。

"娘生儿，连心肉，儿行千里母担忧；儿想娘亲难叩首，娘想儿来泪双流。"

这是戏文里的唱词。

她的疯病难道会因了儿子的盘山涉涧万里远行，倏忽之间全好了不成?

石璞惊异地望着母亲，挣扎着动了动嘴唇，想把那一个"妈"字喊出来。可是，他的嘴唇动了几动，都没有发出任何声音。

仿佛那声音是一滴雨露，一喊出来就会被东曦既上的太阳给蒸发了。

母亲端坐在太师椅上，一点儿也不介意他的木然和无礼，说："听说你要离开铁岭，到一个叫作什么的地方去？"说着，不慌不忙地从袖子里掏出手绢来擤鼻涕。

石璞恭恭敬敬道："是的妈，孩儿不孝，孩儿要到一个叫南京的地方去求学。"

"那地方很远吗？"

"是的，很远，妈。要坐轮船，还要乘火车。"

"费这么大周章啊！"母亲诧异地叫道，"千里迢迢地，干吗非到这么远的地方去呢？"

"母亲有所不知，南京是中国四大古都之一，是中华文明的重要发祥地。公元229年，东吴皇帝孙权建都于此，拉开了它作为古都的序幕。其后，东晋、南朝的刘宋、萧齐、萧梁、陈相继在此建都，故史称'六朝古都'。此后，南京又先后成为杨吴西都、南唐国都、南宋行都、明朝京师、太平天国天京、中华民国首都，故又称'十朝帝都'。同时，那里还是一个历史文化积淀丰厚的城市！"石璞越说越兴奋，手舞足蹈地告诉母亲，"我们老师统计过，《唐诗三百首》里，写当时的首都长安的只有八首，而写南京的至少有九首。而且，写长安的八首名篇中，有三首是写大明宫。写南京的就不一样了，除了大地名'金陵'外，还有很多小地名，如秦淮河、台城、朱雀桥、乌衣巷、长干里……'起共和而终两千年封建帝制'的民国大总统孙中山先生曾经说过，南京将来之发达，未可限量。"

石璞说得不错。1912年，孙中山在南京就任中华民国临时大总统。孙中山在他的《实业计划》中设计了南京的建设蓝图，立志要建造一座不同于历史上任何朝代的新首都。他在《建国方略》中说："南京为中国古都,在北京之前;而其位置乃在一美善之地区,其地有高山,有深水,有平原,此三种天工,钟毓一处,在世界中之大都市诚难觅如此佳境也……南京将来之发达,未可限量。"

遗憾的是,孙中山没能看到他的宏伟计划实现。1925年3月12日,孙中山在北京逝世,终年五十九岁。

1927年,蒋介石国民政府定都南京,南京又一次成为都城。

但这些于母亲来说,没有一丝一毫的瓜葛。都城建在哪儿都一样,就是建在铁岭也与她毫无关系。

母亲笑了,不以为然地撇撇嘴,说:"你是翅膀硬了,铁岭这么大,就没有人教导得了你了?"

"那倒不是。那里是首都,是中央政府的所在地,也是一国的政治中心。"石璞笑了,想了想,说,"'古之欲明明德于天下者,先治其国;欲治其国者,先齐其家;欲齐其家者,先修其身;欲修其身者,先正其心;欲正其心者,先诚其意;欲诚其意者,先致其知;致知在格物;物格而后知至;知至而后意诚;意诚而后心正;心正而后身修;身修而后家齐;家齐而后国治;国治而后天下平。'一个当代青年,如果有志于以天下国家为己任,争当民族之中坚、社会之栋梁,就要勇于到那种火热、复杂而又广阔的地方去磨炼、去历练。"

石璞口若悬河,一口气说了这么多,丝毫没有意识到母亲极有可能听不懂。

母亲果然听不懂。

母亲摇摇头。"你说的这些,妈都不懂,但妈懂得一个理,那就是,留是留不住你的。好男儿志在四方!只要你是个正直的孩子,不论你到哪儿、做什么,你都是妈的好孩子。去吧,妈不拦你。"母亲的笑容是那么地亲切与平静。母亲盯着石璞,默默地看了一会儿,说:"来,到妈跟前来,让妈好好抱抱你。"石璞迟疑了一下,紧走几步,来到母亲身边。母亲站起身,一下子搂住了直直站着的石璞,搂得那么紧,恨不得把整个人都嵌进去,说:"妈要跟你说的是,千万把道儿给走对了。人这一辈子啊，最要紧的就是走对道，只要一步路走错，就步步往那邪道儿上去了。"

难怪美国女作家、《汤姆叔叔的小屋》作者斯托夫人说："母亲们是天生的哲学家！"瞧母亲这番话说的，寥寥数语，浅显直白，却又通幽洞微，入情入理。

石璞仰起脸，直视着母亲，用力一点头，说："孩儿记住了，妈！"然后，用力抱紧了母亲。石璞觉得，寂寞和忧伤一下子那么地深入骨髓。窗外的景色在石璞的眼里有点儿模糊，他使劲儿眨眨眼，把泪水憋了回去。然后说："妈也好好照顾自己！"

这时候，突然有一只乌鸦在不远处的松树间鸣叫。

母亲忧心地望着窗外铅灰色的天空，仿佛听到了远处滚动着的沉闷的雷声。

母亲预感到有一场突如其来的雷暴雨即将降临。

石璞却以为母亲的忧虑跟中国的传统文化有很大的相关——

唐代以前，乌鸦在中国民俗文化中是有吉祥和预言作用的神鸟，有着"乌鸦报喜，始有周兴"的历史传说。唐代以后，乌鸦突然间就被划入了主凶兆的鸟类。唐段成式《酉阳杂俎》："乌鸣地上无好音。人临行，乌鸣而前行，多喜。此旧占所不载。"乌鸦从而被中国人排斥，"乌鸦叫，祸来到"。

石璞觉得母亲多虑了，一句民间俗语实在不必大惊小怪。其实，一切都很安静，都很正常。

"出门的时候，想着带把伞。"母亲轻轻地摩挲着石璞的一头短发，有点忧心忡忡，说，"铁岭这两天有雨。"

石璞抬头看了看天，青幽幽的，又高又远。没有一朵云。

石璞觉得母亲又开始犯糊涂了，就说："妈，你看这天，下不了雨的，好着呢。"

母亲的眼睛透过矮窗上纵横交错的花格望向窗外，一抹灰光从刺槐的树叶缝隙中射过来,照在邻家的屋角上。母亲喃喃自语道:"有雨,有雨的,这样的天怎么会没有雨呢? 铁岭马上就要下雨了。"

石璞笑了,"妈多虑了,这样的天是不可能有雨的。"

这时,有人扯着嗓子在门口喊道:"石璞,该走了。再不走,就赶不上火车了!"

石璞歪过头,朝门口望了一眼,应声道:"知道了,就来。"接着就转回了身,恋恋不舍地看了母亲一眼,弯下腰,给母亲深深地鞠了一个躬,"妈,我走了,您老多多保重!"

母亲摆摆手,说:"去吧,关山重远,路途小心!"

石璞又依次给父亲、奶奶、等每人鞠了一个躬,抬起头,义无反顾地阔步而去。

"黑云翻墨未遮山,白雨跳珠乱入船。"

石璞一行人刚走出巷子,突然眼前一道亮光闪过,仿佛要把天空撕裂开来,接着,轰轰隆隆的雷声就响了起来,这当口儿,雨就噼里啪啦地瓢泼落下来了。

石璞捋了一把湿漉漉的脸,"咦,娘还真神了!"

边说,边跟着一群人往一户人家的檐下跑。

回过脸,再来看雨,天地间像挂了一幅硕大无比的珠帘,迷蒙蒙一片,雨落在对面屋顶的瓦片上,溅起一朵朵水花,像一层薄烟罩在屋顶上。水顺着房檐流下来,开始像断了线的珠子,渐渐地连成了一条线。树叶被打得啪啪直响,树下的小草被打得东倒西歪。

雨从半晌午一直下到了傍晚,雨水高过天井,漫过回廊,直流到了屋里。

那天,铁岭好多人家都淹了。

"夜阑卧听风吹雨,铁马冰河入梦来。"

关于离别这日的情形,在后来相当长的一段时日里,石璞会很经常地忽然觉得其实并不曾存在过,所有的场景都不过是一种幻象,所有的细节都不过是一种假设。他需要再一次证实,而且是需要从父亲,特别是从母亲那里得到确切的答案。

遗憾的是,"关山几重离人远,秋叶无情玉钗断。"石璞一脚迈出家门,从此就变成了故乡放飞出去的一只风筝,线虽还攥在故乡的手里,然风筝却已不知是沧桑几度关山几重了。

"逢人渐觉乡音异,却恨莺声似故山。"故乡,对石璞来说,只能以悲歌当泣远望当归的方式在梦中萦绕了。

情到深处时,禁不住潸然泪下。

"锋镝牢囚取次过,依然不废我弦歌;死犹未肯输心去,贫亦岂能奈我何?"

时过两年,也仅仅就是两年,雨花台上天昏地暗,黑云压城,随着一阵乱枪,石璞的疑问,以及他对父亲、母亲和所有家人的思念,皆归入了一方敦厚的沃土,默默无言地与"钟山毓秀似蟠龙"的六朝古都朝夕相伴。

第二章
家国情怀

石璞离家出走的这天下午,石吉昌望着银河倒泻的列风淫雨,一支又一支地抽着他亲手制作的"喇叭筒子",在袅袅上升的烟雾中,他在回忆石璞出生和生长的过程——

1913年3月24日,乍暖还寒,天地苍茫。

地球的一个角落——辽宁铁岭。

子夜时分,伴随着一声清脆的啼哭,审检厅中级职员石吉昌的妻子生下了一个男孩。

这个男孩,就是后来成为了一

代革命先驱的石璞。

石璞的父亲石吉昌，是当地一位颇有名望的人士，做过铁岭商会会长。

石吉昌喜悦非常，亲自为儿子取名：石璞。喻未雕琢过的玉石，或包藏着玉的石头。望子成龙之心可见一斑。

石璞自幼聪明好学，敏慧过人，从一记事起，就受到了良好的家庭教育。三四岁年龄时，像《三字经》《千字文》《神童诗》《弟子规》之类的文章已经是过目成诵了："瞻彼淇奥，绿竹猗猗。有匪君子。如切如磋，如琢如磨。瑟兮僩兮，赫兮咺兮。有匪君子，终不可谖兮……"

铁岭，地处辽宁省北部，铁岭市南与沈阳、抚顺毗邻，北与吉林省四平相连，东与抚顺市清原满族自治县、吉林省辽源市接壤，西与沈阳市法库县、康平县及内蒙古自治区通辽市为邻。铁岭历史悠久，远在7000年前的新石器时代，这里就有人类生息活动，有文字记载历史约4000年。

铁岭原属朝鲜半岛北部绿府、扶余府管辖，唐玄宗开元元年（713），唐渤海大氏取越喜地改富州，即今铁岭城。917年，辽太祖在此地冶炼银子，故将富州改为银州，辽朝时期境域大部分属东京道辽阳府。金朝时期，境域南部属东京路咸平府，西部属北京路，东北部属上京路会宁府。元朝时期，境域西部属中书省会昌路，其余属开原路咸平府。明朝时期，在银州设铁岭卫，明洪武二十六年（1393）徙铁岭卫于沈阳、开原间古银州之地，境域南部属辽东都指挥使司铁岭卫，西部属辽河套扶余卫，北部属三万卫。清朝时期，清初顺治元年（1644）清军入关，先后在东北设奉天、吉林、黑龙江将军，于奉天设奉天府。康熙三年（1664）废卫设县，铁岭、开原县属奉天府辖地，时铁岭境域东北部（西丰）被封禁为大围场，西部、北部为内蒙古科尔沁部。清朝的后期境域内建置比较多，光绪三年（1877）改昌图厅为昌图府，光绪三十三年（1907）废奉天将军，设置奉天巡抚，改为行省，铁岭境域属东三省总督。 清朝末年，境域内铁岭、开原、昌图、康平、西丰五县属奉天省。

石璞生不逢时。

作家贾梦玮说过，对于一个城市来说，什么都可以做重要的，就是不能做"战略要地"，还有什么"兵家必争之地"。

很不幸，铁岭就是这样一个地方。

自20世纪伊始，作为俄日帝国主义争夺的焦点，铁岭屡遭涂炭——

1900年，八国联军侵占北京时，俄帝乘机侵占东三省，在铁岭拆民房，毁良田，修铁路，使这座古城满目疮痍；俄军驻扎铁岭城外，虎视城关，骚扰乡民。 1904年，日俄战争爆发，铁岭又成为主要战场之一。 战后，取代沙俄的日本帝国主义变本加厉地掠夺，铁岭沦为日本帝国主义的殖民地。 侵略者横行霸道，无恶不作，肆意践踏和侮辱中华民族的尊严和人格。

幼小的石璞，亲眼目睹了帝国主义的罪恶和反动统治者丧权辱国的卖国行径，打小就在心灵深处燃起了对帝国主义和反动官僚的深仇大恨的熊熊烈焰。

1920年，刚满七岁的石璞就被送至铁岭南门里县立第一小学学习。

铁岭南门里县立第一小学原名银冈书院，始建于清顺治十五年（1658），是东北地区唯一保存下来的古代书院，是与河南嵩阳，湖南岳麓、石鼓和江西白鹿洞齐名的清代著名的五大书院之一，是关东第一书院，在东北教育史上具有举足轻重的地位。

1910年，后来成为共和国总理的周恩来，"从伯父召趋辽东"，首站铁岭，就读于此，学新学、受启蒙，开始了的新的人生旅途。

银冈书院创始人郝浴（1623—1683），字雪海，又字冰涤，号复阳。 清直隶定州唐城（今河北省定州市城区唐城村）人，顺治六年

（1649）中进士，授刑部主事。因其非凡的才干和胆略，顺治八年（1651），升任湖广道御史，并委以钦差大臣重任巡按四川。顺治十一年（1654）三桂乃摭浴《保宁奏捷疏》中有"亲冒矢石"语，指郝浴为冒功论劾。"部议当坐死，上命宥之，流徙奉天。"从此，郝浴与怀有身孕的妻子王夫人辞别亲人，流寓于清朝安置获罪大臣的谪戍流人之所——辽宁省开原县东四十里一个叫作尚阳堡（也作靖安堡）的地方。清代，共有三大"流放之所"：黑龙江宁安的宁古塔、卜魁（即现在的齐齐哈尔），再就是尚阳堡。

"山不在高，有仙则名。"尚阳堡，一个仅仅只有"方圆三里"的小地方，之所以能够在中国的历史上留下一笔浓墨重彩的印痕，完完全全缘于那些如日中天的"流人"们，它的"厚重"更彻彻底底地是被一个又一个的谪居者所积淀出来的。在作为"国家监狱"期间，被流放到尚阳堡的人中，有图谋暴动者，有科举作弊者，但"主流"还是那些博学多才、刚正不阿的一代宗臣。数十年间，数百位因"触犯了文字狱"或"直言上谏"或"被陷害"的大臣、文豪被流放到尚阳堡，他们在身陷囹圄的同时，也把先进的文化带到并融进了这片人迹罕至的"荒蛮之所"，开启了影响深远的辽北文化的新时代。

顺治十二年（1655）四月，郝浴离开尚阳堡，来到了铁岭。当时的铁岭，除了流人和管理流人的官兵，无一居民。明万历四十七年（1619）的农历七月，努尔哈赤屠城于铁岭，致使这里没有了人烟。

"纸贵楮钱短，囊羞米价多。不须仍买药，谁为起沉疴？"

"澄清斯世""解救苍生"的郝浴为了治国济民，硬是在这砖石瓦砾、蒿草丛生的"南门内之右"办起了讲堂，他的学生全都是"流人"的子弟。一个被贬谪流放之人，面对一片荒芜，建宅筑所，维持生活，竟还能心系苍生，办学讲课，这绝不是一般的人能做到的，这也正是郝浴不同于他人之处。虽身居此处，却时刻想着国家，想着天下苍生。为国为民，是他做人的宗旨，也是他办学的宗旨，他要教导学生为国为民，成为国家的栋梁之材。他亲自手书了"致知格物之堂"匾额悬于书室门楣之上,表明自己兴办学堂、教书育人的愿望和决心。郝浴在铁岭近二十年,以高深的学识,在家办学,培养学生,普及文化,同时也写出了许多诸如《关帝庙祝文》《银州语录》《紫阳断章》等反映铁岭现实的诗歌和文章,银冈书院更是成为了铁岭人民的宝贵财富。

"自闭桃源称太古,欲栽大木柱长天。"后任校长邓世仁也是一位有正义思想和强烈民族感的爱国者,在日本帝国主义对中国东北进行侵略之时,他对国家前途无限忧虑,致力于教育救国。他公开在课堂上向广大青年学生灌输反帝救国思想。书院总董曾宪文更是铁岭爱国运动的核心人物。曾宪文少年时入银岗书院读书,后以秀才身份考入京师国子监,为岁贡生。光绪年间,受铁岭县令之邀为银冈书院总董并兼任铁岭劝学所所长、银冈学会会长,主管铁岭城乡办学事宜。他曾是银冈书院的学生,再回书院教书时,正是中华民族遭受外来欺辱之时,曾宪文伤时感事,忧国忧民,大声疾呼:"帝国有赠新岁月,版图谁争旧河山?"他让学生接受革命思想,从多方面开发学生的智力,提高学生的实际知识和能力,尤其致力于用爱国思想教育学生,激发学生们的反帝救国之心。

石璞正是在这个时期入银冈书院读书的。

初入校门,银冈书院的一切,对石璞来说,都是那么地新奇。特别是园内的那副嵌着"晨登讲席歌尧舜,千山翠色落银冈"佳句的木刻楹联,最让石璞流连忘返,一见倾心。

这副联,出自银冈书院创始人郝浴的《银冈行》:

岂不爱一庐帘卷秋山读父书,岂不爱一堂生阶玉树看儿行,岂不爱一官押班螭头紫绶繁,岂不爱一林朋从鱼鸟散幽襟,岂不爱一壶艳烧红腊谱笙竽,岂不爱一床云鬟晓立温柔乡。自从束发亲灯火,弱冠登朝遂作狂。俯身东戍黄龙下,红颜绿鬓尽沧桑。二十余年寝不寐,天涯回首月如霜。虽恨百忧沧骨瘦,犹喜心闲书一囊。洛下真儒宗孟子,翰墨直闻泗水香。晨登讲席歌尧舜,千山翠色落银冈。可知天道终归正,从此丹山起凤凰。

全文说尽了其谪贬塞北、创办书院的困惑与乐趣。

"男儿立志出乡关,学不成名死不还;埋骨何须桑梓地,人生无处不青山。"

石璞来书院不是来观山玩水放情丘壑的。

当时的中国,国内政府腐败无能,国外列强虎视眈眈,内外交困,民不聊生,人民处于生灵涂炭水深火热之中。目睹了中国之现状的石璞,从小就对百姓生活的困苦、社会现实的残酷感触良深,早就立下了独立自强、勤奋好学、为中华之崛起而读书的鸿鹄之志。所以,无论是园内古朴幽静之中蕴藏着的那一份典雅清幽,还是隐现在苍翠摇曳的枝叶之间的雕梁画柱,无论是与书院同龄的那棵枝繁叶茂的老榆树,还是如天然花园一般的假山曲廊、水榭亭台、拱桥莲池、游鱼花卉,都引不起石璞的兴趣。"荥泽当时遍磷火,可能骑鹤返仙乡?"

"五岁咏六甲,十岁观百家。"书院期间,石璞发奋读书,其学以圣贤为宗,百家诸子、天竺柱下之说,上自尧舜,下至明清,无不涉猎。几年时间,依次读完了《易经》《大学》《中庸》《论语》《孟子》《笠翁对韵》以及《黄帝内经》等著作,研究古之圣贤、明主的"圣学圣心",并手书历代圣贤及诸儒姓氏于壁,晨夕瞻礼。读书深造,味道之腴,有大过人者。石璞很快成为班里学习成绩突出者,老师在课堂上提问,他每次都能对答如流,深得老师的喜爱。从未因学习不好而受到老师的批评和惩罚,两次参加县教育局统考,均名列第一。

但真正让石璞念念不忘并时时刻刻铭记于心的则是岳飞的《满江红》、文天祥的《过零丁洋》、李清照的《夏日绝句》等,特别是梁启超的《少年中国说》，石璞几近倒背如流："少年智则国智，少年富则国富，少年强则国强，少年独立则国独立，少年自由则国自由，少年进步则国进步，少年胜于欧洲则国胜于欧洲，少年雄于地球则国雄于地球。"

博览群书让石璞学富五车满腹经纶，然却始终排解不了他心中日益强烈的烦心倦目：遍读经史子集能改变得了国弱民困的凄惨现状吗？

这个漫长的午后让石璞生出一种百无聊赖的感觉。

从撂下饭碗起，石璞就一直在屋子里来回踱步。地板明显地有些陈旧了，他一走上去，就会发出"咯吱咯吱"的响声。石璞不管这些，不停地来来回回走着，像是跟地板有了千年万代的仇，不把地板踏穿就决不罢休似的。

父亲石吉昌早就发现了石璞这段时日总是闷闷不乐的，石吉昌走进房间，和颜悦色地问石璞，"干吗愁眉不展郁郁寡欢的，究竟有什么难言之隐？"

石璞面有难色地看看父亲，欲言又止。

——母亲疯癫以后，整个家庭的所有负担全都责无旁贷地落到了父亲的肩上，父亲才三十岁上下年纪，就头发全白了，背也驼了。就说让他到银冈书院来读书吧，本来，家中就已经捉襟见肘了，亲戚朋友也都劝说父亲，这个年月，兵荒马乱的，走路上看得懂门牌，进厕所分得清男女，买东西算得清小账就齐了。读什么书？读了书又有什么用？让孩子到街上摆个小摊就行了，能贴补家用更好，不能的话，也够他一个人糊口的了，总比让他上学糟践钱强吧？

父亲摇摇头，毫不犹豫地说："读史使人明智，读诗使人聪慧，数学使人缜密，博物使人深沉，伦理使人高尚，逻辑修辞使人善辩。小小年纪就成了睁眼瞎，那怎么能行呢？再难也要让孩子去读书！"

父亲硬是顶着经济等方方面面的压力把他送进了学堂。

"燕雀焉知鸿鹄之志。"石璞对父亲的心思了然于胸：饱读诗书的父亲最大的心愿就是自己的孩子个个都能读书立世，光耀门庭。

　　你说，石璞怎能狠下心去违背父亲的良苦用心？

　　父亲和蔼地望着他，眼睛里满是鼓励，"说吧，我们父子之间有什么不好开口的？"

　　石璞叹了一口气，说："你看看我们国家民不聊生，生灵涂炭，可我们却一天到晚坐在教室里，'天地玄黄，宇宙洪荒。日月盈昃，辰宿列张。寒来暑往，秋收冬藏。闰馀成岁，律吕调阳……'这样下去，日复一日，年复一年，何时才能救国救民于水深火热之中？"

　　在这个民族危机极其深重的年代，摇摇欲坠的中央帝国正经受着亡国灭种的蹂躏，这一切都毫不留情地撞击着石璞童年的心灵。

　　父亲惊异地望着从小营养不良，生得又瘦又小的儿子，不禁喜上眉梢：

　　小小年纪，身无半亩，就知道心忧天下，真是士别三日当刮目相看啊！

　　"你说得非常对，也非常好。"父亲肯定道，"中华文化博大精深，源远流长，'四书''五经'等经典古文，实是祖先留给我们的一个大宝藏，蕴含了众多古代先贤的思想和人生经验，从中我们既能学到修身养性做人处世的道理，也能品味到众多古代文人墨客构思精妙的文学意境。像'士不可以不弘毅，任重而道远'，帮助人树立崇高理想；'穷而弥坚'锤炼人的坚强意志；'明德知耻、尚礼守信'规范人的道德操守；'格物致知'教导人认识客观事物的正确方式；'己所不欲，勿施于人'表达了合理的处世原则；'学不可以已'告诫我们要终身学习。所以说，传统文化是一个民族的根，有着其历史生命和灵魂，也有着明显的时代烙印，像那些'君为臣纲、父为子纲、夫为妻纲''君君、臣臣、父父、子子'等封建糟粕的东西，那些美化特权等级、崇尚专制独裁、玩弄阴谋权术、歧视体力劳动、宣扬愚忠愚孝的论述，对于接受能力最强的中小学生来说，不仅无益，反而有害。"

"可眼下，我们国家，帝国主义蛮横无理，中国政府软弱可欺，广大民众义愤填膺，然报国无门，许许多多的青年学生处于彷徨和迷茫之中，这样的教育怎能重树人生信念？读书人除了八股八韵之外，难道就不该去研究研究别的学问？"石璞挥舞着他那瘦长如猿的手臂，动作激烈而夸张。

"人们获取知识的途径很多，从古文中获取营养，是其中的途径，但不是唯一的途径。需要获取和掌握的知识多着呢，绝非只有古文这座独木桥。南宋爱国诗人陆游有诗云：'纸上得来终觉浅，绝知此事要躬行。'要想成为国家栋梁，既要靠书本知识，也要靠自身的修炼，更要靠社会实践。"

石璞若有所思地点了点头。

石璞走到窗边，推开窗户，窗外湿润的挟带着植物气息的新鲜空气一下子涌了进来，石璞闻到了其中一种是成熟的高粱的气息。

父亲的话，让石璞思路大开，眼界也大开。从此以后，只要是课间闲暇，石璞从来都是雷打不动地泡在图书馆里，手不释卷，埋头读书，长歌午夜，敲句晓天。他先后浏览和阅读了介绍世界地理知识的《瀛环志略》《中外舆地汇钞》，介绍数学知识的《中西算法大成》，介绍生理卫生常识的《西学启蒙十六种》，以及介绍化学、电学、力学等自然科学知识的《格物入门》等。图书馆保存的许多爱国反帝内容的图书，如揭露帝国主义签订不平等条约、共同奴役中国的《汤氏危言》，控诉日本帝国主义侵略中国台湾罪行的《普天忠愤录》，还有《盛世危言》《新政直铨》《万国史记》《东西新史拼要》《出使英法义（意）比四国日记》和《西巡大事记》，等等。石璞学习从不满足于表面通懂，而是深思密证，期于表里莹彻，或中夜有所得，必披衣秉烛书之，讴吟达旦，不知身之在穷荒也。同时，一有时间就和几个和他有同样抱负的同学一起，深入集镇、工厂、乡村，观民情、知民意、察民苦，与群众心贴心、面对面、肩并肩地接触，知民之所思，察民之所虑。

读书与观察相结合，为石璞积累了根深本固的知识储备，也培养了他放眼世界的眼光。石璞的思想豁然开朗，如同在黑暗中认清了光明的方向，追求真理的火焰在他心中越烧越旺，他发誓要用劈天斩地的长剑，去创造美好的未来，找到更为合宜的地方，成为自己的家乡！

　　以前，石璞对那些新鲜奇妙的，贴在窗上、糊在墙上花花绿绿、形态各异的，写着"驱除鞑虏""抵制日货"等字样的宣传标语仅仅是注目，很快就发展到了主动参与，乃至成为了这一活动的主将。

　　这个充满薄雾的休息日，石璞早早地就爬起来了。

　　他和几个同班同学早几日就相约好了，要一道去沈阳城里进行国货调查。

　　石璞和几个同学在戒备森严的街市上快步行走，所到之处，正如日本人所沾沾自得的一样，一派"美满"和"文明"的气象：到处是日本人的舞厅和妓院，到处是日本人的洋行和商店，大街上全是日本兵，几乎见不到国人，偶尔有几个行人从"青天白日"旗和寒光湛湛的刺刀下匆匆走过，也是丧胆亡魂，恐慌万状。电车、汽车、摩托车横冲直撞，上面载的全都是日本人。还有，就是那些纸醉金迷的妓院从来都是熙来攘往人头攒动，屋顶上的霓虹灯散发出七彩魅惑的光线，那些商人、汉奸、国民党军官仿佛有着取之不尽的钞票和用之不竭的精力。

　　在宪兵司令部不远的一个拐角处，石璞看见到一个卖火柴的小女孩，穿得破破烂烂，小身体像枯瘦得干柴一样，在冬日的寒风里抖作一团，"香烟、洋火、桂花糖——"叫卖声也随着她的身体瑟瑟发抖。

　　北风呼啸，以致石璞好一会儿都分辨不清，到底是风的呐喊，还是小姑娘的哭泣。

　　不查不知道，一查吓一跳。

　　石璞和同学们穿街走巷进行国货调查，那真是一个触目惊心：一个地大物博、人口众多的泱泱大国，莫说飞机、汽车不能制造，就连日常生活用品，如火柴、蜡烛、铅笔、洗脸磁盆都是"洋货"，几万万人的衣、食、住、行，都要去仰于外国人的鼻息，受帝国主义践踏、压迫、侮辱。

石璞回校后，洋洋洒洒，奋笔疾书，撰写了一篇一针见血，像匕首、似投枪的檄文，贴在学校的公告栏里，引得师生们驻足观看。

石璞写道："这种贫穷落后的社会现实不改变，我们的国人，我们的同胞，必将永远永远置身于帝国主义和封建官僚买办的压迫之下。我们同学，有谁愿意一辈子永不得翻身？有谁愿意在帝国主义的铁蹄下，低声下气地做一辈子的亡国奴？"

石璞呼吁寒暑假回家的同学不乘坐日本帝国主义强占的"南满铁路"火车，以示反对帝国主义的侵略和掠夺；带领同学们利用节假日分赴街头、茶社、剧院、福音堂、监狱和东北军驻地等地进行演讲，宣传抵制日货。这期间，石璞说了一句若干年后还被同学们津津乐道的话："如果我们没有力量改变一切，那么，就让一切来改变我们吧！"

在石璞的呐喊和推动下，一时间，日货成了过街老鼠，人人喊打。

对那些响彻校园内外的《满江红》《何日醒》《快猛醒》等爱国歌曲，石璞也是耳闻则诵，曲不离口，以至于多年过后，石璞都还没齿不忘刻骨镂心：

一朝病国人都病,妖烟鸦片进;呜呼吾族尽,四万万人厄运临。

辽东半岛风云紧,强俄未撤兵。呜呼东三省,第二波兰错铸成。劝同胞,快猛醒,莫学睡狮高枕无忧。固卫我山河,保守我神州,勿令他人侵犯自由,欲想幸福,大家共谋,方不于我国民羞。

歌词的内容涵盖了中国从鸦片战争到日俄战争中不断遭欺侮的历

史，充满着对帝国主义侵华罪行和清朝政府腐败无能的血泪控诉和正义反抗。学堂里那些具有爱国心和正义感的教师们，他们的学识、他们的思想、他们的品德，对少年石璞的成长也无时无刻不产生着深刻而又久远的影响。

第三章
江山之恨

很久很久以前，铁岭没有山，只在城的东面有一条麒麟河。河西住着一户姓郝的父女俩，靠打鱼为生。一天傍晚，父女俩打鱼归来，遇到了一伙强盗。强盗打倒了老汉，抢走了郝女。危难时刻，一位叫柴义的武士挺身而出，杀死强盗救下郝女。从此，三个人在一起过着快乐的生活。

三年后的一天，麒麟河突然狂风大作，河水泛滥。河中有一条恶龙在作乱，坑害百姓。柴义听后义愤填膺，决心为民除害，遂跳入河中与恶龙厮杀在一起。大约过了半个时辰,河里风平浪静。 恶龙被斩成两段死在河中,却不见了柴义的踪影,河岸上只留下柴义的一顶帽子。 郝氏父女和村民把柴义的帽子就地掩埋。 后来,柴义战恶龙的地方渐渐长出一座山来。 该山从东南奔驰而来,到了柴河岸边突然昂起,犹如一条巨龙的头,故名龙首山。 为纪念和感激柴义,麒麟河也被改名为柴河。

龙首山东枕柴河,西窥城郭,横贯银州南北。 山石嶙峋,青松垂柳,亭台回廊,曲桥水榭。 更是清康熙皇帝东巡驻跸的地方。 每年五月,山冈上、山谷里开满了色彩艳丽的蔷薇,醉人的花香随风飘荡。

一天,曾宪文兴之所至,一大早就带着同学们兴致勃勃地来到了龙首山。

龙首山不是拔地而起的一座山,漫山遍野都是郁郁葱葱的树木,包裹着,守卫着,密密麻麻恩恩爱爱地纠缠了上百年,已经分辨不出哪是藤缠树,哪是树缠藤了。 一路的绿色,伴着云端的鸟鸣声,渐渐晕成了移动的世外桃源。 同学们跑着、笑着、看着,兴高采烈地游览着这美丽、别致、壮观、神奇的景象。

曾宪文在龙首山上居高远眺,鸟瞰铁岭城郭,但见万户炊烟袅袅,低空盘旋,亭台楼榭,时隐时现。 猛然心生一计:何不趁机考一考石璞的基础知识?

"石璞,过来一下,"他向石璞招招手,"知不知道明代流放到铁岭的大学士陈循这个人?"

石璞笑了,"那怎会不知道,永乐十三年(1415)进士第一,授翰林修撰,是明代著名的文学家和诗人,在文学上颇有成就。"

"陈循曾有诗咏《柴河八景》,其中之《山郭朝烟》,你可知道?"

石璞不假思索道:"依山附郭居,一片朝烟合。 人家辨不真,苍茫见孤塔。"

曾宪文点点头。

龙首山西,曾宪文又看见天主教堂南,一东一西,有两处呈鸳鸯状的小湖，莲生满塘，堤柳成阴，清风徐来，波光粼粼，扁舟流涟，恬静怡人。

"那《鸳湖泛月》呢？"曾宪文又点将石璞。

石璞脱口而出："湖上横秋烟，鸳鸯时出没。中有荡舟人，高歌弄明月。"

曾宪文紧追不舍："《龙首寻秋》呢？"

"满山枫叶染寒霜，色比春花秋气凉；燕子南归蝉语寂，老翁悲叹柳稍黄。""龙首寻秋"堪称铁岭八景之首，《龙首寻秋》描摹了龙首山秋日景色：平地兀起，绵延如龙，层林叠障，花香袭人，红叶满山，层林尽染。

石璞胸有成竹："霜林变丹红，秋高天气通。幽人植杖来，踏遍碧峰顶。"

《柴河八景》，石璞全都了然于胸。

"陈循的这些五言诗，文笔清新，用词洗练，情景生动，一如水墨丹青。"石璞补充道。

"不错，很好，"曾宪文赞不绝口，"果非浪得虚名！"

突然，一位同学指着一块竖立在树丛之中的石碑莫名其妙地问道："曾老师你看，这是什么？"

"日露战迹碑。"

曾宪文立刻收敛起了脸上的笑容，眼睛在眉毛下面炯炯发光，仿佛荆棘丛中的一堆火。

"通俗地说，就是日本人用来记述他们在日露战争中取得的累累战绩的纪念碑。"

同学不解地问："啥是'日露战争'？"

曾宪文痛心切齿地向同学们解释道："'日露战争'是日本史学界的说法，我们一般称之为'日俄战争'。清光绪三十年至三十一年，也就是1904年至1905年间，日本与沙皇俄国为了侵占中国东北和朝鲜,在中国东北的土地上进行了一场帝国主义战争。 这场战争以沙皇俄国的失败而告终。 日露战争是一场帝国主义之间不义之战,是交战双方站在对立的立场同时侵略中国、重新划分势力范围、争夺利权的战争。 这块碑就是为了炫耀日军在这场战争中立下的赫赫战功而立。"

"明明是'日俄战争',为啥非要说是'日露战争'呢?"

"露国,是露西亚联邦(俄语:Российская Федерация)的简称;露西亚联邦,与俄罗斯联邦是一回事,英文名称为 Russian Federation; 中国人将 Russian 音译为俄罗斯或俄国,而日本人则直接将 Russian 音译为露西亚或露国。 将俄国称之为'露国',绝非因译而解这么简单,更有其深刻、特别的意图、意思、意味在里边。 古汉语中,'露国'为'破败的都城','露'更让人联想到露水、雨露。 日本一直都自封其为'日出之国',露水见不得太阳,见了太阳便自行消亡。'日露战争'即是'太阳与露水的战争'。 一字之差,'日本战胜俄国'的国家意志、扩张意图图穷匕见。"

十多年后,蒋介石在对庐山军官训练团发表的题为"抵御外侮与复兴民族"的演讲中,也对日本的狼子野心作了进一步的阐释。 蒋介石说:"日本为要并吞我们中国,而须先征服俄罗斯,吃下美国,击破英国,才可达到他们的目的,这是他们早已决定的国策。 他们叫我们中国叫'支那',这'支那'两字,照日本话是什么意义呢? 就是半死人! 可知他们眼中就没有我们中国,所以不称我们中国为中华民国,而始终叫我们为'支那'。 其次,他们叫俄国叫什么呢? 叫'露西亚',露是雨露的露,这个'露'字,是表示什么意义呢? 他们就是自比日本为太阳,将俄国看作露水,太阳一照到露水,那露水马上就要干! 由此可见日本的国策,早已决定,他们非消灭俄国不可。 再看他们叫美国什么呢? 我们是叫'美利坚',而日本则叫'米利坚',亦叫作米国。 米原来是人们一种必需的食粮,他们拿这个字来叫美国,意思就是决心要把美国吞下去!"

蒋介石发表这篇言论是在 1934 年 7 月。

那时，风华正茂的石璞早已被蒋介石所统帅的的国民党反动派心狠手辣丧心病狂地杀害于雨花台下。

曾宪文的话，犹如一把尖刀，扎在了石璞的心肺上。

石璞怒火中烧，稚嫩的脸蛋上立刻罩上了一层阴云。怒不可遏道："现在的腐败政府就知道对帝国主义百依百顺，仰人鼻息任人宰割。宣扬日寇的'战绩'，为何不立到他们自己的岛国去，而要竖到我们中国的土地上？！"

"这个问题一针见血。"曾宪文点点头，答道，"早在战争爆发前，日本就已蛮横无理地要求清政府在东北三省以外地区严守中立，让出东北地区作战场，坐视日俄两国在中国境内为争夺在中国的势力范围而厮杀。腐烂朽败的清政府无力约束交战双方，只得屈辱地电告各省，如日俄开战，中国将严守'局外中立'。战争期间，中国人民蒙受了极大的灾难，生命财产遭到空前的浩劫：工厂被炸毁，房屋被炸毁，就连寺庙也未能幸免；耕牛被抢走，粮食被抢光，流离失所的难民有几十万人。日、俄都强拉中国老百姓为他们运送弹药，服劳役，许多人冤死在两国侵略者的炮火之下，更有成批的中国平民被日俄双方当作'间谍'惨遭杀害。这场战争不仅是对中国领土和主权的粗暴践踏，更让中国东北人民在战争中遭受了巨大的损失和人身伤亡。你们想一想，别人在自家的土地上剑拔弩张刀光血影都能听之任之，立块碑还不是随意而为！"

逆胡未灭心未平，孤剑床头铿有生。石璞将一双小拳头握得紧紧的，说："中国政府多年以前就是行尸走肉，多少年过去了，还依然是行尸走肉。同学们，国难当头，我们作为一代青年，决不能再'两耳不闻窗外事，一心只读圣贤书'了，我们要急切执着于强国兴邦之思，擎起爱国之心，肩负起救国救民重任。一味蜷缩在故纸堆里，何以抵御外部世界的风雨飘摇？"

曾宪文满眼嘉许地望着看似弱不禁风却一腔热血的石璞,赞叹不已,说:"石璞同学说得好! 1919年,陈独秀先生在作为共产党建党号角的《新青年》公开发表《本志宣言》:'我们相信世界上的军国主义和金力主义已经造了无穷罪恶,现在是应该抛弃的时候了。'金力主义指的就是帝国主义和资本主义。 陈独秀先生还宣称:我们理想的新时代新社会,是诚实的、进步的、积极的、自由的、平等的、创造的、美的、善的、和平的、相爱互助的、劳动而愉快的、全社会幸福的。希望那虚伪的、保守的、消极的、束缚的、阶级的、因袭的、丑的、恶的、战争的、轧轹不安的、懒惰而烦闷的、少数幸福的现象,渐渐减少,至于消灭。 我们理当大胆宣传我们的主张,出示决断的态度;不取乡愿的、紊乱是非的、助长惰性的、没有自己立脚地的调和论调;不取虚无的、不着边际的、没有信仰的、没有主张的、超实际的、无结果的绝对怀疑主义。"

"陈独秀先生的这个宣言说得太好了! 身逢乱世,兵戈不绝,根本不是我们青年人闭门读书的时候,只让我们说好英文,懂得三角、微积分,或者都会作'风啊''月啊'的文章,是救不了中国的。 在当前特定的条件下,不以社会改造为目的的读书,救不了国,当今中国最需要的是革命的人才,是研究救国的学术! 我们要走出校门,到民间去,到社会中去,去探索救国救民的真谛。 要用事实告诉所有同学,在国家存亡的关键时刻,想以教育救国、读书救国,都是不现实的,唯有起来革命! 否则,永无雪耻之日。"

爱国主义从来都是动员和鼓舞中国人民团结奋斗的一面旗帜,是推动中国社会前进的巨大力量。 一切先进的中国人民,一切忧国忧民之士,为了寻求救国救民的真理,都是聚集在爱国主义旗帜下,走上革命道路的。

青年学生自然也不例外。

石璞一席话,说得同学们热血沸腾。

"石璞听先生的,我们听石璞的。"

一位文文静静扎着小短辫的女同学道:"石璞,你懂得多,你就挑个头,领着我们去革命吧!"

这位扎着小短辫的女同学其实注意石璞已经很久了,她很想跟少年英雄讲话,石璞意气风发的样子让她心情愉悦。但是,她深知她和石璞是两类人,石璞将来一定不会去革命,只会像他的父亲那样,靠着唯唯诺诺仰人鼻息,或者,做点投机取巧的生意,赚点花花绿绿的钞票花花。而这些都不是她想要的。她需要的是革命,是激情,是革命的激情。

没想到,自己完完全全看错了,也判断错了。

她,为她这一美丽的错误和美丽的发现欣喜若狂。

"革命",对好多同学来说,前所未见,闻所未闻,感觉非常新鲜和好奇。这个时期,不要说同学们,就是石璞,对"革命"的含义,也都是懵懵懂懂,仅仅停留在字面的理解上。那些理解,也大多表现在口头上,说几句大话,喊几句口号,唱几句高调,发一些隔靴搔痒的牢骚,真要让他们拿起刀枪,舍生忘死血肉横飞地去拼杀、去奋战、去搏击,肯定有人要缩头缩脑、畏惧不前的。

石璞也是若干年后,到了金陵大学,开始秘密钻研马克思主义,阅读各种进步书刊,这才对"革命"有了真正的理解:

革命是人类社会历史发展不可避免的政治行动。这种政治行动之所以不可避免,是因为它不是以人们的主观意志为转移的,而是由社会矛盾运动规律决定的。

但同学们推崇石璞"挑头"的提议则完完全全发自内心,不存在一点口是心非,更非虚情假意。

曾宪文也跟着趁热打铁:

"石璞同学,同学们都在拥戴你做大家伙的带头人呢,赶紧表个态吧。"

石璞毫不推辞，欣然接受。"好，既然大家信任我、推举我，我自当责无旁贷。我一定在先生的指导下，带领大家，像先辈们那样，到工厂去，到农村去，到社会中去，了解人民的疾苦，找寻摆脱痛苦的方法，把我们年轻的热血投入轰轰烈烈的爱国运动中去，光明的前途必须在我们青年一代手中创造出来！"

一场逸兴遄飞的游山玩水，变成了一场意义非凡的爱国主义教育，从而，更加激发了石璞和同学们为中华之崛起而读书、为中华腾飞而奋斗的伟大抱负。

1925年1月11日至22日，中国共产党第四次全国代表大会在上海召开。这次大会的中心议题是研究和讨论中国共产党如何加强对日益高涨的革命运动的领导、工人阶级如何参加民族革命运动以及党在组织上和群众工作上如何准备的问题。

四大以后，革命群众运动，特别是工人阶级反帝斗争迅猛发展。中共中央专门组织了领导罢工的委员会。

2月18日，上海二十二家日商纱厂近四万名工人为反对日本资本家打人和无理开除工人，要求增加工资而先后举行罢工。大罢工整整坚持了十多天。日本老板仍不加理会，拒不接受工人提出的复工条件。为了激励工人齐心奋斗，争取罢工胜利，上海市反帝大示威总指挥李立三又在闸北潭子湾召开第二次工人群众大会，号召工人团结一致，不获胜利不罢休。

在中国共产党的领导下，这次大罢工前后坚持了二十多天。日本老板慌了，不得不请中国商人出面调停，最后签定了复工协议，日方承认工会，保证不打工人，释放被捕工人。

3月9日，罢工胜利结束。

谁想，仅过两月，5月15日，风云又起。

日本资本家借口"棉贵纱贱"，撕毁协议，解散工会，停工关厂。

中共地下党员顾正红带领工友奋不顾身冲开厂门，与厂方斗争。面对荷枪实弹的敌人，顾正红挺身站到工人队伍的最前头，领着工友高呼"反对东洋人压迫工人！""不允许扣发工钱！"等口号。

七厂大班川村早已把顾正红看作眼中钉肉中刺，肆无忌惮地拔出手枪，对准顾正红就是一枪，子弹击中了顾正红的左腿，顿时鲜血淋漓。顾正红怒视着敌人，忍痛高喊："工友们，大家团结斗争啊！"暴戾恣睢的川村见一枪没能震慑住顾正红，连着又是两枪，分别打到了顾正红的头部与腹部。顾正红顿感天旋地转，再也站不住了。就在缓缓倒下之际，顾正红铆足劲抱住了一棵树，喘了一口气，继续高喊着："工友们，团结斗争啊！"

穷凶极恶的川村见状，怒火中烧，对准顾正红再补一枪。

顾正红终于倒在了血泊之中。

工友们怒火满腔，蜂拥而上，同敌人展开英勇搏斗。

川村见势不妙，在武装巡捕的保护下狼狈逃窜。

顾正红被工友们紧急送至医院抢救。

5月16日，年仅二十岁的顾正红，终因伤势过重，抢救无效而牺牲。

马克思说过："任何一种经济危机都不会自然地产生反抗运动，一种革命形势既可以由一种经济危机孕育，也可以在一种政治或意识形态危机中诞生。"5月17日，中共中央发出第三十二号通告，紧急要求各地党组织号召工会等社会团体一致援助上海工人的罢工斗争。19日，中共中央又发出第三十三号通告，决定在全国范围发动一场反日大运动。28日，中共中央召开紧急会议，决定以反对帝国主义屠杀中国工人为中心口号，发动群众于30日在上海租界举行反对帝国主义的游行示威。同时，为加强工会组织的力量，决定由共产党人李立三、刘华等主持，成立上海总工会。随后，刘少奇到达上海，参加上海总工会的指挥工作。

5月30日上午，上海工人、学生两千多人，分组在公共租界各马路散发反帝传单，进行讲演，揭露帝国主义枪杀顾正红、抓捕学生的罪行。租界当局大肆拘捕爱国学生。当天下午，仅南京路的老闸捕房就拘捕了一百多人。万余名愤怒的群众聚集在老闸捕房门口，高呼"上海是中国人的上海！""打倒帝国主义！""收回外国租界！"等口号，要求立即释放被捕学生。英国捕头爱伏生调集通班巡捕，公然开枪屠杀手无寸铁的群众，当场打死十三人，伤者无数，制造了震惊中外的五卅惨案。

从6月1日到6月10日，帝国主义者又多次开枪，打死打伤群众数十人。英、美、意、法等国军舰上的海军陆战队全部上岸，并占领了上海大学、大夏大学等学校。

帝国主义的屠杀，点燃了中国人民郁积已久的对帝国主义侵略的仇恨怒火。在党的指引下，上海二十万工人大罢工，学生罢课、商人罢市，形成了"三罢"高潮。同时决定，"马上把运动扩大到全国去"，号召全国被压迫的民众共同起来反抗此种血腥屠杀。

在中国共产党的领导和推动下，五卅运动的狂飙迅速席卷全国，从工人发展到学生、商人、市民、农民等社会各阶层；从上海发展到全国各地，遍及全国二十五个省区（当时全国为二十九个省区），六七百个县，各地约有一千七百万人直接参加了运动。北京、广州、南京、重庆、天津、青岛、汉口等几十个大中城市和唐山、焦作、水口山等重要矿区，都举行了成千上万人的集会、游行示威和罢工、罢课、罢市。

1925年6月11日，汉口参加游行示威的群众行至公共租界时，英国水兵向人群开枪射击，打死数十人，重伤三十余人。汉口惨案进一步激起全国民众的愤怒，全国各地到处都是"打倒帝国主义！""废除不平等条约！""撤退外国驻华的海陆空军！""为死难同胞报仇！"的怒吼声，全国规模的反帝怒潮波澜壮阔，汹涌澎湃。

任何一次救国运动的背后都有先锋人物，就是在这些先锋人物的推动下，中国才能留存下来，中国人才没有遭致国家灭亡的悲剧命运。

消息传到铁岭，犹如一团火，在石璞心中熊熊燃烧。郁积已久的亡国之恨、救国之情，骤然间化作成了海啸山鸣般的巨大力量，他那颗爱国之心让他再也无法保持沉默，他决心把自己的命运与国家的命运紧紧联结在一起，用青春和热血书写不朽的爱国篇章。

石璞也由此成了这股滔滔浪潮中的急先锋！

石璞说："历史早已证明，大国崛起于文明，奠基于精神。没有强大的牺牲精神作支撑，便无法承担起更大的责任，因而也就不能立身于人类文明的制高点起引领作用。'但愿朝阳常照我土，莫忘烈士鲜血满地。'顾正红等烈士的鲜血，一定不能白流，我们也决不能坐视不管！"

"话是这样说，可是我们手无寸铁，怎么管？最多是罢学。可那又能起到什么作用呢？"一位戴着黑框眼镜，一脸书生气的同学说，"一切要顺其自然，这是老庄教给我们的。上天既然要中国灭亡，我们哪有有什么回天之力？我们只能做我们该做的事情。"

"有阳光的地方就一定会有阴影，有阴影的地方也一定会有阳光。绝望的颜色越是浓厚，在那里，也一定会存在耀眼的希望之光！梦想就是用来实现的，实现不了，至少我们为此努力过、奋斗过。我决不后悔，决不退缩！"

"对，石璞同学说得对！我们不能就这么完了，我们到政府请愿去，以实际行动声援死难同胞！"

石璞转过脸一看，见是上次在龙首山上，提议让他挑头带领大家伙干革命的那位文文静静扎着小短辫的女同学，立马赞许地点了点头。

女同学的提议，更得到了大多数同学的一致认可：

"对，上街游行示威！"

"声势大些，再多叫一些同学一起去！"

"近百年来的中国不缺少屈辱的历史，但是也从不缺少爱国的运动，有许许多多志士仁人就是通过民主运动的方式，唤起了其他同胞的爱国救国之心。这个办法可行。但是，我们不能仅仅自己去，要把铁岭的同学们都组织起来，从明日起，集体罢课。向奉天省长王永江请愿，要求其转请北京政府采取强硬措施，严惩祸首，收回一切租界，废除不平等条约。同时，向铁岭社会各界请求援助，与我们一起举行示威游行，公祭被害同胞，声讨日寇罪行，要求严惩祸首，抚恤被害同胞家属。咱们分一下工，我去向曾宪文老师汇报，你们几位同学也不要闲着，赶紧去其他学校联系，连夜制作彩旗、标语、传单。"

石璞眉头紧皱，手攥得紧紧的，他的眼神里，有一种无所畏惧的光芒。

那位戴着黑框眼镜一脸书生气的同学不言语了。

然而，当同学们按照他的分工各尽所能的时候，石璞却并没有立刻动身去找曾宪文，而是转身走进了空无一人的教室。

石璞本来是要去找曾老师的，但他觉得有必要为顾正红和死难的同胞流一场眼泪。他不希望别人看到他流眼泪。所以，他躲进了空空荡荡的教室。一进屋，他就把脸埋在双手里，发出了低沉的呜咽声……

他没有注意，在他身后不远的一棵枝叶繁茂的老榆树下，那位文文静静扎着小短辫的女同学正默默地注视着他。

铁流滚滚，势不可当。

在石璞等人的奔走呼号下，铁岭各校师生手擎"工人同胞被杀，哀求各界援助"的横幅，摩肩接踵，锐不可当地走上铁岭街头，举行示威游行。参加示威的人们，挥动着手中"争自由"的旗帜，高呼着"打倒帝国主义！""废除不平等条约！""撤退外国驻华的海陆空军！""为死难同胞报仇！"的口号，边游行边散发曾宪文的檄文《救亡录》。沿途各商号，也都挤满了声泪俱下的学生，慷慨激昂地鼓动商人和工人百姓对学潮进行支援。

石璞器宇轩昂地走在队伍的最前列,那位文文静静扎着小短辫的女同学昂首挺胸紧随其后。他俩和大家一样,热血沸腾地振臂高呼。

石璞边走边慷慨激昂地演说:"同志们、同学们:历史上残余的东西,什么皇帝咧,贵族咧,军阀咧,官僚咧,军国主义咧,资本主义咧——凡是阻碍这新运动的进路的,我们必挟雷霆万钧的力量摧拉他们。他们遇见这种不可挡的潮流,都像枯黄的树叶遇见凛冽的秋风一般,一个一个地飞落在地。由今以后,到处可见的,都是 Bolshevism 战胜的旗,到处所闻的,都是 Bolshevism 的凯歌的声。人道的警钟响了!自由的曙光现了!试看将来的环球,必是赤旗的世界!"

浩浩荡荡的游行队伍,望不到头,也望不到尾,仿佛一片冒着泡沫汹涌而来的海水。所向披靡的海水,澎湃着、翻腾着、咆哮着,肆意地荡漾在铁岭的大街小巷……

在英、日资本家先后答应"承认中国政府颁布工会条例所组织之工会",对罢工工人在生活上予以相当之帮助、酌加工资、不得无故开除工人等条件后,各业罢工工人从 8 月底到 9 月上旬陆续复工。

五卅运动显示了工人阶级的领导力量和革命统一战线的作用,提高了中国人民的觉悟,标志全国革命高潮的到来。这是一次伟大的群众性的反帝爱国运动,它大大提高了全国人民的觉悟程度和组织力量,在全国范围内为北伐战争准备了群众基础,并将国民革命推向高潮,从而揭开了 1925 年至 1927 年中国大革命的序幕。

正如著名工人运动领袖邓中夏所说:"五卅运动以后,革命高潮,一泻汪洋,于是构成一九二五年至一九二七年的中国大革命。"

第四章
戏里戏外

1926年2月,石璞以优异的成绩考入奉天省立第三中学初中部。

在省立三中,石璞课堂上唯日孜孜,无敢逸豫,课下,更是孙康映雪,刺股悬梁,仅用一年半的时间就读完了初中课程。

次年9月,省立三中再开学时,同学们发现不见了品学兼优的石璞同学。

初始,并没有怎么十分介意,时日一长,就感觉一定是出了什么问题。

大家议论纷纷,有念他乐善好施的,有赞他助人为乐的,有夸他慷慨解囊的,有称他有求必应的……平时没觉得,现在大家这么一抖搂,才发现石璞在这一年中,还真是为大家做了这么多的好事,几乎每一个同学都或多或少地接受过石璞的帮助。

就在大家熙熙攘攘咋咋呼呼嚷着到哪儿去找他的时候,窈窕端庄的班主任老师款款走来,微笑着说:"又在念叨石璞呢?"

"是啊,开学这么久了,还不见来,大家伙正说去找他呢。"站在班主任老师旁边的一位女同学说道。

"我就是来找同学们说这件事的。"班主任老师说,"石璞同学捎信来,让代问同学们好,并请我转告同学们,很遗憾,不能跟同学们一道寒窗苦读了,他现在已经是东北大学附属高中的高一学生了,欢迎同学们到东大附高去找他。"

"天方夜谭吧? 他初中才读了一半,还有一年半时间呢,这怎么可能啊?"刚刚那位女同学疑团满腹。

"此事一点儿也不虚妄。"班主任老师望着一双双疑云密布的眼睛,指破谜团,"在过去的时间里,石璞同学的课下学习,已经达到了通宵达旦分秒必争的地步,他阅读的书目和演算的题量,可以说是我们一般同学的四倍、五倍,抑或更多,所以,轻而易举地就通过了东大附高的跳级考试,所以连跳了两级,到了高一。 同学们,让我们一起向石璞同学学习吧!"

真是人不可貌相,水不可斗量。 想石璞文文弱弱,安安静静,一般情况下,连个大言语都没有,没想到,读起书来,竟如拼命三郎一般。

一个个禁不住啧啧称赞。

东北大学附属高中是一所条件好亦很有声望的学校,能来这里读书的学生家世都很好,非富即贵。 他们的父母要么是达官贵人,要么豪商巨贾,最不济也是一位腰缠万贯的地主老财。 前来的孩子也同父母一样,小小年纪,就随处奔波,见多识广。 这一届仅招录五十人,光报名者就有五百多人。经过关斩将,最终石璞以第十四名的优异成绩被录取,分入东大附属高中的文二级。

期间,熟悉他的老师、同学,都夸他是一名用功的学生,却不是用死功的学生。第一学期期终考试他就斩获了第一名。因而,他不但受到本级同学的尊敬,还受到了全校老师的喜爱。最重要的是,石璞不仅学业优秀,而且兴趣广泛,文、体、美、音样样都通。

应该说,石璞正是凭着自己与生俱来的艺术才华,开始在东大附高崭露头角的——

那一年,学校排演话剧《威尼斯商人》,指导老师有心安排石璞饰演高利贷资本的代表、一毛不拔的守财奴、"不懂得怜悯、没有一丝慈悲心的不近人情的恶汉"夏洛克,但又担心石璞初出茅庐不经世故,理解和把握不了角色的内涵,塑造不好这一视钱如命的守财奴形象。所以,迟迟拿不定主意。

指导老师犹豫不决,而石璞却信心满满。

他主动找到指导老师,说:

"老师,请您相信,我一定有能力饰演好夏洛克这一角色。我不仅会认真地去了解这段历史,还会认真地去琢磨人物的群体特征、夏洛克个人的性格特点和处世风格,从而完整地塑造和把握好这一角色,决不会给您丢脸。"

指导老师看他言辞恳切态度执着,不忍拂了他的一番苦心,"好吧,你暂且先琢磨着吧,不过,我也是丑话说在前头,演不好,我可是要随时换人的啊!"

"放心吧,我一定会把握好这个机会的。"

《威尼斯商人》是一部著名喜剧,是英国伟大的戏剧大师、诗人、欧洲文艺复兴时期的文学巨匠威廉·莎士比亚早期的重要作品,大约作于1596年至1597年间。剧本的主题是歌颂仁爱、友谊和爱情,同时也反映了资本主义早期商业资产阶级与高利贷者之间的矛盾,表现了作者对资产阶级社会中金钱、法律和宗教等问题的人文主义思想。

这部剧作的一个重要文学成就，就是塑造了夏洛克这一唯利是图、冷酷无情的高利贷者的典型形象。

拿到剧本后，石璞爱不释手，连夜通读。才读完第一幕，就感到自己已经被一股澎湃不已的激情紧紧包裹着。剧中，莎士比亚运用层层铺垫的手法，推波助澜，将矛盾的双方推向白热化，然后奇峰突起，让剧情急转直下。这种大开大合、曲折有致的情节安排，显示了莎士比亚杰出的戏剧才能。

石璞将剧本内容分出大概的层次，总结和归纳铺垫在哪里，情绪过渡在哪里，故事高潮在哪里，凭借着自己的第一感觉，对人物进行揣摩，并根据自己对剧本的初次揣摩进行演出模拟，准确地把握故事的情节发展节奏及情绪的表达。

石璞是个有心之人，他演莎剧，不拘泥于原作，而是在深入挖掘原作意义的基础上，富有创意地去拓展莎剧的内涵，把莎剧中原有的意思放大，使其更突出、更有强烈的效果。

让石璞意想不到的是，与他演对手戏，扮演美丽、善良、机智、富有才华和胆识的贵族孤女鲍西亚的竟是和他一起示威游行的那位文文静静扎着小短辫的女同学。

"咦，你怎么也在这儿？"猛然相见，石璞多少显得有点儿兴奋，不过，他小心地掩饰着内心的喜悦。

女同学也装作没有察觉，调皮地四下乱瞅着。

一切尽在不言中。

"找什么呢？人家问你话呢。"

"找学校的通告啊？"

"找学校的通告？什么通告？"

"就是只对你们富家子弟敞开大门，平民百姓家的孩子禁止入内的通告啊！"女同学将薄薄的嘴唇抿出了一道红线。

绕了一圈，原来在这儿等着他呢。

石璞赶紧解释："误会了，误会了，你实实在在是误会了。我向苍天发誓，绝对没有这层意思。之所以感觉诧异，实在是没有想到，茫茫人海，竟会在这儿碰到你。"

女孩莞尔一笑："这么说，你刚才的举动，不是大吃一惊，而是喜出望外喽？"

"对对对，就是这个意思。"

女孩把樱桃小嘴一噘，欲擒故纵，说："才不信呢。你忙吧，俺走了。"说罢，转身既走。

石璞赶忙道："哎——"

女孩盯着石璞，假装生气地说："我叫冷靖，不叫哎。"

"可是你一点儿都不冷静，俺还没说完话呢。"石璞反唇相讥。

"你说对了，我就不是冷静。岳飞的《满江红》会背吗：'靖康耻，犹未雪，臣子恨，何时灭！'知道了吧？靖康之乱的靖。"

"呦呵，不简单啊，你还知道靖康之乱？"石璞故意大惊小怪地看着冷靖，"都说女子无才便是德，看不出你一个弱女子却是腹有诗书。"

"什么意思？瞧不起人？真是'近来世俗多颠倒，只重衣衫不重人'。告诉你，比一比肚里的学问，还指不定孰胜孰负呢？"冷靖的脸色一下子就冷下来了，"真没想到，你堂堂一翩翩公子，其实就一白丁俗客。嗨，'早知不入时人眼，多买胭脂画牡丹'了。"

"还真想跟我来一场龙争虎斗？"石璞也较上了劲，"那好啊，就按同学们常挂在嘴边的那句口头禅：是骡子是马拉出来遛遛？你先来吧，免得到外面跟人说我欺负你。"

"先来就先来。"冷靖略一思忖，脱口道：

"青青陵上柏，磊磊涧中石。"

冷靖吟哦的是《古诗十九首》之《青青陵上柏》的诗句。

这么生僻的诗句她都会啊！石璞禁不住在心里暗暗叹奇。略一思忖，不慌不忙地用《古诗十九首》之《迢迢牵牛星》的诗句对道：

"盈盈一水间，脉脉不得语。"

冷靖一怔，知道自己是棋逢对手、将遇良才了，挑衅地盯着石璞，又道：

"青青河畔草，郁郁园中柳。盈盈楼上女，皎皎当窗牖。"

这一次，冷靖使用了连续叠字的诗句，不仅增加了诗歌的节奏美和韵律美，同时，也增加了石璞对答的难度。

石璞满不在乎地瞥了冷靖一眼，胸有成竹地对答道：

"迢迢牵牛星，皎皎河汉女。纤纤擢素手，札札弄机杼。"

二人所对仍出自《古诗十九首》，但是，一问一答，浅近自然，却又极为精炼准确。不做艰涩之语，不用冷僻之词，而是用最明白浅显的语言道出真情至理。传神达意，意味隽永。

这时，两个人都感觉到了二人其实是势均力敌，旗鼓相当，再比下去恐也难分伯仲。

石璞来了个高姿态，抢先挂起了"免战牌"。

"冷靖同学果然是文如春华学识渊博炉火纯青出神入化，石璞自愧弗如，甘拜下风。"

冷靖明白石璞之所以自己败下阵来，其实就是为了给自己留一个台阶，心中自是十分感激。可嘴上还是不肯服输："哼，明白就好。"

石璞哈哈大笑着，走出剧场。

这时，石璞才发现，校园里的黄昏已经降临了，那么多的夕阳散发出的细碎的星星点点的光，在他面前跳跃。

石璞觉得自己要醉了。

什么事都有个第一次。一旦开了头，随后便可自自然然地开展下去了。

随着两个人不断地交往、解析，冷靖发现，自己远不了解石璞。表面看上去，石璞安安静静，默不作声，像一层冰。其实，他是一团火，一团包裹在冰封外表之下的熊熊烈火，随时准备飞蛾扑火、摧枯拉朽。 而石璞也同时惊异地发现,冷靖看上去风风火火,实则更像是一潭水,一潭深不可测、含而不露的静水,清澈无瑕,恬静温柔。

尤让冷靖感触至深的就是石璞的舞台表演。 不管先前发生了什么惊天动地的大事,一旦上了舞台,就如同换了一个人,惟妙惟肖,如痴如醉。

"安东尼奥先生,好多次您在交易所里骂我,说我盘剥取利,我总是忍气吞声,耸耸肩膀,没有跟您争辩,因为忍受迫害本来是我们民族的特色。 您骂我异教徒,杀人的狗,把唾沫吐在我的犹太长袍上,只因为我用我自己的钱博取几个利息。 好,看来现在是您来向我求助了,您跑来见我,您说:'夏洛克,我们要几个钱。'您这样对我说。您把唾沫吐在我的胡子上,用您的脚踢我,好像我是您门口的一条野狗一样;现在您却来问我要钱,我应该怎样对您说呢? 我要不要这样说,'一条狗会有钱吗? 一条恶狗能够借人三千块钱吗?'或者我应不应该弯下身子,像一个奴才似的低声下气,恭恭敬敬地说:'好先生,您在上星期三用唾沫吐在我身上,有一天您用脚踢我,还有一天您骂我是狗,为了报答您这许多恩典,所以我应该借给您这么些钱嘛!'"

没有对手戏的时候,冷靖从来都是安安静静地坐在台下听他说话,看他表演。 开始时,她是被他的文采所吸引,后来,又被他别样的气质深深吸引。 石璞每次登场,都会让她生出一种梦里不知身是客的错觉,让她一瞬间思接千古,神游八荒。

人说,真正的爱情降临时,有如春雷震动。 冷靖面上不动声色,心间已是万马奔腾。 是啊,世间之事都是这样,爱着的那一个,一定是怀着敬畏与谦卑之心的。

"我见青山多妩媚,料青山见我应如是。 情与貌,略相似。"
冷靖常常这样问自己,"石璞也会这样看我吗?"
她不敢肯定。

公演那日,石璞往舞台上一站,转瞬之间,他的神态、情感、动作都按照角色的需要，自然地、即兴地流露了出来。没有强迫和夸张，也没有有意识的设计的痕迹，一切都显得自然、纯真、新鲜、恰当。这时候，他与角色已合抱为一，一个眼神，一个皱眉，一个耸肩，哪怕是一个极其微小的动作，都可以向你传达很多很多，远远超出了语言所能描述的范畴，将夏洛克贪婪吝啬、视财如命、自私冷酷的本性暴露无遗，让人们在轻松和喜悦中，得到启发和思索。惟妙惟肖，耀眼夺目。

但是，仅仅表现出夏洛克的爱财如命、吝啬成癖，远不是石璞的终极目的。通过《威尼斯商人》，为夏洛克击鼓鸣冤，正名平反，让观众来认可夏洛克的报复原来是迫不得已，原来是情有可原，才是石璞为自己设定的"大目标"。

法庭审判一场，夏洛克眼看就要胜诉，聊解心头之恨，剧情急转直下，女扮男装冒充法官的鲍西亚以契约中的漏洞打败了夏洛克，夏洛克被判蓄意谋害罪。

"等一等，犹太人，法律上还有一点牵涉你。威尼斯的法律规定：凡是一个异邦人企图用直接或间接手段，谋害任何公民，查明确有实据者，他的财产的半数应当归受害的一方所有，其余的半数没入公库，犯罪者的生命悉听公爵处置，他人不得过问。你现在刚巧陷入这一条法网，因为根据事实的发展，已经足以证明你确有运用直接间接手段，危害被告生命的企图，所以你已经遭逢着我刚才所说起的那种危险了。快快跪下来，请公爵开恩吧。"

鲍西亚身穿法官服，侃侃而谈，光彩照人。

夏洛克不仅要损失借出去的钱财，财产也将被他人接管，两手空空，还要被迫改变信仰。作为"上等人"，安东尼奥用自己的仁慈和宽容，对这个"下等人"实施了最残忍的酷刑。

夏洛克是一个有着强烈自尊的犹太人，没有什么比让他放弃自己身份更残忍的选择了，尽管他也珍爱金钱、珍爱生命。在听到宣判后，夏洛克无所适从，手握犹太教的圣物，痛哭失声。

"不，把我的生命连着财产一起拿了去吧，我不要你们的宽恕。你们拿掉了支撑房子的柱子，就是拆了我的房子；你们夺去了我的养家活命的根本，就是活活要了我的命。"

这是夏洛克的呐喊，也是石璞从心底里发出的撕心裂肺的呼声，是他为受苦受难的犹太人的命运鸣唱的一曲无尽的挽歌。石璞站在夏洛克的立场上，把喜剧完全变成了悲剧，把那个处于社会底层、空有钱财却没有社会地位、努力想要赢得属于自己的个人尊严而不得的犹太人刻画得让人心酸。

台上，白发苍苍的夏洛克涕泗横流；台下，正襟危坐的观众们更是掩面而泣。人们对夏洛克，既鄙夷他的贪婪，憎恨他的残酷，又多少同情他所受的种族压迫和屈辱。

演出大获成功，好评如潮。

首场演出，石璞因入戏过深，以至于观众退场，剧场已空无一人，他的情绪还依旧难以平复，哭得全身抽搐起来。

舞台一隅，风鬟雾鬓的冷靖，望着泪落满腮的石璞，更是悲不自胜。

石璞的表演，表现出了他对莎士比亚戏剧的充分理解和极度热爱，他把观众带入了那个伊丽莎白一世的时代中，去真实地体会那些社会问题、生活压力、文化传统、检察制度、世俗偏见，以及传统戏剧所带来的强烈激情。

《威尼斯商人》之后，学校又相继排演了好多剧目。

有一次，学校排演《红楼梦》片段，石璞又是和冷靖演对手戏。

石璞嗓音宽厚圆润，气度大方，扮相英俊，表演细腻。一笑百媚俱生，一哭双泪即至。

滴不尽相思血泪抛红豆，开不完春柳春花满画楼，睡不稳纱窗风雨黄昏后，忘不了新愁与旧愁，咽不下玉粒金波噎满喉，瞧不尽镜里花容瘦,展不开的眉头挨不明的更漏,展不开的眉头挨不明的更漏。啊……恰便似遮不住的青山隐隐,流不断的绿水悠悠……

一曲《红豆词》,被石璞唱得如泣如诉,似吟似诵。

而对石璞一直怀有尊重与钦佩之情的冷靖更是听得如醉如梦,似痴似狂。禁不住在心中泛起了别样的情愫,以至于竟然忘记了接戏。

从那以后,再看石璞,眼神就不一样了。

从《威尼斯商人》开始,在舞台上,石璞又饰演了各类不同角色,塑造了社会各个阶层形象,几乎成为"被侮辱被损害"的舞台代言人,其中有农民、商人、船员、搬运工、学生、小手工艺者、军人、乞丐……有正派角色,也有反派角色。这些充满悲剧色彩的舞台形象,可说是旧中国千百万苦难人们的缩影。石璞在舞台上的表演,已经达到了出神入化的地步。

说真的,有段时间,石璞还真是喜欢上了演戏。戏服一穿,台上一站,"惟至人之非己,固物我而兼忘"。一潭死水的读书生活一下子变得丰富多彩,许许多多在寻常日子里,别说做不敢做了,想都不敢想的事情,在戏里都能变成现实,指点江山,君临天下,金戈铁马,鼓角铮鸣……好玩极了。

然而,就在很多人都断定石璞一定会在中国戏剧舞台上大放异彩的时候,石璞却莫名其妙地告别了舞台,投身到了革命的滚滚大潮中去。

若干年后,当年曾慧眼识才,让石璞扮演夏洛克的指导老师从其他同学处,辗转打听到石璞牺牲于雨花台下的时候,禁不住泪如雨下。

——由于信息闭塞,加之,石璞所背的"罪名"是"甘心附共,图乱首都,无法可恕",石璞家人作为"匪属",更是守口如瓶。犯"通匪"罪,那是要受到"株连"的。

所以,这位老师不知道,他的乡亲也同样不知道石璞罹难的消息。

整整一天,这位老师一直在不停地自言自语念叨着:"可惜了,可惜了,可惜了啊!"

书生不知亡国恨。老师非常后悔,当初没有生拉活拽,坚持把石璞留在身边,让他一边学习,一边演戏,别涉足政治。这样,石璞就不会身遭不测,而中国的戏剧舞台,也许会因此多一位光彩夺目的戏剧明星。

第五章
赤心报国

石璞这段时间的心情,真不是一个"好"字所能概括得了的。

兴奋和激动,如同决了堤的洪水,浩浩荡荡、哗哗啦啦地从他的心里倾泻了出来,欢欣鼓舞,心花怒放,他再也无法隐藏他的那份斯文了。奔跑,奔跑,奔跑!他身上的每一根汗毛都跳动着扬眉吐气的欢畅。

就在十天前,他在同学郑辅周的介绍下加入了中国国民党。

中国国民党(原名罗马化:Kuomintang;简称国民党、KMT;英文亦可直译作"Chinese Nationalist

Party")为孙中山所创建的一个中国政党,是中国历史上第一个资产阶级政党。

东北地区多年以来就是"三足鼎立":日本帝国主义、张作霖奉系军阀及处于地下秘密活动的国民党。日本帝国主义利用张作霖巩固他们在东北的特权地位,张作霖则利用日本侵略者维持他"东北王"的地位,并借此对抗关内其他军阀。——相互勾结,相互利用。这时的奉天,军警、特务横行无忌,暗杀、绑架累累发生,黑暗恐怖的乌云笼罩着古城,人民在水深火热的死亡线上挣扎。虽然国民党没有公开活动,但是,他们的势力正在不知不觉中逐渐扩大。

石璞听到别人说过,好多学兄学姐都参加了国民党。

1927年4月20日,田中义一出任日本政府首相。田中义一上台,便大肆攻击前内阁的外交政策,指责前外相币原喜重郎"把中国的赤化看作别国的内事,与我无关,实属荒谬绝伦"。在"刷新外交"的口号下,积极推行侵华政策,向张作霖强索铁路权,逼张解决所谓"满蒙悬案",从而激起了东北人民的反日怒潮。9月4日,沈阳两万人示威游行,高呼"打倒田中内阁"口号。在全国反帝浪潮的冲击下,以及张作霖本人的民族意识,奉系政府未能满足日本在"满蒙"筑路、开矿、设厂、租地、移民等全部要求,并有所抵制,为日本内阁所不能容忍。日本关东军由此断定,东北人民的反日游行系张作霖煽动所致,对他怀恨在心。

1928年6月初,对日本人心怀不满的中华民国陆海军大元帅、奉系军阀首领张作霖离京回东北,日本关东军高级参谋河本大作闻讯即布下了"必死之阵":在距沈阳一公里半的皇姑屯火车站附近的桥洞下放置了三十袋炸药及一支冲锋队。

6月3日晚六时,张作霖离开北京大帅府,乘坐由奉天迫击炮厂厂长沙顿驾驶的在英国制的黄色大型钢板防弹汽车,奔往火车站。

张作霖的专车二十二节,是清朝慈禧太后用过的"花车",装饰非常华丽。张作霖乘坐的包车在中间，后面是餐车，前边是两节蓝钢车。

专车前面还有一列压道车作前卫。

6月4日清晨，日本驻奉天总领事林久治郎很早就起了床，登上住房屋顶用望远镜朝三洞桥瞭望。五时二十三分，当张作霖乘坐的专车钻进京奉（北京至沈阳）铁路和南满（吉林至大连）铁路交叉处的三洞桥时，日本关东军大尉东宫铁男按下电钮，一声巨响，三洞桥中间一座花岗岩的桥墩被炸开，桥上的钢轨、桥梁被炸得弯弯曲曲，抛上天空，张作霖的专用车厢炸得只剩一个底盘。

张作霖被送进沈阳"大帅府"时已奄奄一息，于上午九时三十分死去，时年五十四岁。

为防止日军乘机举动，奉天当局决定对张作霖的死密不发表，发表通电称：主座"身受微伤，精神尚好"，"省城安谧如常"。

大帅府邸日日灯火辉煌，烟霞阵阵。

直至张学良潜回沈阳，才于6月21日公布张作霖死讯。

1928年12月29日，张学良对外宣布"东北易帜"，服从国民政府领导。

东三省许许多多反对日本帝国主义侵略，反对奉系军阀残暴统治，怀有爱国进步思想和民主主义思想的青年，把救国救民的希望完全寄托了在国民党的身上，争先恐后加入国民党。

满怀着忧国忧民的激情，为寻求救国救民之路而奋发学习奔走呼号的石璞，更是如饥似渴地阅读各种进步书刊。每当学校熄灯以后，他就与地下国民党员郑辅周、杨庭臣等要好的同学，在教室中以温习功课为名，小声地高谈阔论，什么时局了、军阀了、民主了、国民革命了……

那些"一心只读圣贤书"的同学一听他们讨论这些装腔作势云山雾罩的东西心里就别扭，隐隐约约感觉这些同学正在被这些乌七八糟的东西教坏。

每每看到他们鄙视的目光，石璞总是挺身而出，与他们针锋相对："你们知道什么叫未曾年轻便已经衰老，未曾希望便已经绝望，未曾追求便已经放弃吗？就是你们这个样子。陈独秀先生在《敬告青年》一文中，对青年提出六点要求：自由的而非奴隶的；进步的而非保守的；进取的而非退隐的；世界的而非锁国的；实利的而非虚文的；科学的而非想象的。一个人如果没有国家意识，失去了民族的自尊和自重，哪怕他再有钱，再有学问，再会写风花雪月，他都不配做一个人，因为他没有灵魂，没有灵魂的人只是一具行尸走肉。"

新的思想理论，使他初步认识到民族危难的根源，给他探索救国救民的道路带来了希望之光。

石璞不止一次地在与同学们一起讨论中国的出路时说："打倒帝国主义，打倒军阀、官僚、贪官污吏、土豪劣绅主，建立一个独立、自由、平等、民主、幸福的中国，是我国的唯一出路。""青年人要向一切黑暗的制度革命。"还在笔记的扉页上写下了："努力才是人生，颓唐只见人死，勿以恶小而为之，勿以善小而不为。思想要革命化，行动要纪律化，生活要平民化。勿悲观！勿怠惰！勿自傲！"作为自警自勉的座右铭。

这天，快放学时，郑辅周神神秘秘地塞给石璞一张纸条，上面写道：

"放学以后请跟着我走。"

石璞不由自主地扭过头看了郑辅周一眼，郑辅周坚定地朝他点了点头。

石璞早就听过同学们议论，说郑辅周是国民党员，正在秘密从事地下革命活动。石璞曾经仔细地观察过郑辅周，确确实实有异于一般同学，但具体到哪一点，又非三言两语能够说得清楚明白。

石璞曾向他透露过自己有志于参加革命活动的想法，郑辅周听后点点头，没有表态。没过两天，郑辅周偷偷塞给石璞一个小册子。

石璞拿到寝室认真翻阅，见这是一本介绍国民党的历史沿革及其发展历程的书。这本书，让石璞对国民党、对孙中山有了进一步的了解——

清光绪二十年（1894），正值中日甲午战争，孙中山赴夏威夷檀香山号召华侨亲友，创立"兴中会"革命救国组织，揭开了中国资产阶级民主革命运动的序幕。清光绪三十一年（1905），兴中会联合华兴会、光复会等几个重要革命团体，于日本东京组成同盟会。清宣统三年（1911）10月10日，革命党人领导的武昌起义，得到中国各省响应，最终导致清宣统皇帝溥仪逊位，中华民国肇建，中国政治制度由维持两千多年的帝制走向民主共和，为亚洲第一个民主共和国。民国元年（1912）1月1日，中华民国成立，同盟会成为合法组织。8月25日，在北京虎坊桥湖广会馆联合数个小型政党组成国民党。民国二年（1913）初，国民党在代理理事长宋教仁（代理孙中山理事长，当时国民党的实际掌权者）领导下，于全国选举中，在参议院与众议院皆获得最多席次成为国会最大党。3月20日，宋教仁被暗杀。7月12日，孙中山等人发动"二次革命"与"护法运动"，旋即失败。11月4日袁世凯解散国民党。民国三年（1914）7月，孙中山等人于东京另组中华革命党，重新成为革命政党。1924年1月20至30日，孙中山在广州主持召开中国国民党第一次全国代表大会，通过了《中国国民党第一次全国代表大会宣言》《中国国民党章程》和其他决议案，接受中国共产党提出的反对帝国主义、反对封建主义的主张，承认共产党员和社会主义青年团员以个人身份加入国民党，确立"联俄、联共、扶助农工"的三大政策，重新解释三民主义，把旧三民主义发展为新三民主义。经过改组的国民党，从一个单纯的资产阶级政党，转变为工人、农民、小资产阶级和民族资产阶级的革命统一战线组织，成为当时革命政权和革命战争的核心骨干力量。

石璞从那时起就在心里认定，跟着郑辅周不会错。

放学以后，石璞不远不近地跟着郑辅周，走大街、串小巷，七扭八拐，来到了一间印刷厂的排字车间。工人们已经下班了，车间里有一位还没来得及装扮、灰头灰脸的中年汉子和七八个年龄和自己相仿，也是一身学生装束的男女青年。借着悬挂在屋顶上的一盏昏黄的电灯，石璞看见迎面墙上孙中山先生的正面相片和一面中国国民党党旗。

郑辅周向石璞介绍那位中年汉子，"这是咱们奉天支部的老徐同志，老徐，这就是我多次给你介绍过的石璞同学。"

"欢迎你，石璞同学。"老徐满脸笑容地握着石璞的手，接着又招呼其他同学，"大家伙都坐吧。"

老徐给郑辅周递了个眼色，郑辅周给每个同学面前都放了一张表。

"同学们，先填下你们的入党志愿书吧。"

车间里，鸦雀无声，依稀辨别得出同学们沙沙的笔走龙蛇的写字声音。

"好，同学们请起立，就让我们面对伟大的孙中山先生，还有神圣的国民党党旗来宣誓吧。"郑辅周一脸严肃。

同学们也都一脸严肃。

石璞懂得，宣誓，古代也叫起誓，就是用最郑重的形式，在誓言接受者面前表明自己，并愿意接受誓言者监督，在起誓的那件事上把对自己的监督和处置全权交给誓言接受者。宣誓在古代可以起到约束人心、自觉守法的作用，同时也是民事诉讼审判中的重要证据。这是誓言的本质决定的。在文明古国中，对证人宣誓最为重视的要数罗马帝国，法律将宣誓分为任意宣誓、强制宣誓和请求宣誓。孟德斯鸠在《论法的精神》中说："'誓言'在罗马人中有很大的力量，所以没有比'立誓'更能使他们遵守法律了。他们为着遵守誓言常是不畏一切困难的。"

自己这一宣誓，就是把自己的一生都交付给国民党了，石璞想。

石璞郑重其事地点点头，"好！"

本人会凛于遗教之伟人深切，与国难之严重，更鉴于世界人类祸患之方兴未已，确信自立为人之基，自救为救人之始。特制为全党党员守则十二条，通令全体同志，一致遵行。务期父以教子，师以教弟，长官以教士兵，共信共行，互切互磋，亲爱精诚，始终无间。人人能成为世界上顶天立地之人，斯中华民国成为世界上强康安乐之国，然后三民主义能实行于全国，和养于世界，千年万世，永垂物疆之休。惟我负革命建国大责任之全党同志共守：

一、忠勇为爱国之本；二、孝顺为齐家之本；三、仁爱为接物之本；四、信义为立业之本；五、和平为处世之本；六、礼节为治事之本；七、服从为负责之本；八、勤俭为服务之本；九、整洁为强身之本；十、助人为快乐之本；十一、学问为济世之本；十二、有恒为成功之本。

"同学们，从今天起，你们就是国民党党员了。希望大家恪守今天的入党宣言，记住你们的远大抱负，思考民族的命运，睨柱吞嬴，回旗走懿，以不怕任何艰难险阻，不惜付出一切牺牲的精神，勇敢地去探索和追寻救国救民的道路！"老徐说。

同学们郑重其事地将头点了又点。

石璞充满深情、热血沸腾地望着国民党党旗，感觉黑暗中仿佛突然升起了太阳，让这个空气沉闷的车间骤然明亮了起来。其他同学也与他一样，一双双眼睛开始放光，就像一束束刚刚点燃的烛火。

中国国民党党旗由被孙中山称誉"中国有史以来，为共和革命而牺牲第一人"的陆皓东于1893年所设计，象征着自由、平等、博爱之精神，民族、民权、民生之三民主义。青天象征中华民族光明磊落、崇高伟大的人格和志气；白日象征光明坦白、大公无私的纯正心地与思想。十二个时辰，喻"礼义廉耻忠孝仁爱信义和平"之意，即中华民族传统美德之"四维八德"。

石璞听郑辅周说过，广州起义时，陆皓东被捕入狱。在狱中，遭受严刑逼供，宁死不屈，当庭奋笔疾书，痛斥清政府腐败、投降卖国，"今事虽不成，此心甚慰，但一我可杀，而继我而起者，不可尽杀！"1895年11月7日英勇就义，年仅二十七岁。"死节之烈，浩气英风，实是为后死者之模范。"

如果自己有一天不幸身陷囹圄，一定要像陆皓东一样，视死如归，坚贞不屈，宁为玉碎不为瓦全。

石璞想。

第六章
驿寄寒梅

石璞一身布衣布褂,手里拿着书本,默不作声地穿过寂静的长廊,一步一步地向寝室走去。

这时,他听有人在背后叫他。

"石璞同学,请你停一下。"

石璞转回脸。这时,太阳的光芒,像一丛丛随意从天上撒下来的银针,刺得他眼睛疼。石璞不由得闭起了眼睛,待他睁开眼睛时,看见是冷靖站在对面,睁着一双亮晶晶的双眸正深情地注视着他。

冷靖皮肤光洁,天生有一副好眉毛,眼睛水汪汪的。可石璞却在她睫毛下发现了一粒突然长出来的细小的痘。石璞的脑子不由自主地转了一下。他跟自己说，一粒痘算不了什么的，如果非要算的话，也应该算作是瑕不掩瑜。

这样一想，他的心里就没了纠结，说：

"我以为谁呢，原来是你。找我有事？"

"我才懒得找你呢。"石璞表面上的心如止水让心潮腾涌的冷靖心里十分不悦，她委屈地摆弄着衣角，"校长室委托我捎话给你，让你过去一趟。"

校长，在学生眼里，这可是一个如日中天的职位，哪是一般学生想见就见的。石璞入学几年了，也就是在《威尼斯商人》首演的时候，跟校长说过一句话，确切地说，是校长跟他说了一句话。校长拍着他的肩膀说："演得不错！"仅此而已。下次再见，侧目而过，视同陌路。学生见校长，一般只有在两种情况下才有可能，一是做出了声动校园的成绩，一是惹下了惊动校园的过错。成绩，除去上次饰演夏洛克——如果那也能算作成绩的话——石璞自忖眼下着实没有什么骄人的成绩可以瞩目。至于过错，自己一向安安分分循规蹈矩，也没有什么品行不端的过错啊？那是为了什么呢？

想到此，石璞不禁有些惶恐不安："校长……有什么事吗？"

冷靖不咸不淡地说："你说你这人是不是挺有意思啊？校长是要你到办公室去，又不是找我，我怎知有事没事。俗话说：白天不做亏心事，半夜不怕鬼敲门。有事没事，别人不清楚，自己心里还不清楚吗？"

石璞脸红了，"你看，我就是顺口一问，竟引来你废话一堆。"

"怎么，嫌我话多了？我这好心捎话还捎出毛病来了？好好好，算我多管闲事。反正，该说的，不该说的，我都说了，你爱去不去。"说完，转身扬长而去。

冷靖这么一说，石璞更加不知所措了，"哎哎哎——"

冷靖停下脚，转回身，望着石璞，笑了。秋水般的眼睛眯着，太阳的光辉在她的秀发上闪烁出悦目的光泽。冷靖说："再跟你说一遍，我叫冷靖，不叫哎哎哎。"冷靖有一张极富表情的脸蛋，只要一放松，便立刻显现出了一副别有一番风情的小鸟依人的姿态。

石璞挑了一下眉毛，"对对，冷靖。冷靖你好。"

"去吧，不会有事的。"看见石璞急得抓耳挠腮的样子，冷靖心软了，"校长不在家，一大早就到县里开会去了。"

石璞长吁了一口气，如释重负，"那是谁找我呢？"

冷靖两手一摊，"这我就不知道了。"

"知道了，谢谢冷靖，再见！"石璞说完，撒开腿向校长室奔去。

"哈哈哈……"望见石璞莽莽撞撞的样子，冷靖百媚一笑。

校长室门前，石璞停下脚步，喘了口气，恭恭敬敬地叫了声："校长好。"

就听屋内传来："是石璞同学吧？门没关，进来吧。"

石璞打开门，室内却不见校长踪影。正疑惑间，一位身材苗条的女老师走上前来，微笑着说："你就是石璞吧？校长不在，就由我来代为转达指令吧。"说着，指着冲门摆放的一组沙发，"坐吧。"

石璞不知究竟，有些惴惴不安地坐了下来。

女老师回身拿了一沓子资料，也在石璞对面坐了下来。

"是这样，"女老师说，"咱们东北大学的创始人王永江校长不幸去世了，学校准备近期召开一次公祭大会，决定由你代表全校师生来宣读祭文。"

石璞再一次大惊失色。

今天到底是怎么了，怎么遇到的都是石破天惊的大事呢？

王永江，这个名字太熟悉不过了，可谓皓月当空如雷贯耳啊！

王永江（1871—1927），字岷源，号铁龛，大连金州人，张作霖奉系军阀中的重要成员，曾出任奉天督军高等顾问、警察厅长、财政厅长、东三省官银号督办、东北大学首任校长、奉天省长等职。王永江为官清正，善于理财，精于文治，反对逞兵争雄，主张保境安民，简练军实，节用剔弊，发展实业，兴办教育。东北大学正是为了施行其文治主张，改变奉天及东北文化教育落后的状态，适应东北军事、经济发展需要而创办的。

在清朝封禁政策的桎梏下，东北地区经济、文化、教育长期处于落后状态。后来，由于新政的实施和辛亥革命的推动，文化教育有了一定的发展。但因长期的历史影响，加之大小军阀穷兵黩武，祸国殃民，财政匮乏，民穷智愚，文化教育一直发展缓慢。1923年，辽宁省内之高等学校，仅有部设之沈阳高等师范学校及私立医学专科学校。南满医科大学及旅顺工科大学系日本所办，哈尔滨法政大学系俄侨所设立，专收俄生。各省中学毕业生，多负笈前往平津，入各大学及专门学校求学。刚刚就任省长不久的王永江，目睹这种状况和日寇谋取东北日炽，急需有识之才建设东北的现实，不顾日人之反对，毅然决定由奉天省长公署联合吉黑两省，创办东北大学。

日本驻奉天总领事闻讯，如坐针毡，心急火燎前来"劝告"王永江说："你们不必办大学，想要造就理工人才，可以上我们的旅顺工科，学医可以到我们南满医大去，学文、学法可以到日本去，我们可以给予官费优待及一切便利。"

王永江横眉以对："办学是我们中国人的事情，还轮不到你们日本人来指手画脚！"

总领事碰了一鼻子灰，灰溜溜地打道回府。

为了把东北大学办成具有较高水平的综合大学，王永江力主坚持高标准、严要求，以优厚待遇，张榜招贤。东大的教授，有的毕业于美、英、德、法、日、瑞士等国的名牌大学，学贯中西，掌握近现代科学知识；有的是清代拔贡，精通中国文学、儒学；有的是社会名流贤达，有的是学者、专家；甚至北洋政府中学有专长的官员，只要是贤才，东大莫不千方百计招揽。可谓群星荟萃，钟灵毓秀：张伯苓、罗文干、汤尔和、章士钊、黄侃、林损、梁漱溟、冯祖荀、刘仙洲、梁思成、刘半农、吴贯因、范长恭、郝更生等一批国内著名学者，都曾在这里工作或执教。他们办学有方,治学有法,学术水准高,学风严谨。名师名校,东大发展异常迅速。1931年,达到鼎盛时期,全校设有六个学院,下置二十四个系,八个专修科,在校生两千余人,跻身于全国名牌大学之列。东北大学的创办推动了奉天及东北文化教育的发展。从此,东北之莘莘学子,再不必跋涉千里,负笈关内,而可就近入校求学深造。

这么重要的事情,他一个毛头小伙怎能担当得起?石璞忐忑地站起身,"老师,我……"

女老师用手示意他坐下,"校长这一生,就如一树迎风斗寒暗香疏影的梅花,意志坚定,清雅俊逸,经霜雪而不凋,历四时而常茂。特别是校长的道德修养、精神境界,更如同梅花一样玉骨冰肌,傲霜怒雪,世人敬仰。"

女老师的话,让石璞的脑海,骤然间回响起了陆游的《落梅》:

"雪虐风饕愈凛然,花中气节最高坚;过时自合飘零去,耻向东君更乞怜。"

"由你宣读祭文,绝非哪一人心血来潮,是筹委会多次研究定下的,可说是慎之又慎。筹委会也坚信,你一定能完成好这一责任重大的艰巨任务。"

此时此刻,校长王永江仿佛就站在石璞面前,耳提面命,谆谆教诲,激励着他雄健前行。

石璞"腾"地再度站起身,严严翼翼,说:"请老师和同学们放心,石璞决不会辜负老师和同学们的期望!"屋子里有些暗,斑斑驳驳的阳光从窗外横冲直撞的枝桠间溜进来,石璞的脸看上去犹如蜡像。

女老师笑了,"校长就说了,石璞一定会接受而且还会令人满意地完成好这个任务的。"

"老师过奖了,石璞一定尽心竭力完成这一艰巨任务。"

石璞果然不负众望。

公祭大会这日，天凝地闭，雾惨云愁，老师和同学们胸戴白花，神色凄然。 石璞庄严肃穆地站在祭台上，满含热泪，将悼词从头到尾一字不漏地背诵下来，声调抑扬顿挫，悲痛感人，催人泪下。

二十年代初，祖国孱弱，列强瓜分，中华民族处于危亡之秋。东北这一膏腴之地，尤为列强所垂涎。为了适应富强东北、反对外侮、培养人才的需要，奉天省长王岷源先生，从百年树人之计出发，高瞻远瞩，集资创设东北大学。首任校长岷源王公，于开学之日恳切陈词，其所以勖勉同学者倍至，故无不感奋万端，永矢弗谖……

石璞的才能又一次震动全校。

石璞没有看见，在所有参加公祭大会的师生中，有一位姑娘泪水流得最欢。 侃侃谔谔的石璞，在这姑娘的眼里仿佛浮在雾里。 其实，是姑娘的眼睛中盈满了泪水。 仿佛流泪的地方，以前是一个不见天日的深井，现在才涌出来。 姑娘的内心充满了尖锐的隐痛，就是流眼泪也无法使它减轻。

这位姑娘，就是冷靖。

第七章
旧恨新仇

石璞一出寝室门，就发现校园里的气氛不同往常。

往日，这个时候，是同学们最紧张的时候。不论男生女生，哪一个都是步履如飞，脚下生风，急急匆匆地往教室里赶。今天这是怎么了，铃声都响了这么久了，还三个一群、五个一堆地聚在操场上交头接耳，窃窃私语。最重要的是，所有的同学，一扫昔日容光焕发眉飞色舞的神态，全被敛容屏气正颜厉色取而代之。最热闹的地方，就是校长室门前，被围得人山人海，水泄不通。

一定是出了什么大事了!

石璞边想着,便往校长室走去。路上,石璞问了几位同学,全都吃了闭门羹,不是摇着头闭口不言,就是摆摆手溜之大吉。

"这真是奇了怪了,就是发生了天一样大的事,也不至于人莫敢言,道路以目啊!"

石璞正纳闷着,就看见冷靖行色匆匆心事重重地走了过来,石璞赶忙叫住她。

"快说说,到底出了什么惊天动地的大事了?"

冷靖的脸因为生气,涨得通红,光洁白皙的脖子上,青筋暴起,瞪得如铜铃般大小的眼睛里尽是怒火。由于极度地生气,以至于嘴唇哆嗦了半天,都无法说出一个字。

见冷靖这种状况,石璞明白了,确确实实是有大事发生了。所以,并不去催她,只是小声地劝慰她:"冷靖啊,别生这么大的气,冷静,冷静。"

冷靖冷静了好久好久,呼吸才变得顺畅,嘴里不停地念叨说:"太气人了!小鬼子欺人太甚了!太气人了!小鬼子欺人太甚了!"

这时,又有几位同学围了过来,大家七嘴八舌地说个不停。石璞仔细地梳理了半天,总算是弄清了事情的原委。

——今天早上,东北大学附中的一位国文教师在沈阳火车站上车时,遇日本人盘问检查,只因回答迟了点,惹恼了日本人,一群人围着一个手无寸铁的文弱书生拳打脚踢。一个弱不禁风的秀才,哪经得起这番狂轰滥炸?不一会工夫,就被打得遍体鳞伤,血流满面。日本人还不解气,非要让国文老师承认是他先辱骂了日本人,并要磕头认错。国文老师伤得连头都不知道抬了,哪里还跪得下去。日本人不罢休:不磕头认错就休想离开半步。可怜国文老师像条丧家犬一样,血头血脸神志不醒蜷缩在地上。殷红的血淌得遍地都是,再不送医院救治,仅是流血,都能把他的命给流没了……

事件发生时,恰巧,东大附中的一位女同学打那儿路过,满怀悲愤地目睹了事情的整个经过。女同学有心上前制止,无奈势单力薄,不仅救不出国文老师,极有可能自己也要跟着重蹈覆辙,遭这群禽兽的凌辱。想来想去,女同学最终还是没敢轻举妄动,她唯一能做的,就是跑回学校来搬救兵。

老师们也不敢轻举妄动,赶紧向校长汇报。校长也不敢自作主张,立刻差人向教育局禀报。同学们却不管这一套。肺都要气炸了,还管你什么"公理"不"公理"。德将为汝美,道将为汝居,汝瞳焉如新出之犊,而无求其故。你们当官做老爷的怕日本人,我们不怕。坚决要求到火车站去找日本人交涉,不解决,就不进教室。

校领导正在紧急磋商应对方案。

石璞一点儿也不怀疑同学们所叙述的事件的真实性。

——自 1894 年中日甲午战争以来,日本这个东方邻国就成为了中国面临的巨大威胁。一个弹丸之国却频频发起侵华战争,使这片土地饱经战火,山河破碎,满目疮痍。东北的黑土地是最肥沃的,也是最让东北人骄傲的。然而,在日寇统治下,纵有黑土,却无法滋养我们的同胞;东北人历来体格最壮,却在日寇的魔爪下,枯竭成了一个个的"蜡人",面黄肌瘦,甚至命丧黄泉。

除了生活的窘迫之外,东北人民还有另一重生活重担——义务劳动:给日军筑兵营、盖仓库、挖战壕、修碉堡、挑水运柴。日本人居住的地区,周围修筑砖墙和铁丝网,和外界隔开,中国人绝对禁止走近这地区,见到日本士兵必须鞠躬致意。行动也受到了严格管制。居民地点均围以砖墙,门只在白天开放,人们进出村庄都要拿出通行证。

而作为日本舆论的喉舌,《盛京时报》渲染的却是教育发达、经济繁荣、人民和乐的景象,还配有图片:小摊贩们一脸笑意,挑子里瓜果梨桃俱全,百姓与小贩讨价还价,一派清晨小市场的热闹样子。逢年过节,《盛京时报》还用很大的篇幅描写东北各地群众"喜气洋洋"过节的景象，照片上的东北人聚集在皇寺周围，人山人海，煞是热闹。

天空不再高远，云层压得很低，让石璞有喘不过来气的感觉。

"奇耻大辱，奇耻大辱啊！"石璞的眼中喷射出愤怒的火焰，愤怒使他的血管都要挤爆了。

最近时间以来，石璞一直有一种被捆住了的感觉。坐在教室里、走在街道上、站在国旗下，他始终在假装充满激情，其实，内心只剩下了厌倦和幻灭。他感觉某种东西已经改观了，某个政党已经蜕变了，国家已经不像个国家了。就如父亲所说，这样的国家，不要说我们，甚至连非法移民都想离开这里了！

"日本人已经骑在我们的头上了，我们还在这儿慢慢吞吞不急不躁地磋商，莫非还在等日本人来灭我们不成？走，找校长去，问他敢不敢去跟日本人交涉？校长要是不肯出头的话，我来带这个头。同学们敢不敢去？"

石璞一句话点燃了山火，山火遇着了风，火借风势，风助火力，霎时燃起了红光冲天的熊熊烈火。

"去，有什么不敢？"

"对，找校长去，问他敢不敢去跟日本人交涉？"

"找校长去，找校长去，找校长去！"

冷靖悄悄地拉住石璞，又气又急，说："你就是沉不住气，校长们正在开会，再等一等嘛。"

"等？日本人磨刀霍霍，再等刀就砍到咱们脖子上了！"石璞充满野性的眼睛与冷靖对视着，眼中写满愤怒，肺部也急促地起伏。他怒不可遏地说道："不打倒日本帝国主义，收回南满铁路和租界，我们就是亡国奴。只有打倒帝国主义，铲除军阀，中国才能得救。别无他路可行！"石璞挥拳表示："不如我们不等校长们的决定了，我们自己去。在我们中国人自己的地盘上，我们有什么可担惊受怕的。"

冷靖这会儿反而一点儿也不急了，拽着石璞的袖子不松手。

"欲为千金之裘而与狐谋其皮，欲具少牢之珍而与羊谋其羞。你了解事情的前因后果吗？你知道该找谁去讨还公道吗？你清楚与日本人交涉的后果吗？"

但石璞的冲动已经难以阻止，不可遏制的怒火几欲烧毁石璞的胸膛。

"什么后果？即使我们成仁，我们的生命又算得了什么？我们要挽救整个民族。大不了一死，有什么可恐惧的？"

石璞转过身来，冷靖看到他的太阳穴被过度激动的下颌肌牵动着，正在剧烈地抽搐。

"我们与日本人交涉的目的是去送死吗？去一个死一个，那还交涉什么？校长老师们之所以要极深研几观往知来，其目的就是要以最小的代价，特别是避免那种蛮干莽撞的无谓牺牲，夺取最大的胜利。"

石璞望着冷靖，觉得她的话是有几分道理。心想，这次她倒是挺冷静的。

正嚷嚷间，就听"吱扭——"校长室的门开了，紧接着，校长脸色铁青地出现在办公室门口。

看到这么多同学围在门前，校长禁不住为之一愣。正颜厉色地指责道：

"子不学，非所宜。幼不学，老何为。身为学生，不专心致学，却跑到这儿雀喧鸠聚，吵吵闹闹，你们自己看一看，成何体统？"

"校长所言差也。"石璞毫不畏惧，上前一步，理直气壮道，"身为学生，是该专心致学，可是，校长难道没有看到吗？东北之大，已经放不下一张安静的书桌了。日本人已经肆无忌惮地杀到我们的床上来了，莫非校长要教导我们不应揭竿而起，而是闭起眼睛假寐？"

"同学们，我们的老师无端被打，我和你们的心情一样义愤填膺，痛心切齿。这起事件，绝不能因为对方是日本人，就忍气吞声不声不响地像溪水一样地流过去了，这笔账，一定要跟日本人清算。但是，讨还血债不应由你们去，你们还小。 首当其冲的，应该是我们。 孩子们——"说着说着，校长连称谓也变了，"你们没有武器，却有着世界上最令人佩服的勇气，你们敢于也愿意用牺牲自己作为武器来保卫国家。 作为你们的长辈，你们的校长，我只能说：谢谢你们！ 但我仍不能同意你们去与虎谋皮。 你们是祖国的未来，如果国家的未来为了所谓的国家前途牺牲了，那这个国家还要这个所谓的前途干什么呢？ 只要我在，你们初绽的像花儿一般美好的生命就不应也不会凋谢！"

校长说得开心见诚，斩钉截铁。

"天下兴亡，匹夫有责。 爱国是我们学校的传统，每一个学生首先应该懂得的道理和终身实践的目标，就是热爱祖国并为之奋斗。 国家是大家的，爱国却是我们每一个有良知的中国人的本分。 常言说得好，打仗亲兄弟，上阵父子兵。 学校是我们的学校，老师是我们的老师，国难当头，理应群起而攻之，焉有校长一人挺身而出之道理？"石璞说话的态度也由激愤变得恳切。

"同学们，身为青年学生，有一颗报效祖国的赤诚的爱国心，关注国家的前途和民族的命运，敢于站在时代潮流的前头，具有强烈的政治敏感性和参与意识，这都是好事。 事实也证明，任何一次学生运动如果不能配合整个的革命运动，不能担负起时代的任务，那么这种学生运动就没有生命力，也就没有历史意义。"校长丝毫不为之所动，"但目前，还没有发展到要由你们青年学生去解决的地步。 同学们是怕我胳膊肘子往外拐，站到日本人那边去了？ 是不是呀石璞？"

石璞怔住了，"校长怎知我叫石璞？"

"大名鼎鼎的石璞我要是都不认识，岂不是玩忽职守了？ 在我们这个校园里，不认识我这个校长的，不能说没有，不多。 而不认识你石璞，可以说绝无仅有。"校长话锋一转，"石璞啊，带着同学们去上课吧，老师们已经在教室里等着你们了，总不能让他们空等一场吧？ 请相信你们的校长，他和你们一样，也是一个有良知、有血性的中国人！"

石璞还想分辩，冷靖适时地站了出来，"同学们,《史记·季布栾布列传》中有一句话：得黄金百斤，不如得季布一诺。为学莫重于尊师。校长所言情真意切，言之有理，动人心魄，感人肺腑，我们还有什么可怀疑的呢？作为学生，我们应该绝对地服从于我们的师长。去上课吧，相信校长会给我们传来胜利的佳音的。"

校长一番话动人心弦，冷靖一番话有理有节，同学们纵有一百个不情愿，也无话可说了。于是，三三两两磨磨蹭蹭地向教室走去。

石璞还想说什么，冷靖在旁猛拉了他一把，说："走吧你，上你的课去。"

"好人都让你做了！"

石璞被冷靖拉了个趔趄，不满地瞥了冷靖一眼，说。

第八章
云开日出

　　石璞又来到了银冈书院,来到了枝繁叶茂的老榆树下。

　　老榆树,为郝浴建书院时所栽。

　　中国人对于风水植物栽种方位是有讲究的,早在远古时期,就有"东植桃杨、南植梅枣、西栽栀榆,北栽吉李"的说法及用树木花草来造"左青龙、左白虎、前朱雀、后玄武"之四神象格局的做法。不知郝浴在栽种时是否鉴戒和借用了风水学的理论,反正,多少年来,老榆树就像一位饱经沧桑的老者,日夜俯瞰着书院,年年抛撒榆钱儿，记录着书院教化育人的功绩。

乾隆时，诗人商其果以老树为题赋诗，来抒发自己对书院发展的希望和祝愿。诗曰："老树婆婆满院荫，每当风雨做龙吟。三春铸得钱无数，洒落人间总不寻。"这首诗真实地记述了银冈书院文运遐昌、育人无数、人才辈出的伟绩。

正所谓"前人种树，后人乘凉"，这天，石璞天刚麻麻亮就走出了老师的寝室，来到老榆树下，如饥似渴逐字逐句地细读《共产党宣言》——

一个幽灵，共产主义的幽灵，在欧洲游荡。为了对这个幽灵进行神圣的围剿，旧欧洲的一切势力，教皇和沙皇、梅特涅和基佐、法国的激进派和德国的警察，都联合起来了。

有哪一个反对党不被它的当政的敌人骂为共产党呢？又有哪一个反对党不拿共产主义这个罪名去回敬更进步的反对党人和自己的反动敌人呢？

从这一事实中可以得出两个结论：

共产主义已经被欧洲的一切势力公认为一种势力；

现在是共产党人向全世界公开说明自己的观点、自己的目的、自己的意图并且拿党自己的宣言来反驳关于共产主义幽灵的神话的时候了。

为了这个目的，各国共产党人集会于伦敦，拟定了如下的宣言，用英文、法文、德文、意大利文、弗拉芒文和丹麦文公布于世。

东西南北海天疏，万里来寻圣叹书。

这本光辉著作，是石璞星夜兼程，铁鞋踏破，从银冈书院曾宪文老师手中借到的。

昨天下午放学以后，冷靖神神秘秘地将他拉到一旁，小声道："听说了吗？银冈书院有位老师手里有一部奇书，书名是《共产党宣言》。咱们学校，好多老师同学都读了。"说完，言犹未尽，又补充道："听人说，在这个世界上，有两本书是影响最大的，一本是基督教的教义——《圣经》，另一本就是这本马克思主义的代表作——《共产党宣言》。《共产党宣言》不是一般的书，它不是冰，而是炭，放在锅里能使水沸腾起来。"

石璞如坠烟海地望着冷靖，不以为然地道："扯吧，什么书能有这么大的威力？"

冷靖不满地盯着他，说："《共产党宣言》译名来自日语，最初是'共产主义者宣言'的意思。1904年11月13日，在日本《周刊·平民报》上，这部著作首次被译成《共产党宣言》。听读过《共产党宣言》的同学介绍说，这本书运用辩证唯物主义和历史唯物主义分析生产力与生产关系、经济基础与上层建筑的矛盾，分析阶级和阶级斗争，特别是资本主义社会阶级斗争的产生、发展过程，论证资本主义必然灭亡和社会主义必然胜利的客观规律，作为资本主义掘墓人的无产阶级肩负的世界历史使命。公开宣布必须用革命的暴力推翻资产阶级的统治，建立无产阶级的'政治统治'，表述了以无产阶级专政代替资产阶级专政的思想。"

"有这么好的书？"石璞一下子来了兴趣，说，"我真想找来好好读一读，你有吗？"

"没有。"冷靖摇摇头，说，"但我知道，你到哪儿能找得到这部著作。"

石璞的眼睛睁得大大的，"哪儿能找得到？"

"这个人你认识，就是银冈书院的曾宪文老师。"

冷靖的话像一道闪电，在石璞的心上劈开一条深深的缝隙。

"我现在就去铁岭找曾老师。"

冷靖拦住他，"你看你，怎么啥时候都是听风就是雨的呢？你看看天都暗了，黑灯瞎火的，到哪儿去找曾老师？今晚先好好睡上一觉，明早动身正好。"

"不行，我一刻也等不及了，我要连夜动身，争取天一亮就能拿到书。"

冷靖摇摇头，说："唉，劝不住你，早知明早告诉你了。"

石璞来不及跟冷靖道别，就匆匆忙忙地上路了。

待石璞星夜兼程马不停蹄地赶到曾宪文门前的时候，天还没有亮。

但石璞已经迫不及待了。

石璞不管三七二十一，"嘭嘭嘭"就砸响了曾宪文的门。

睡眼惺忪的曾宪文打开房门，见是石璞一头一脸湿漉漉地站在晨雾中，曾宪文轻怜疼惜地说："早想到你会来，但没想到，你会这种来法。你看你把自己折腾的这副样子：'铜盘烛泪已尽，霏霏凉露沾衣。'快去洗把脸，我给你找件换洗衣裳。"

"不用了老师，"石璞伸出胳膊挡住曾宪文，"快把书给我吧，我已经急不可耐了。"

曾宪文望着石璞那副火烧眉毛的样子，又是心疼又是欣慰，"如果我们的同学们都如你一样，心忧天下，思国心切，祖国振兴可真是指日可待了啊！"

曾宪文一边给石璞取书，一边曲尽其妙地告诉他说：

1919年冬天，一位当过师范学校国文教员的年轻人陈望道，回到了自己阔别已久的家乡浙江省义乌市分水塘村。从寒冬到次年早春，他在自己的卧室里，借着一盏昏暗的油灯，送走了一个又一个长夜，翻译《共产党宣言》。1920年8月，第一部《共产党宣言》中文全译本在上海出版。这本书一问世，立刻在当时的思想界引起极大的反响，广大进步知识分子竞相购买。《共产党宣言》初版时只印了一千册，出版后很快销售一空。一个月后再版，又印了一千册，仍然很快销售一空。到1926年5月，陈望道中译本的《共产党宣言》已重印达十七版之多。它影响和培育了无数先进分子积极投身革命，促使他们由激进的民主主义者转变成为共产主义战士。就连译者陈望道本人都没有想到，这本只有两万八千多个汉字的小册子，不仅为中国共产党的创立和发展奠定了坚实的思想理论基础，还成为了中国共产党人创造信仰故事的思想起点。

《共产党宣言》(德语: Manifest der Kommunistischen Partei)，是国际共产主义运动的经典政治文献之一，最早由卡尔·马克思和弗里德里希·恩格斯写于1847年12月至1848年1月，1848年2月21日在伦敦发表。同年2月24日《共产党宣言》在伦敦第一次出版。这个宣言是共产主义者同盟第二次代表大会委托马克思、恩格斯起草的同盟纲领。这份文件最初是共产主义者同盟的党纲，为该组织的目的和程序。该宣言鼓励无产者联合起来发动革命，以推翻资本主义并最终建立一个无阶级的社会。《共产党宣言》是无产阶级政党最基本、最重要的政治纲领之一。

曾宪文越是细针密缕，石璞越是求书若渴。

"曾老师，你先把书给我读一读吧，待会儿再辅导好吗？"

曾宪文哈哈大笑，"好，你先去读吧，有什么想法，我们随时交流。"

石璞一读，就再也放不下了。

这是石璞第一次接触阐述科学社会主义理论的书籍。

在《共产党宣言》中，马克思和恩格斯系统、集中地阐述了他们的观点："消灭私有制"，"推翻资产阶级的统治，由无产阶级夺取政权"，然后"一步一步地夺取资产阶级的全部资本，把一切生产工具集中在国家即组织成为统治阶级的无产阶级手里，并且尽可能快地增加生产力的总量"；而且，"共产党人不屑隐瞒自己的观点和意图。他们公开宣布：他们的目的只有用暴力推翻全部现存的资本主义制度才能达到"。

与既往一切信仰不同的是，马克思主义是迄今为止最符合社会发展规律和人类良知的科学思想体系。石璞越读心里越激动，越读心里越敞亮。书中的共产主义的基本思想，让混沌初开的石璞日趋明白了一个颠扑不破的真理：旧式的农民战争、不触动封建根基的自强运动和改良主义、资产阶级革命派领导的革命、照搬西方资本主义的其他种种方案，都不能完成中华民族救亡图存的民族使命和反帝反封建的历史任务。只有马克思主义才是能够指导中国反帝反封建革命的先进理论。百感交集心潮澎湃的石璞，感觉自己仿佛迷雾之中见到了太阳，膏肓之中触摸到了拯救苦难中国的真正良方。

激动不已的石璞一遍又一遍地读着这一段话：

"资产阶级的灭亡和无产阶级的胜利是同样不可避免的，无产者在这个革命中失去的只是锁链。他们获得的将是整个世界。""资产阶级的灭亡和无产阶级的胜利是同样不可避免的，无产者在这个革命中失去的只是锁链。他们获得的将是整个世界。""资产阶级的灭亡和无产阶级的胜利是同样不可避免的，无产者在这个革命中失去的只是锁链。他们获得的将是整个世界……"

有这样的理论作指路明灯，目前的中国，固然是山河破碎，国敝民穷，但谁又敢断言，中国没有一个光明的前途？不，绝不会的！石璞相信，中国一定有个可赞美的光明前途。

后来，石璞在曾宪文这儿陆陆续续地读了马克思、恩格斯、列宁、陈独秀、李大钊等人的著作。他在这儿看到的书都用其他的假封面做了伪装的，而翻开来就让他耳热心跳，热血沸腾。

荣华富贵、高官厚禄、锦绣前程……这是自古以来很多人孜孜以求的梦想，曾经，也是石璞的梦想，但从今日起，它已被虽然年轻却找到了信仰真谛的石璞弃之如敝屣。

第九章
凌霄之志

石璞在晨光初现的街头上站住脚,金色的晨曦并没有让他豁然开朗,反而在他眼前铺开了一层新的迷雾。

每次路过"奉天驿",石璞的内心里总要翻江倒海,五味杂陈——

这些年,外国侨民的数量在这座城市里迅速增加,繁华的大街两旁,到处是俄文、日文、英文广告和招牌。很多人被迫开始学习日语并接受披着中日亲善外衣的亡国教育。最让他感觉到愤愤不平的是,明明是中国的土地,却要执行外国人的保安制度。中国人在这里被视为"外侨",中国仆役和厨师给外国人做佣工,必须到外国人设立的机关进行登记和领取证明。

作为日本人经营的车站,管理人员全是日本人,中国人只能做杂役和苦力,还经常受到日本人的打骂。中国的旅客和日本旅客也是分开的,日本人坐软座的一等车和稍次的二等车,中国人只能坐最差的硬板三等车。因车站是"满铁附属地",不坐火车的中国人不能随便进入,买票上车的中国人也得规规矩矩,不能乱讲话。到南站上火车和上刑场一样,让人战战兢兢,毛骨悚然。

车站不远处有条河,有年秋天,石璞跟父亲到车站来接人,看见小河里到处是尸体,塞满了几里多长的河道。尸体腐烂后,臭气熏天,几里之外可闻。

父亲告诉石璞:这些死去的人都是为日本人做工的中国劳工,他们吃不饱饭,穿不暖衣,有病得不到医治,伤了、死了,就被日本人当作一条狗似的扔到这里。这里一年四季血流成河。当地人都称这条小河为"血水河"。说着,父亲情不自禁地唱起了当地民众自编的一段民谣:

血水河,血水河,尸体挤得个挨个;
五里长河成血海,野狗无桥可通过……

石璞的眼里迸射出愤怒的火花,满腔的仇和恨像怪兽一般吞噬着他的心。

"日本鬼,总有一天我要把你们统统赶出中国去!"
他怒不可遏地吼叫着,声音像沉雷一样滚动着,传得很远很远。

在奉天驿还不是奉天驿之前,这里是一片人迹罕至的荒芜之地。
1899年,沙俄把"东清"铁路修到了沈阳,在今天沈阳站以北一公里多一点的地方,修建了一座俄式青砖平房作为站舍,这就是最早的沈阳站。当时的名字叫"茅古甸"。

"茅古甸",是满语"谟克敦"的译音,就是"奉天"的意思。

——1891年2月,沙俄在决定兴建西伯利亚铁路时,就想在未来铁路的某一点上修筑一条伸入中国境内的支线,以便"直接与人口稠密的中国内地各省通商"。1893年2月,俄国学者巴德马耶夫向负责修筑西伯利亚铁路的俄国财政大臣维特献策说:"西伯利亚铁路不仅要修到海参崴,而且应从贝加尔向南深入中国一千八百俄里,直达甘肃兰州……"

石璞专门向曾宪文打听过这段历史。曾老师告诉他,甲午战争后,中国向日本赔款两亿两千万两白银(包括日本退还辽东半岛索款三千万两),清政府财政拮据。野心勃勃的沙俄乘人之危,与清政府签订《中俄四厘借款合同》,提供贷款,以图控制中国。后来,俄、法成立由俄国控制的华俄道胜银行,规定该银行拥有可以在中国修铁路、开矿山、设工厂、代收税款等特权。这个银行后来成了沙俄借地筑路的工具。

尤让石璞感觉到气愤不过的是,1896年2月22日,农历正月初十,清国光绪皇帝的一道上谕,点燃了一位七旬老人整个政治生涯的最后一缕微光。皇帝敕谕,一等肃毅伯、文华殿大学士李鸿章着授为钦差头等出使大臣,前往俄国,致贺俄君加冕。

就在十个月前,李鸿章刚刚代表在甲午战争中一败涂地的清政府与日本签订了丧权辱国的《马关条约》,成为了那个衰弱帝国里百官弹劾千夫所指的罪人。此刻,一道圣谕如天降甘霖,让宦海失意的李鸿章一转身从黯然消魂再次走向春风得意。在俄国,李鸿章受到了沙俄堂哉皇哉般的格外欢迎。李鸿章当然明白,俄国人觊觎的绝不是他这个苟延残喘的老人,而是他背后虚掩着的那扇羸弱的帝国的大门。李鸿章与沙俄签订了有关东清铁路建设事宜的《中俄御敌相互援助条约》(简称《中俄密约》)。

东清铁路由满洲里入境,中间经过海拉尔、扎兰屯、昂昂溪、齐齐哈尔、哈尔滨直至绥芬河出境,横穿当时的黑龙江、吉林两省;支线从哈尔滨向南,经长春、沈阳等,直到旅顺口,纵贯吉林和辽宁两省,干线和支线总长2437公里,是沙俄帝国连结欧亚两洲的西伯利亚大铁路的一部分。 东清铁路1897年8月破土动工,以哈尔滨为中心,分东、西、南部三线,六处同时开始相向施工,1903年7月14日通车。 铁路沿线,一连串等级不同的车站陆续登场。 这些应运而生如影随形的简约实用的建筑物,从此成为火车经过的每一方土地上的参照物。

1904年2月10日,日本对俄国不宣而战。 这一天,一辆满载南下俄军的专列强行驶过了尚未最终完工的中东铁路兴安岭隧道,直扑战场而去。 列车在经过尚未最终夯实基础的螺旋形站线时险些倾覆。 这似乎为即将开战的俄国人带来了某种不祥的征兆。 不久,日军从朝鲜横渡鸭绿江,进入中国东北,双方展开激战。

1905年新年伊始,脸上写满了对整个帝国的巨大失望的俄国人,向日军司令官乃木希典送来了投降书。 至此,这场对中国东北的争夺战,让日俄双方消耗殆尽后,拥有广阔领土的俄罗斯帝国不得不面对现实,坐下来与日本人开始谈判。 9月5日,在美国的调停之下,双方签署《朴茨茅斯和约》,结束了在中国北方的无耻争斗。

"谟克敦"开始为日本人服务,并被改名为"南满洲铁道奉天驿"。

石璞隔着历史的雾气注视着"谟克敦",有一种不真实感,更有一种苍凉感。

不一会儿,陈景星、郑辅周也先后来到奉天驿。

他们三人是相约来接赴南京参加国民党第三次全国代表大会的徐寿轩的。

可是,时间已经过去了一个多小时了,仍不见徐寿轩的身影。

石璞望着来来往往的日本人,不无讽刺地道:

"你们看,日本帝国主义一面在侵占掠夺,一面在规划建设,还真把咱们东北当成他们自己家一样地来倾情打造了。"

石璞的目光阴郁，额头上青筋暴露。他的手攥成了拳头。这时，一列火车正缓缓地驶出车站，浓浓的白烟弥漫开来，把一切都包裹了。

石璞说得不错，这个时期的沈阳和东北其他地方一样，都进入了城市化进程的加速期。为了进一步扩大车站能力，1909年，日本侵华机构"南满铁道株式会社"采用日本建筑设计师辰野金吾的学生太田毅和吉田宗太郎的设计图（沈阳站外观与辰野金吾设计的日本国内东京火车站在外形上极为类似）开始兴建沈阳新站。

奉天驿建筑风格独特，曾经是老沈阳的一道风景，其站舍为两层高的红砖建筑，洋红色楼体，灰绿色穹顶。一楼作候车室用，二楼则是当时鼎鼎有名的"大和旅馆"。车站正立面横、纵分三段式，中央和两翼角楼上各设大小不一的三个绿色铁皮穹顶，穹顶上开设圆形天窗。红砖墙壁与白色线脚相辉映，呈典型的"辰野式"建筑风格。1910年10月1日，举行了车站搬迁仪式，沈阳站的位置也由此便固定了下来。

奉天驿建成后，日本人加速"新市街"建设，以奉天驿为中心，向东开辟多条街路，呈放射状，道路命名南北为"町"、东西为"通"。新兴的街区上，风格各异的各种建筑，肆意地昭示着霸道的野心和侵略的企图。

满洲国时期，奉天驿始终被日本作为一个重要的铁路交通枢纽来经营，从东北各地掠夺来的战略物资都是经此转运到大连，再装船源源不断地运往日本。

三个人忧心忡忡地在广场上溜达着，越转心里越憋屈。

路过一个小巷时，石璞忽然听到从一个破落的院子里传来了女人的呼救声。他来不及招呼陈景星和郑辅周，就三步并着两步冲了进去，发现三个身着和服的日本人，正在死死按住一个女人。一个按头,一个按脚,另一个正重重地压在那女人身上。

也许是还未到绝望的时刻,那女子一边拼命挣扎,一边大声呼救。她身上的衣服已被撕烂,人在太阳光的照射下瑟瑟发抖。

千钧一发之际,石璞一个箭步跳过去,厉声喝道:"住手!光天化日之下强奸民女,你们眼里还有没有王法?"

趁着男人愣怔间,石璞说时迟那时快,探身上前,一把把压在女子身上的那名日本人掀到了一边。女孩也趁机坐了起来,同时拢过衣服护住了身子。

日本人见半路杀出个程咬金,立刻气不打一处来,"八嘎牙路,多管闲事。我们日本人都是天照大神的子孙,天照大神就是王法!"说着,跳起来,挥拳就向石璞打去。

这时,陈景星和郑辅周已经赶至近前,大喝一声:"住手!"

日本人见又是两个毛头小伙,根本不放在眼里。三个人一会意,"上,掐死这几个乳臭未干的支那人!"举拳又打了过来,石璞、陈景星、郑辅周赶忙招架,六个人打成一团。

就在这时,就听"嘟——"的一声哨响,郑辅周大喊:"警察来了,照眼睛打,快跑!"

石璞、陈景星和郑辅周果断一起出手,叫声过后,日本人趴在了地上。

三个人转身就跑,石璞跑了几步,转脸一看,那姑娘还坐在地上,赶忙折回头,紧跑几步,把姑娘拉起来,攥着她的手就往前跑。

四个人开始了一场昏天暗地的奔跑。街上行人稀少,四个人就像是受了伤的野猪似的,慌乱而又迅捷、准确、有目的地奔跑着。终于,在一条街道的拐弯处,石璞看到了千呼万唤不出来的徐寿轩。

真是踏破铁鞋无觅处,得来全不费功夫。

徐寿轩穿着黑色的风衣,戴着黑色墨镜,双手插在口袋里,像是在等待一位远道而来的客人那样,笑着招呼他们:"不老老实实去接站,在这儿狼奔鼠窜什么?"

陈景星上气不接下气，气喘吁吁地说："快跑老徐，日本人在撵我们。"

老徐手往后一指，"你们自己看看，有没有人追赶你们？"

几个人定睛一看，这才发现，后面根本就没有追兵，刚才那一通紧跑慢跑，完完全全是自己吓唬自己。

石璞喘了一阵气，稍稍平缓了点，说："姑娘，这里安全了，我们还有事，不能送你了，你自己回家吧。记住，以后千万小心，见到日本人躲远点儿。"

姑娘面有难色，"我这个样子怎么走啊？"

石璞这才注意到，姑娘的上衣都被日本人给撕破了，肚皮还露在外面，确实不像个样子。石璞脱下自己的外套，披在姑娘身上。

"这样就可以了，回去吧，晚了家人该着急了。"

"几位贵人，真不知怎样感谢，俺就不言谢了。只是，这衣裳怎么还给你们呢？"

石璞赶忙道："算了，算了，若不嫌弃，就留给家人穿吧。"

姑娘千恩万谢走了。

"说好去车站接我的，为什么爽约啊？这姑娘又是怎么回事？快快从实招来。"

老徐站在半明半暗的光线里，望着姑娘越来越远的背影，转过头，盯着三个人额头上已经凝固的血迹说。

陈景星就将三个人怎样相约来接他、怎样和日本人决战、怎样反败为胜乘机逃跑，原原本本、添油加醋地述说了一遍。

"搂草打兔子——捎带手。"老徐听了，哈哈大笑道，"行，不孬。算是不虚此行。"

"你怎么回事？怎么现在才到？"

老徐说："还说我呢，下了车，没见你们的面，就想你们或许有什么事情耽搁了，等一等你们吧。正转悠呢，就见你们几个慌慌张张地从我身旁奔驰而过，我就纳闷了，后面并没有什么人追赶你们啊？一定是出了什么事了，不然，你们绝不至于这般惊慌失措。反正这里的路段我比你们熟悉，就紧赶了几步在这儿等着你们了。"

大家伙恍然大悟，"怪不得呢。"

徐寿轩是奉天辽阳人，又名永龄、守玄，1897出生。1917年8月，徐寿轩中学毕业，因学习优异，在辽阳县考取官费去日本的留学生，是家乡第一个出国留学的青年。在日本东京大学，他埋头读书，成绩总是名列前茅。正当徐寿轩孜孜求学之际，一场巨大的政治风暴吹进校园：1917年，俄国爆发了"十月革命"，中国紧随其后于1919年爆发了震惊中外的"五四"爱国学生运动。这使徐寿轩从埋头读书一下子把精力转向了社会。这是他一生中第一次发生重大的思想转变。他由国内军阀混战、民不聊生的惨景想到：如果中国也掀起像"十月革命"那样的风暴，把那些反动军阀彻底消灭，动乱的中国不就从此安定了吗？不久，徐寿轩结识了一位叫杨绍棠的中国留学生。杨绍棠是同盟会会员，经常给徐寿轩介绍孙中山反帝反封建的主张。从此，徐寿轩非常崇拜孙中山先生，向往在中国建立一个民主共和国。1920年，徐寿轩从东京日本大学回国后，直接投入到反封建军阀的斗争中去。

虽说徐寿轩出道早，比石璞又大个十五六岁，但是他们相处起来没有一点儿隔阂，无拘无束，无话不谈。

"这次会议开得怎样？有没有什么新的精神？"石璞迫不及待地问。

"怎么说呢？"老徐脸色一沉，"一言以蔽之：乱！"

"乱？"三个人不禁大惊失色，"快说说，怎么个乱法？"

"这次全国代表大会完全是在蒋介石主导之下召开的，百分之八十的代表都是被指派的。改组派和西山会议派当中，除了汪精卫和邓泽如，没有一个人当选，自然引起了两派的不满。改组派和西山会议派纷纷质疑第三次全国代表大会的合法性。大会召开后，汪精卫在会中严词攻讦蒋介石的专权，并且质疑会议的合法性，结果改组派多数人因此被开除党籍，汪精卫也被书面警告。改组派于是以'护党救国'为'反蒋'的口号，策动一些军阀在军事上反蒋。改组派还与西山会议派主张重开第三次全国代表大会，而第三次全国代表大会应该以'第二次全国代表大会代表'选出的中央执行委员为代表，行使职权。特别是会议通过《党政决议案》，称：'过去数年间本党一切理论法令规章，为共产反动思想所羼杂，以致党内在思想上失却统一之意志，在法令上缺乏一贯之系统，在实际行动上缺少团结的力量，在国家建设上尚无共信共守的根本大法之原则与标准。此实党政上最大的缺点。'说北伐革命对象为军阀、共产党与帝国主义，指责苏联为'赤色帝国主义'，这不是明目张胆的胡说八道吗？"徐寿轩越说也生气，脸也涨得通红通红。

石璞也是义愤填膺："蒋介石的野心早在'四一二'政变时就已经路人皆知了。他宣称自己主张'阶级合作'，他与哪个阶级合作过？他的阶级立场和阶级阵线，划分得憎爱分明，他所谓的'阶级合作'，就是与大资产阶级、买办阶级、大官僚、大地主阶级合作，屠杀和镇压工农大众无产阶级！共产党说代表无产阶级的利益，蒋介石讲，他要代表全民的利益。全国人民的利益蒋介石能代表吗？他代表过吗？蒋介石为了剿灭共产党及其保护的工农兵大众，在江西屠杀了千千万万的人民；与此同时又将东北大地三千万人民置于亡国奴的悲惨境遇里，蒋介石却卑躬屈膝地向日本讨好诌媚，他心中哪儿来的全国人民的利益？依我看，蒋介石所以反共，是他仇恨共产党、仇恨工农大众的阶级本性决定的，从共产党一诞生，蒋介石就急欲消灭中国共产党。"

徐寿轩点点头，说："是啊，这一点蒋介石倒是毫不避讳，直言不讳讲：'我在广州时，对共产党的行动，时刻留心。我所抱打倒共产党主张，在广州即欲实行，不是今日始有此决心，惟在广州苦于说不出口，又恐势力不敌，致国民党亡于我蒋某之手，故忍痛至今。'狼子野心昭然若揭。"说到这儿，徐寿轩话头突然一转，"哎，我怎么突然觉得你们三个今天的神情有点怪怪的，是不是有什么事瞒着我啊？"

"真是姜还是老的辣！"石璞笑了，"什么事都瞒不过你的法眼啊。"

陈景星说："前几天，我们几个突发奇想，要到外地去读书，可是，商量来商量去，也没商量出个头绪来。你博古通今，见多识广，所以，我们想听一听你的意见，而且，最好你也同我们一起去。"

"外地？"徐寿轩一怔，"去哪里？"

"江南佳丽地，金陵帝王州。逶迤带绿水，迢递起朱楼。"石璞脱口而出，大声吟咏道，"飞甍夹驰道，垂杨荫御沟。凝笳翼高盖，叠鼓送华辀。献纳云台表，功名良可收。"

石璞吟诵的，是南朝齐杰出的山水诗人谢朓《随王鼓吹曲十首》中的《入朝曲》。

"解道澄江静如练，令人长忆谢玄晖（谢朓字玄晖）。"徐寿轩一边对石璞的出口成章称赞嘉许，一边喜出望外道，"南京可是个好地方啊！南京拥有着六千多年文明史、近两千六百年建城史和近五百年的建都史，是中国四大古都之一，有'六朝古都''十朝都会'之称，是中华文明的重要发祥地，历史上曾数次庇佑华夏之正朔，长期是中国南方的政治、经济、文化中心，拥有厚重的文化底蕴和丰富的历史遗存。特别是，南京自古以来就是一座崇文重教的城市，有'天下文枢''东南第一学'的美誉。到那儿去求学，一定会有更大的发展。你们准备报考哪所做学校？"

"国立中央大学。你看怎样？"陈景星道。

"嗬，抱负不小啊！"徐寿轩饶有兴致地端详着三个人，突然觉得他们的眼里似乎比往常多了些什么。仔细瞧瞧，才发现多了一种独行其是、倔强而不愿就范的神气，"中央大学执中华民国高等教育之牛耳，为当仁不让的民国第一学府，与国立武汉大学、国立北京大学、国立清华大学、国立浙江大学并称民国五大名校，那可是中国政治精英们人心归向心驰神往的圣殿啊！"

徐寿轩说得一点儿不错，国立中央大学是国立大学中系科设置最齐全、规模最大的大学，甭说当时的北京大学、清华大学力所不逮，就连抗日战争期间，由国立北京大学、国立清华大学、私立南开大学、国立长沙临时大学合并设于昆明的一所综合性大学——国立西南联合大学，与之相比都有所不及。1948年普林斯顿大学的世界大学排名中已超过日本东京帝国大学（现东京大学），位列亚洲第一。

"怎么样？有没有兴趣与我们联袂而至？"陈景星见徐寿轩对石头城赞不绝口，以为他也动心了，忍不住诚挚相邀。

没成想，徐寿轩却是面有难色。

"发自肺腑地讲，我是迫不及待要与你们一起束发远行转战四方的，只是眼下——"徐寿轩略一沉吟，说，"有些事情还悬而未决，我一时半会儿也说不好未来会怎样，所以，暂时还不能同你们一起去。天地苟不毁，离合会有常。相信我们一定会殊途同归和衷共济的。这段时间，我会和你们一起准备，一起迎考，至于能不能奉陪到底，那就看我们之间的缘分了。"

郑辅周忍不住插话道："这么说来，你还有别的打算？"

"也不是有什么别的打算，"徐寿轩似有难言之隐，"只是现在还没有一个定数，我也不知该怎么跟你们讲。"

陈景星见状，不再强求，说："即是这样，大家也就别刨根问底了，到了水到渠成的时候，老徐自然会跟我们和盘托出。一切顺其自然吧。"

徐寿轩顺水推舟道："是的是的，到时候一定如实禀报。"

赴宁参加国民党三大途中，徐寿轩想，参加三大，不但不能代表民众的利益反而还与民众对立，自己怎能为个人荣华富贵而跟着蒋介石去镇压反对军阀的共产党和民众呢？徐寿轩急中生智，到南京后，未去会议报到，先称病到鼓楼医院住上了院。那边，会议都已经开了三天了，这边，徐寿轩还在医院住着。中央组织部部长陈果夫亲自到医院请他。在医院里，徐寿轩又听到一个确切的消息，国民党政府将要派他到法国留学。正因为此，徐寿轩才勉强参加了后期的会议。但眼下能否去、何时去、怎样去，这一切的一切，都还是一个未知数，言不能言，道不能道。所以，徐寿轩只能是欲言又止，欲说还休。

"对了，你们准备何时动身？"徐寿轩问。

"这种事就怕夜长梦多，以我们几个的意思，想立刻就动身，但这中间都有一些具体的实际问题，而且，这么早过去，也是一笔不小的花销。反正，在哪儿复习都是一样的，所以，我们决定留两个月的准备时间，但这两个月内，要随时做好出发准备。"陈景星说。

石璞说："'三更灯火五更鸡，正是男儿读书时。黑发不知勤学早，白首方悔读书迟。'这段时间，就让我们一起发奋识遍天下字，立志读尽人间书吧。"

"好，发奋识遍天下字，立志读尽人间书！"

四双手紧紧地握在了一起。

第十章
长风破浪

滚滚江河，潮起落，波澜壮阔。极目眺，声声浩荡，云烟萧索。几许乘帆冲浪者，尽将尖浪迎头过。势难挡、勇猛胜漩涡，惊魂魄。

邮轮在大海中航行，甲板上，屹立着一个身材瘦长的青年，年龄约莫十六七岁的样子，有着一双黑色的眼睛和一头乌黑的短发。他的外表给人一种极其镇定和坚毅的感觉，那种镇定和坚毅的气质是只有从小就经过大风大浪、艰难险阻的人才具有的。

这位身材瘦长的青年就是石璞。

石璞来到甲板上的时候，正在涨潮。辽阔的大海，一改往日温顺的模样，变得波涛汹涌，一浪高过一浪，肆虐着、咆哮着向船舷扑去，激起一片片雪白的浪花，发出一阵阵哀怨的怒吼。

一只海鸥落到了石璞旁边的栏杆上，石璞欣喜地瞪着它。这时，身后一位打扮得流里流气的男性青年猛不丁地朝着海鸥啐了一口，海鸥蔑视地瞥了青年一眼，极不情愿地飞向了船后的空中。

——那日，石璞出家门后，和同样满怀着学成大业拯救中华的壮志的徐寿轩、陈景星、王育仁、郑辅周等人结伴从沈阳转经大连，辗转登上了通往上海的日本"大连丸"号客轮。

这是石璞第一次乘船出海。

站在甲板上向远处望去，只看见白茫茫的一片，海水和天空合为一体，分不清是水还是天。正所谓"雾锁山头山锁雾，天连水尾水连天"。远处的海水，在娇艳的阳光照耀下，像片片鱼鳞铺在水面，又像顽皮的小孩不断向岸边跳跃。

石璞一边在脑海里搜寻着古今中外咏海的名诗名句，一边在口中抑扬顿挫地吟咏着。"春江潮水连海平，海上明月共潮生。""瀚海阑干百丈冰，愁云惨淡万里凝。""海上生明月，天涯共此时。""月下飞天镜，云生结海楼。""浮天沧海远，去世法舟轻。""日月之行，若出其中；星汉灿烂，若出其里。"……

石璞正思潮起伏浮想联翩，猛听有人吟哦道："汴水流，泗水流，流到瓜洲古渡头。吴山点点愁。思悠悠，恨悠悠，恨到归时方始休。月明人倚楼。"

石璞回头一看，原是郑辅周，便也脱口道："少时陈力希公侯，许国不复为身谋。风波一跌逝万里，壮心瓦解空缧囚。缧囚终老无余事，愿卜湘西冉溪地。却学寿张樊敬侯，种漆南园待成器。"

"看看，还是你的境界高。"石璞话音刚落，郑辅周就红着脸道，"你一张嘴就是大胆而真实地揭露了封建统治阶级的腐朽、黑暗和罪恶，渗透着自己的忧心如焚和对美好生活的迫切愿望。而我抒发的则是一个闺中少妇，月夜倚楼眺望，思念久别未归的丈夫，充满无限深情的'闺怨'。"

"辅周高抬了，我可没有这么高的思想境界。不过，"石璞谦虚地摆了摆手，说，"自古以来，家国情怀已然潜移默化于读书明理之中，无数读书人，把此作为人生的一种理想和追求，这也就是人们常说的书生报国吧。读书人，无论人生境遇如何，都应秉承着这种理想追求，将其所有的人生意义和生命意义，都深深根植于家国天下之中。家国情怀既是一种人生使命，一种责任担当，也是一种精神支柱。作为我们，就更有必要重申读书人的家国情怀，弘扬读书人的责任担当，为中华崛起鼓与呼！"

"为中华崛起鼓与呼！石璞，你说得太好了！"郑辅周盯着石璞的脸，脸色突然一变，欲言又止，"你……"

石璞见状，差异地问道，"怎么了？"

郑辅周摇摇头："怕说了以后你马上就要怒火中烧了！"

石璞摇摇头，"什么事啊，说得这么严重？"

"确实严重。"郑辅周郑重地点了点头，"起因就是咱们乘坐的这艘船。"

石璞被郑辅周说的丈二和尚摸不着头脑，"这艘船怎么了？"

"我们刚刚从同船的旅客口中得知，我们乘坐的这艘'大连丸'号轮船，原来是北洋海军的一艘军舰，1894年中日甲午战争失败后，被日军掠夺走改装成了客轮，由日本人专营大连到上海的航运。"

"你说什么？是我们北洋海军的军舰？'来远''经远'？"

"你说的这些好像都不是，"郑辅周摇摇头，"当时参战的光是主力舰就有十二艘，此外还有少量的鱼雷艇和护航小炮艇。海战中，我方共中损失五艘军舰，分别为'致远'舰、'经远'舰、'来远'舰、'超勇'舰和'扬威'舰。最惨的就是'扬威'舰，日本人的坚船利炮都没能摧毁它，却被方伯谦任管带的'济远'舰逃跑时撞沉。"

郑辅周说的这件事，石璞有所耳闻——

海战中，"方伯谦先挂本船已受重伤之旗以告水师提督；旋因图遁之故，亦被日船划出圈外。致（远）、经（远）两船，与日船苦战，方伯谦置而不顾，茫茫如丧家之犬，遂误至水浅处。适遇扬威铁甲船（快船），又以为彼能驶避，当捩舵离浅之顷，直向扬威。不知扬威先已搁浅，不能转动，济远撞之，裂一大穴，水渐汩汩而入……方伯谦更惊骇欲绝，如飞遁入旅顺口。"

与之大相径庭的是，邓世昌指挥"致远"舰奋勇作战。在日舰围攻下，"致远"多处受伤，全舰燃起大火，船身倾斜。邓世昌鼓励全舰官兵道："吾辈从军卫国，早置生死于度外，今日之事，有死而已！倭舰专恃吉野，苟沉此舰，足以夺其气而成事。"毅然驾舰全速撞向日本主力舰"吉野"（日方称是"浪速"）号右舷，决意与敌同归于尽。不幸一发炮弹击中"致远"舰的鱼雷发射管，管内鱼雷发生爆炸导致"致远"舰沉没。

邓世昌坠落海中后，其随从以救生圈相救，被他拒绝："我立志杀敌报国，今死于海，义也，何求生为！"他所养的爱犬"太阳"亦游至其旁，口衔其臂以救。邓世昌誓与军舰共存亡，毅然按犬首入水，自己亦同沉于波涛之中，与全舰官兵二百五十余人一同壮烈殉国。"定远"为日本鱼雷艇击伤，被迫搁浅在刘公岛东部充作"水炮台"，因进水过于严重，丁汝昌下令放弃。当时刘公岛局势日益恶化，因恐"定远"将来落入敌手，丁汝昌、刘步蟾于正月十六日下令，将"定远"舰炸毁。当夜，北洋水师右翼总兵刘步蟾追随自己的爱舰，自杀殉国。实践了生前"苟丧舰，必自裁"的誓言。时年四十三岁。

甲午海战时的旧光景从石璞的心里"蹭蹭蹭"地跳跃出来，像一场无声电影，在他面前，播放着一格一格的画面。每每想起邓世昌、丁汝昌、刘步蟾等死难的壮士，他的心，就像刀绞一样，殷殷地，往外流血。

石璞万般凄惶地道："甲午战争前，虽已有鸦片战争、英法联军侵华、中法战争,可说是烽火连天,硝烟弥漫,而中日甲午战争比以前的历次战争规模都更大,损失更重,失败更惨。割地赔款,丧权辱国,随之而来的是列强争夺势力范围,掀起了瓜分中国的浪潮,国势阽危,山河破碎,国家和民族的生存面临着严重威胁。"

其实,日本侵略中国蓄谋已久。早在1867年,明治天皇睦仁登基伊始,即在《天皇御笔信》中宣称"开拓万里波涛,宣布国威于四方",蓄意向海外扩张。根据日本的大陆政策,日本第一个侵略的矛头就是中国台湾。1872年,日本开始侵略中国附属国琉球,准备以琉球为跳板进攻台湾。日本天皇下诏,单方声称琉球为日本藩属。1874年,发生了琉球漂民被台湾高山族杀死的"牡丹社事件"。日本利用清朝官员的糊涂,竟称琉球是日本属邦,并以此为借口大举进攻台湾岛。这是近代史上日本第一次对中国的武装侵略。但当时日本和中国实力悬殊,加上水土不服,日军失利。在美英等国的"调停"下,日本向中国勒索白银五十万两,从台湾撤军。由于清廷的软弱无能,日本于1879年完全并吞了琉球王国,改设为冲绳县。

随后,日本又按照其大陆政策的第二步,开始侵略朝鲜。

1876年日本以武力打开朝鲜国门,强迫朝鲜政府签订《江华条约》,取得了领事裁判权等一系列特权。该条约第一条即宣称"朝鲜为自主之邦,保有与日本国平等之权",公然把清朝排斥在外,充分暴露了日本并吞朝鲜的野心。

朝鲜问题,一直就是日本发动侵略战争的突破口。

1890年,日本爆发经济危机,对开战的要求更加迫切。就在这一年,时任日本首相山县有朋在第一次帝国议会的"施政演说"中抛出了所谓"主权线"和"利益线"的理论,将日本本土作为主权线,中国和朝鲜半岛视为日本的"利益线",声称日本"人口不足",必须武力"保卫"利益线,加紧扩军备战。

战争的导火索终于来了。

1894年7月25日（农历甲午年六月二十三日），日本不宣而战，在朝鲜丰岛海面袭击了北洋水师的战舰"济远""广乙"，丰岛海战爆发。 海战中，日本联合舰队第一游击队的"浪速"舰悍然击沉了清军借来运兵的英国商轮"高升"号，制造了"高升"号事件，引爆甲午中日战争。

石璞很早之前就听人谈起过，战后，"镇远"舰被日军掳去，编入日本舰队，成为日本海军第一艘铁甲战列舰，参加过在神户举行的海军大校阅，服役日本海军十七年。 1896年11月25日，日本联合舰队在横须贺举行海上阅舰式，明治天皇亲自到场检阅，经过改装的"镇远"被作为明治天皇的检阅座舰。 1911年4月1日，因为舰龄过老，"镇远"被正式从日本海军中除籍，沦为日本海军试验新军舰火炮的靶子。

"定远"舰则在1896年由日本民间打捞，一年以后，日本富豪小野隆介出资二万日元（相当于今天的二千万日元），从日本海军手中购买了"定远"舰残骸，拆卸材料，运到其故乡福冈太宰府——位于日本福冈市太宰府二丁目三十九号建造了一座名为"定远馆"的别墅。

走进"定远馆"，几乎无处不可看到"定远"舰的影子：窗框上的支撑梁，是"定远"号的两根桅杆横桁，头部还套着军舰上用的系缆桩作为保护；钢制护壁原是定远舰的船底板；放置垃圾袋的廊下，外面配着用长艇划桨制作的护栏。 只有极富中国传统风格的格子窗，显然不是来自"定远"舰。 经过鉴定，那本是丁公府的遗物。 战败时，北洋水师提督丁汝昌就是在丁公府饮鸩自尽的。 这座别墅的浴室和卫生间，本来是从"定远"舰上整体移来，浴室使用了"定远"舰弹药库的大门，坚固无比。 "定远"舰管带刘步蟾所用的办公桌，被送给了附近的光明禅寺，改制成了放置香火钱的供桌。

"定远"舰的舵轮被改装成咖啡桌，放置在了日本长崎南山手町临海的英国人 Thomas Black Glover 的住宅内。

Thomas Black Glover 是一个在明治维新中专门向日本各藩走私武

器的商人，因娶了日本女孩为妻而定居长崎。由于这份姻缘，Thomas Black Glover 与日本海军过从甚密，甲午战争中，日本联合舰队司令伊东佑亨将一具原属于"定远"舰的舵轮赠送给 Thomas Black Glover 作为纪念。Thomas Black Glover 将这个巨大的舵轮改造为一个大咖啡桌，一直到他的儿子都在使用。舵轮直径超过 2 米，由优秀的非洲柚木制作，至今依然闪着幽光。平放着的舵轮上下各有一片透明的玻璃板，构成咖啡桌的桌面，一根 1.2 米高的独脚支撑在舵轮的轴心，周围的舵柄恰好可以隔开不同的客人。在舵轮的轮心，环刻着"鹏程万里由之安故清国军舰定远号舵机"的字样。

"被找的人无影无踪，找人的人也不知所踪，这茫茫大海的，你俩也不可能插翅而逃啊。原来你们都到这儿看风景来了。"

正说着，徐寿轩、陈景星、王育仁几个人也找了过来。

"我们正在说那场甲午海战呢。"郑辅周用力一点头，说。

石璞的心沉了下去，仿佛掉进了海里，他只觉得透不过气来。他沉郁了一下，说："甲午战争前，中国虽已受到帝国主义的侵略，但当时正在搞洋务运动。先进的有识之士早已看透了洋务运动的弱点，认识到它不能够挽救中国，但对一般人来说，洋务运动造成一种假象，开了工厂、造了铁路，设了轮船、电报，建了海军，办了学校，引进了西方的科学技术，挂起了求富求强的招牌，给人一种希望和幻觉，似乎中国也在前进、发展，似乎'中学为体、西学为用'的洋务运动也能救中国。甲午战争的失败，使一切都破灭了。三十年洋务运动的成果经不起日本的一击，一点幻想和自我安慰的余地都没有了。"石璞怒视着船尾的"膏药旗"，愈说愈加愤恨，"中国人民从来没有遭到这样严重的灾难，从来没有经受这样的奇耻大辱，真是创深痛巨，刻骨铭心。北洋舰队在威海卫的覆灭，不仅是中国海军的惨败，也宣告了早期富强努力的失败。当时，清朝的北洋舰队，在军事上、技术上是很先进的。在人们心目中，它的存在是中国进步的象征、强大的象征、希望的象征。甲午战争的失败，无情地证明了这种象征的虚假性。这对中国的打击实在太沉重了。特别是败在日本手里，日本是个小国，在历史上一直受中国文化的影响，号称同文同种，它的现代化也刚刚起步不久。败在日本手里，太不光彩、太不甘心了。而日本侵略中国更加凶狠，割地赔款，毫不留情，可说是心黑手辣，彻底戳穿了清朝这只纸老虎，同时，给中国人民在物质上、精神上的伤害极为严重，可说史无前例。我还听说，第一次鸦片战争中，英国舰队突破虎门要塞，沿着珠江北上的时候，江两岸聚集了数以万计的当地居民。他们以冷漠的、十分平静的神情观看自己的朝廷与外夷的战事，好似在观看一场马戏表演。当挂青龙黄旗的官船被击沉清军纷纷跳水时，两岸居民竟然发出看到精彩处的'嘘嘘'声。英军统帅巴夏里目击此景，十分疑惑不解。问其买办何以至此？买办曰：国不知有民，民就不知有国。"

"你觉得这不正常吗？我却觉得这很正常。"陈景星很深地看了一眼石璞，"梁启超就曾经说过：长期残忍地压制人民，使人民变成奴才，让人民的脊梁已经弯曲，而在面临外敌入侵、大乱当头之际，又指望人民在自己面前仍弯着腰当奴才，而在外敌面前直起腰来反抗，这不是白日做梦是什么？"

徐寿轩抬起头，极目远眺着长天一色的海面，眼里闪烁着难以言尽的光芒，说："让我们唯一感到可以欣慰的是，甲午战争失败以后，全国震动，一片沸腾，呈现出前所未有的民族觉醒，前所未有的议论、争执、探寻、追求。鸦片战争、英法联军侵华、中法战争以后从来没有过这种景象。民族危机带来了新的转机，历史的辩证法就是这样。历史总是迂回曲折地前进的。一个有生命力的、伟大的民族，历史上既有挫折，也有胜利；既有苦难，也有欢乐。它不会永远胜利，笔直地上升、前进；也不会永远失败，直线下跌，一败涂地。历史总会给人们以机会，胜利和失败相间隔、相交叉。历史上的胜利往往随之而来会有失败和倒退，而历史上的挫折也会增长人们的智慧，锻炼人们的力量，而得到未来胜利的补偿。中日甲午战争的情形就是这样。这次战争确实是中国近代史上的重大转折点，它的意义就在于激发了全民族的觉醒，一种要求改革和进步的觉醒、富强意识的觉醒、爱国主义和自救的觉醒。"

"历史是不该被遗忘的！因为，那是我们每一个中国人心头永久的伤痛，我们只有牢记历史，不忘国耻，只有奋发图强，才能对得起死难的同胞，才能不让历史重演！"

石璞抬起头，若有所思地俯视着奔腾不息的海面，大声说。

听见石璞的话，几个人没有说话，只是暗暗地握紧了拳头。

第十一章
得偿所愿

"怎么了石璞？出了什么事了？"

陈景星从石璞一进门就发现了他的脸色不对，一定是出现什么问题了。他放下手中的作业，坐到石璞的身边，关切地问道。

"唉——"石璞急得涨红了脸，额上的青筋条条绽出，汗珠直往下掉，连说话都结巴了。他长叹一口气，说："我、我、我也没有想到，怎么会出现这样的问题。"

看来这石璞是真有心思了。

陈景星笑了，宽慰他道："石璞，你怎么忘记了，咱们以前怎样说来？条条大路通罗马，罗马条条通大路。多大的事，能急成这个样子啊！俗话说，没有过不去的火焰山。说出来，大家伙一块儿帮你解决。"

石璞瘦削的脸颊上罩了厚厚的一层阴影，他摇摇头，说："这事儿还真是非大家伙所能帮。"

"帮得了帮不了不是咱们凭嘴说的，要看是什么事。你要天上的星星，我们办不到；你要地下的石头，我们总能办得到吧？"陈景星的眉头紧紧地蹙着，一拍床，站起身来，非常急切地在屋里来来回回地走了两趟，"说吧，到底是啥事？"

"我捞不到去中央大学读书了。"石璞满脸愁容，"我去中央大学问了，因为我高中还没毕业，不符合报考条件。"说完，又补充一句，"你们好好读书吧，我要考虑打道回府了。"

——石璞、陈景星、郑辅周等人进入南京的旅途，比想象的要漫长得多。他们乘坐"大连丸"到达上海后，一刻也不敢耽搁，第二天就冒着绵绵细雨乘火车来到了朝思暮想的圣地——南京。

在火车、汽车、轮船的千回百转中，石璞把眼睛瞪得溜圆溜圆，在每一个落脚的车站、码头，石璞都能看到遍地疮痍。这个国家，就仿佛一只千疮百孔的茄子，轻轻一触，就要烂掉了。

石璞不觉忧心万分。

石璞一行人跟随着熙熙攘攘的人流缓缓走出南京火车站的时候，天上正丝丝缕缕地飘浮着斜风细雨。雨丝风片发出的如蚕咬桑叶般的沙沙声，跟薄暮暝暝的暗光混合在一起，均匀地铺在路面上。一脚踩下去，会有朵朵水花轻轻溅起。

石璞边走边看：层层叠叠的高楼联袂成帷，各式各样的汽车、电车、黄包车穿梭往来，五颜六色的旗帜在江风中飘扬，时不时地就有一辆军车呼啸而过，发出刺耳的鸣笛声，煞了不少风景。不过，这丝毫不影响那些衣着光鲜的富家名媛们，穿着细细长长的高跟鞋，虚张声势地依偎在打扮得派头十足的先生们肩头，边操着各种口音的英文叽叽喳喳，边迈着碎步"咔嗒咔嗒"招摇过市。橱窗里的锦罗玉衣、花花绿绿的电影海报，以及大减价的横幅、开张志喜的花篮，无不在提醒着人们，这里，不仅是一个繁花似锦的摩登城市，更是一个鱼龙混杂的"冒险家的乐园"。国民党政府驻有许多军、警、宪、特机关，黑社会势力也相当猖獗。这里，更像是一个险恶之地。

他看见好多跟他一同走出火车站的旅客都瞪着大眼睛，用新奇的目光，打量着南京这座城市。对他们来说，南京是一只没有打开过的宝盒，里面有许多东西足以让他们眼花缭乱。

在急切赶往位于细柳巷与太平巷交汇处的西南角的奉直会馆的途中，石璞还看到了鼓楼后街的华丽洋楼，花红柳绿的酒楼、妓院和小巷中衣衫褴褛、瘦骨嶙峋的成群灾民。

"北湖南埭水漫漫，一片降旗百尺竿。三百年间同晓梦，钟山何处有龙蟠？"

虽是惊鸿一瞥，石璞却看到了，在那高楼林立、霓虹闪烁的"繁华"外衣里，包裹着的，是中国人民备受剥削和奴役的屈辱现实。所谓"革命首都"原来就是达官贵人的天堂、穷苦民众的地狱啊！

真是百闻不如一见啊！

眼前的现实，打破了他的幻想和希望，也使他认识到那些高喊"民主、自由"的国民党当权者，其实就是一伙男盗女娼、贪污腐败、愚弄民众的败类。

"蒋介石向帝国主义投降了，向封建势力妥协了，中国革命失败了。自己不倒，啥都能过去。自己倒了，谁都扶不起你！"石璞坚定而愤然地说，"中国太需要进行第二次革命了。我恨不得掀起一声春雷，把这个耻辱沉闷的黑暗社会打得粉碎！"

中国向何处去？中国的前途在哪里？

严峻的社会现实，迫使石璞必须重新探求一条救国救民的正确道路。

"纵使世界给我珍宝和荣誉,我也不愿离开我的祖国。 纵使我的祖国在耻辱之中,我还是喜欢、热爱、祝福我的祖国。"在会馆住下后,石璞心无旁骛,鸡鸣而起,映雪读书。

没想到,还没有开始报考就先碰了一个壁。

"哪里有你说的这么严重啊?"原东大附高文一级的同学金鼎铭这时恰巧也来到了南京,他听说了石璞的窘况,胸脯拍得啪啪响,一副包打天下的架势,说:"你只管复习你的好了,余下的事情就交给我吧。"

石璞半信半疑,"你能有什么好办法?"

金鼎铭得意地摇着头,"这你就甭问了,我给你办好就是。"

石璞疑虑重重地摇了摇头。

当时,别说石璞把金鼎铭的话当作了笑谈,陈景星、郑辅周也谁都没把他的话放在心上。 谁想,没过几天,金鼎铭还真的将一本高中毕业证书放到了石璞的面前。 真是人不可貌相,海水不可斗量。

看到毕业证,惊愕归惊愕,然那种喜出望外的感觉依然是一点儿没有。

"这能报名了还不成吗,总不至于让我找学校把你直接录取了吧? 这事儿,我还真办不了。 别说我,谁都办不到。"金鼎铭一口气说完,觉得自己说得太绝对,又补充了一句,"除非,你是蒋经国。"

"不是,不是,你误解了。"石璞赶忙解释,"国立中央大学招生处的老师已经认识我了,知道我高中还没毕业。 我突然冷不丁地拿了个毕业证去了,这不是自投罗网吗?"

金鼎铭脸上的神色也跟着紧张起来,"这倒也是啊,你说我怎么把这茬给忘了呢?"

"你们俩啊,纯属世上本无事,庸人自扰之。"陈景星问明缘由,不以为然地说,"死了张屠夫,不吃带毛猪。 去不了中央大学,你就没学可上了? 你完全可以上别的学校啊。 南京的好大学多了去了,除了国立中央大学,还有金陵大学、陶行知创办的晓庄师范、陆军指挥学院，莫非那几所学校招生处的老师也都认识你？ 你以为你是谁，你是蒋介石？"

陈景星的话如醍醐灌顶，让石璞豁然开朗。

"你说的是啊，山不转水转，干吗非要在中央大学这一棵树上吊死，还可以报考金陵大学嘛。"心情好了的石璞转过脸，揶揄陈景星、金鼎铭道，"你看你们俩，一个说我是蒋经国，一个说我是蒋介石。 就这一会会儿的工夫，我从老子变成了儿子，又从儿子变成了老子。"

对石璞来说，金陵大学一点儿也不陌生。

因为，早在来南京之前就打听过了——

金陵大学（University of Nanking），简称金大，诞生于 1888 年（清光绪十四年）的美国基督教会美以美会（卫斯理会，Methodist Church）在南京创办的教会大学，同美国康奈尔大学为姊妹大学，是南京地区最早设立的一所新式学堂，也是中国最早的大学之一。 金陵大学文理农三院嵯峨，尤农林学科堪称中国之先驱，英语文学和中国文化研究也成就卓著，享誉海内外。 当时社会评价为"中国最好的教会大学"，享有"江东之雄""钟山之英"之美誉。

在中国，教会学校的发展是与基督教的传播共进退的，中国历代王朝对基督教的政策时常变化，但大多数都是排斥大于接受。"宁垣自乾嘉以还，即有外人建设教会，从事传教。"鸦片战争后，中国政府表示对各宗派一视同仁。 欧风美雨中，西方传教士的身影再次堂而皇之地出现在了中国广袤的原野上，曾经羞羞答答的西学一夜之间扯下了蒙在脸上的遮羞布，开始大大方方地在孔孟之地生根发芽。 西方传教士来宁日众，同时，"皈依耶稣者日益众"。 传教士们在花市大街、估衣廊、鼓楼等处建筑教堂，一边布道，一边办医院、学校和各种慈善事业。 一时间，洋务学堂里，传出了吃惯稀饭、咸菜的嘴巴诵读"Yes, No"的声音，"声光化电"成为最"赶时髦"的中国人互相炫耀的名词。 西方人的狂轰滥炸和中国人的曲意逢迎，在中国大地上激起了一股西学东渐的弥天混响。

1887年，在全国要求改革八股取士、建立新式学堂的呼声中，清政府下达了在科举考试中增设算学一科的诏谕。由于算学考试受条件限制，报考者极少。在这个历史背景下，1888年，美以美会的传教士傅罗（Flower）在南京干河沿创办了汇文书院，书院的办学目的（美以美华中差会1888年宣布）："教授高级科学课程，以便在中国知识界获得一席之地。"当时的媒体评论，汇文书院的创办人很明显地想利用1887年清政府增设算学诏谕的机会来创办这所学校。为方便西方人士了解，汇文的英文名称定为"The Nanking University"。

约翰·卡尔文·福开森（John Calvin Ferguson）任首任院长。福开森1866年出生于加拿大安大略纳帕尼（Napanee, Ontario, Canada），父为教会牧师，自幼随家移居美国，美国波士顿大学文学学士、哲学博士，曾在上海创办《新闻报》《英文时报》及《亚洲文会》。此人活动能力极强，精通中文，操着一口流利的南京话，能书写漂亮的汉字毛笔字，与清末两江总督刘坤一，邮传部尚书、邮政大臣盛宣怀及一些北洋官僚颇有往来。

书院内设博物院（文理科）、医学馆（医科）、圣道馆（神学科），并设有附属中学、附属医院等。汇文书院创立之时，中国的科举制度尚未终结。书院的创办对中国近代高等教育的发生发展，对培养新型高级人才具有积极而深远的影响。1910年汇文书院改为金陵大学（University of Nanking），并在美国纽约州教育局立案，毕业生可同时接受纽约大学的学位文凭。

但是，作为名牌大学，金陵大学每年的学费也是令人咋舌。

石璞看过金陵大学的入学规则，该校上学费用分为学费、膳费（伙食费）、住宿费、杂费、实验费、特别费等共六大块。其中，学费四十五元、膳费四十至五十元；其次是实验费，化学十至十二元，物理学五至九元，生物学、农林科一至三元；住宿费最贵十元，最低七元；

杂费包括体育费、医药费、图书费、校刊费、学生会费等，共计二十元；特别费包括报名费二元、入学保证金四元。各项费用加起来，一年总费用是一百三十至一百五十元左右。

这里的"元"指的是银元，也就是老百姓俗称的"袁大头"。

石璞悄悄算过一笔账，按照当时的收入和物价水平，几个银元可以吃一桌宴席，几百个银元就可以买一座四合院。

费用很高，非一般人家所能承担。

与之相辅相成的是，治学方面也是有口皆碑。自建校起，金陵大学的所有教材、图书杂志、教学仪器以至生活设施就都来自美国，学校的校长、教务长、各系主任、教授均为美国传教士。课程设置也偏重于西洋科学与文化，日常教学用语，除国文和经史外，其他课程包括文娱活动，一律采用直接用英文教学的方式，连助教指导实验、运动场上运动员的口语、学生助威的拉拉队，亦不例外。不懂英语，可以说寸步难行。

然而，金大的学生并不因此而看轻了中文的学习，而是更加强调要学好中文。"建新存古"，即既要把"新学问推广，旧学问也要能保持"。特别是陈裕光走马上任金陵大学校长后，对国学的学习和研究更是有了突飞猛进的发展。在校学生，通过选课既可广泛接触大量有关西方文学、哲学、法律、教育的前沿理论和方法，同时也不忘"国本"，对中国优秀的传统文化和中国社会的问题，有切实的体认，也即在全面了解西方文化，实践"取人之长，补己之短，使吾国固有文化更臻完备"的同时，还将致力于"把它介绍给世界的别的民族"，实现真正的"文化互惠"。正是这种双向交流的观念和中国传统文化对外来文化的包容和接纳，使金陵大学这所外来的教会学校竟在中国本土取得了"望重儒林"的称誉。首任校长福开森在多种场合宣扬自己的办学思想："我们必须向学生传授最适合于他们种族生存、能让他们尽最大努力建设和发展自己祖国的课程。""我们期望给予学生个人乃至整个国家一种非常实用的教育。"

陈裕光 1911 年中学毕业考入南京金陵大学化学系，1916 年，因成绩优异由金陵大学选送到美国哥伦比亚大学深造，攻读有机化学，1922 年获博士学位。留美期间，陈裕光耳闻目睹美国社会对华人的歧视，义愤填膺，奋笔疾书写下了"热血横飞恨满腔，汉儿发愿建新邦"的诗句，表达了他振兴国家、发奋自强的强烈责任感。

由于金陵大学的求学经历，1925 年，陈裕光应该校聘请回母校办学。1927 年大革命的风暴席卷全国，北伐军势如破竹，一举攻克南京，并定都南京。金陵大学有五幢住宅被烧毁，文怀恩副校长在住宅遭劫时，被流弹打中殒命。西籍教职员纷纷逃离回国，学生也离校返家，学校停课。时任校长的包文也以"老病告退"。在酝酿校长人选过程中，校理事会认为陈裕光与金陵大学渊源较深，对教会学校的情况比较熟悉，而且在北京师范大学有过行政领导经验，是最适宜的人选。于是，陈裕光被聘为校长，成为金陵大学第一任中国校长，也是全国第一位担任教会大学校长的中国人。

陈裕光虽深受中西方两种思想文化的影响，但他坚持认为，金陵大学首先是中国人的学校，学生要吸收西方的科学文化，但必须重视祖国固有文化，以中国文化为主体，对外来文化加以择别。在治理金大二十多年间，一直都是长袍加身，从不穿西装。曾经一张陈裕光与北京大学代表胡适、燕京大学代表吴文藻、金陵女子文理学院代表吴贻芳、清华大学代表萨本栋等人访美参加哈佛大学校庆典礼时穿西装的照片剪报竟被当作一件新闻传观。无独有偶，在教会大学历次英语演讲、辩论比赛中，其他大学学生都是西装革履，而平时既穿中装、也穿西装的金陵大学学生一律长袍马褂，老学究打扮，而一张嘴，则是满口流利的英语，成为教会大学中一道瑰奇的风景。

陈裕光注重中国教育主权，维护民族尊严，发扬中国文化。就任校长后，第一件事就是向国民政府教育部呈请立案，让金陵大学成为了第一个向中国政府请求立案并获批准的教会大学。同时，增聘中国教职，加强中文、地理、历史教学，停办宗教系，原来的金陵神学院与金陵大学脱钩，宗教课由必修课改为选修课，宗教集体活动改为自由参加，尊重信仰自由。一时间，金陵大学校内学术气氛十分活跃，呈现出一派欣欣向荣的景象。

这些传闻刮进石璞的耳朵里时，让石璞对陈裕光校长禁不住肃然起敬。陈裕光的举动完完全全顺应和代表了国人祈盼国家振兴图强的拳拳之心。石璞也认为，金陵大学首先是中国人的学校，学生固然要吸收西方的科学文化，但必须以中国文化为基调，重视弘扬民族固有文化。

金陵大学的一切，都让石璞心向往之。

但是，一想到如此昂贵的学费，石璞那颗刚刚转晴的心又变得彤云密布黑云压城起来。

第二天，石璞一大早出门给远在家乡的父亲去了一封信。信中详述了南京求学的波折和困窘，他告诉父亲，他已做好了知难而退的准备，不日即将踏上返家的旅程。

父亲很快就回了信。父亲说，富贵必从勤苦得，男儿须读五车书。钱的问题不必挂在心上，一切自有父亲管顾。唯愿他能够自强不息，崇德修学，异日出膺大任，挽既倒之狂澜，作中流之砥柱。

俗话说，知父莫若子。

石璞明白父亲的一片苦心。

世界上最无私的、最真挚的、最伟大的爱就是父爱了。父亲让他不必把钱的问题挂在心上，是宽慰他的心。供他上学，虽不至倾家荡产，但家里也远没有充裕到富得流油的地步。特别是，哥哥石瑛此刻也正求学于德国，每年的学费也是不菲。他若再读金陵大学，肯定要把父亲的裤带起码再勒紧两道箍。想到此，石璞站起身，恭恭敬敬地对着东北方向父亲暗自起誓：

放心吧爸爸，"少年易学老难成，一寸光阴不可轻。"孩儿一定谨记父亲教诲，放下杂念，专事学习，春诵夏弦，取精用弘，不指南方不肯休!

拾掇好自己的思绪,这天,石璞满面笑容地向大家发起邀请:

"怎么样? 你们几个明天愿不愿意舍弃半天时间,陪我到金陵大学去转一转,找一找感觉?"

陈景星、郑辅周等人异口同声道:"好,我们就舍命陪君子了!"

石璞哈哈大笑:"舍命陪君子? 哪有你们说的这么严重!"

第二天,吃罢早饭几个人就欢欢喜喜地上路了。

石璞更是激动地一夜没睡着觉,以至于都快到了金陵大学门前了,眼还红着呢。

郑辅周的眼最尖,离金陵大学还有一道弯,就看到金陵大学的钟楼了。

"我看到钟楼了! 快看,那就是金陵大学钟楼!"

顺着郑辅周手指的方向一看,果然钟楼在望。 大家不由自主地加快了脚步。

在中国建筑史上,南京的近代建筑特别是民国建筑,汇文书院钟楼当之无愧地占有着重要的一席之地,它既是南京市19世纪末的最高层建筑,又是西方基督教在南京建造的现存最早的建筑,是美国在中国建造的券廊式殖民风格典型建筑。

据闻,钟楼由福开森亲自设计督造。 主体为三层,中部高为五层的钟楼,被称为南京第一幢"洋楼"。 时值清朝末年,南京房屋建筑均为单层平房,这座鹤立鸡群的楼房被市民视为奇观。 又因系洋人所建,故时人称之为"三层楼洋行"。 如叫马车或人力车去汇文书院,车夫未必清楚,但说去三层楼洋行,则无论远近,无人不晓。

钟楼体量不大,采用四面开窗的方形立面,平面和立面都追求严格的对称关系,甚至主立面的烟囱都是对称的。 墙面简洁,以凸出的墙线脚来加强水平划分,符合16世纪后半叶府邸建筑风格。 砖木结构,有陡峭的屋顶,清水砖墙面砌筑方式为一顺一丁,并在入口、勒脚、檐口等处有精细的装饰线脚,顶部为法国孟莎式(Manstart

Style）双折形坡顶。 工程由美国芝加哥帕金斯建筑事务所负责，建筑材料除屋顶的玻璃钢瓦及基本土木，其他大都是从国外进口。

　　石璞兴高采烈地围着钟楼转了一圈又一圈，喜悦之情溢于言表。

　　金陵大学建筑群，以清代官殿式建筑为外部特征，以塔楼为中心，作不完全对称布局，这些建筑由北而南，顺坡而下，与周围环境融为一体。 这种充分利用自然地势的起落而建的建筑物，既各具风格，又错落有致，有朴素浑成之美。 虽然建筑形式是中国传统的，但规整宽阔的草坪、突兀的塔楼与群体的整体建筑的不协调性，既有北方的端庄浑厚，又有南方的灵巧细腻，既有西式的风格，又呈中式面貌。建筑群没于森森树木、含珠花草之中，四季不同，景色各异，唯一不变的是老建筑沉静而儒雅的风范。

　　陈景星戳了戳郑辅周，"看石璞那欢天喜地的劲儿，咱们得逗逗他。"

　　郑辅周会意地点点头，"好。"

　　"石璞，别看了，该回去了。 咱们还要去火车站呢。"陈景星一脸郑重。

　　石璞不明就里地问："又有谁要来南京了吗？"

　　郑辅周接口道："我们一天到晚地在一起，有没有人来你不是一清二楚嘛。"

　　石璞更丈二和尚摸不着头脑了，"那我们去火车站干吗？"

　　陈景星故意地吊石璞的胃口，有意地停了一下，说："有个人说他报不了中央大学，要打道回府。 我们同学一场，你说是不是要到车站去送一送啊？"

　　转了一圈，原来在这儿等着他呢。

　　石璞羞涩地笑了，说："不走了，八抬大轿也不走了，就在南京立万年桩了。"石璞伸出手，"让我们一起来发愤努力吧！"

　　"对，一起发愤努力！"几个人异口同声道。

　　"扑棱棱……"树上的鸟儿受到了惊吓，张起翅膀，飞了……

在经历了令人煎熬的等待以后,石璞终于如愿以偿地接到了期待已久的录取通知书。 石璞和陈景星非常幸运地分别被金陵大学物理系和农业经济系录取,金鼎铭、郑辅周得偿所愿地考入了中央大学,徐寿轩则在组织的安排下漂洋过海远赴法国。

挺进金陵,是石璞在通向革命的道路上迈出的关键性一步,开启了新的人生之旅,从而也决定了他一生的格局。

下 部

涅 槃

第十二章
海阔天空

大江滔滔东入海,我居江东,石城虎踞山蟠龙,我当其中。

三院嵯峨,艺术之宫,文理与林农,思如潮,气如虹,永为南国雄。

"嵯峨三院聚英秀,清夜尤闻大江东。"金陵大学的礼拜堂,每周都有学生在演唱这首娓娓动听、出神入化的《金陵大学校歌》,学校庆典更是全校师生齐声高唱。

校歌歌词为集文学家、文字学家、史学家、书法家、艺术家于一身的奇才,时任金陵大学国文系教授的胡小石先生所撰，文辞流畅，言简意赅，声调铿锵，气势巍峨，尽发青年学子之豪气和欢欣，体现了金陵大学三院嵯峨、雄踞南国的骄人地位，抒发了金大人思如潮涌、气贯长虹的豪迈情怀。在人们惯常的印象里，南方一向是以温婉含蓄著称的，没成想，这首歌却写得如此摇山振岳气势磅礴。曲调则直接选用了美国常春藤名校——康奈尔大学的校歌《远在卡尤加湖之上》的旋律，以彰金陵大学的品格与精神气质、学养与悠长文脉。

同学们都说，这洋溢着贵族气息的校歌，只有与钟楼的钟声、小礼堂的钢琴，图书馆与东课楼的红屋顶相伴，方显出它文化的深厚和气质的高贵。

《远在卡尤加湖之上》曾被世界一百多所学校选作校歌旋律。据维基百科相关条目所开列的不完全名单，全球至少有超过180所学校曾使用了这首旋律作为校歌。除了最早使用该旋律作为校歌的常春藤盟校康奈尔大学，还包括威廉与玛丽学院、科罗拉多州立大学、埃默里大学、理海大学、斯沃斯莫尔学院、得克萨斯农工大学、密苏里大学、范德堡大学等校校歌，也都是这一旋律。上述这些大学，都是闻名世界的美国名校。此外，还有亚洲的印度、菲律宾、马来西亚、新加坡、中国香港等地的多所学校也使用这一旋律作为校歌。作为近代教育史上与美国交往密切的国家，中国也很快传入了这首"神曲"。当时，美国基督教会在华一共开设了十数所大学，其中包括燕京大学（北京）、东吴大学（苏州）、岭南大学（广州）等校，都用了这首歌曲作为校歌。

金陵大学的校歌余音绕梁，金陵大学的校园更是花红柳绿、五彩缤纷。

一走进古朴的校门，那中西合璧、典雅庄重的校园建筑，以及花木繁茂、绿草如茵、宁静整洁的校园，既予人以温馨之情，又给人宁静、安详之感。尤其是那四周被海桐和灌丛簇拥，巍然屹立在校园中央，时为南京最高建筑的北大楼，葱茏的爬山虎蜿蜒而上，为它披上了盛夏的绿装,仰而视之,给人以高等学府名不虚传、历史悠久的感受和联想。 大楼前,草坪绿草如茵,环境清新幽雅,学生三三两两散坐其间,悠然自得,宁静安详。

然初入校门的石璞一直无暇得入其中,繁忙的功课压得他几乎喘不过气来。

最让石璞念念不忘的是金陵大学的第一堂课。

那堂课,让一贯宠辱不惊的他出了一身的冷汗——

这是一堂"英文读报"课。

每位同学的课桌上都摆放了一份在美国纽约出版,在全世界发行,有相当的影响力的《纽约时报》(The New York Times)。

金陵大学是美国人办的大学,英语是主要的教学语言,金陵大学的学生,尤以英文水平高而被称道。 金陵大学一直以培养最高素质的学生自我期许,入学审查十分严格。 一年级新生入学考试,仅英文一项就要过五道关:听力、读力、作文、语法、字量。 20世纪20年代初,由金陵大学首倡,与之江、沪江、圣约翰四教会大学一起开始定期在南京、杭州、上海等地轮流主办英语辩论友谊赛。 在这些赛事中,出战的金陵大学辩论员因在舌战中观点正确,内容丰富,每次都出奇制胜,捧杯凯旋,一连蝉联六年英语辩论比赛奖杯。 一度金陵大学理学院学生的英语水平胜过其他大学英语系学生,引起国民政府教育部关注,特别委派社会教育司司长陈礼江等人进行调查。

一位非常年轻漂亮的金发碧眼的女教师走进教室,用英语说了几句什么,也不管同学们听懂没听懂,然后就开始读报。 从表情判断,这应该是一则非常振奋人心的消息。 老师读得如痴如醉,而同学们却一个个听得云里雾里,不知所云。 女教师不怒,也不恼,一遍读下来,和颜悦色地带领同学们逐字逐句跟她一起读。 一边读,一边讲述这段话的意思。

在进行英语读报的同时,学校还有意安排了英文原著文学作品阅读课。

那些本来对"英语读报"课就一窍不通的同学就更不感冒了：我们又不是来做小说家的，学这些玩意儿做什么，这不是折腾我们吗？

"求知无坦途，学问无捷径。 在我们中国文化里，始终有一种投机取巧的基因阴魂不散，像《三国演义》里的'诸葛亮借东风''草船借箭'、《岳飞传》里的'八百破十万金兵'等等，总期冀花费最少的力气达至最佳的效果，不愿去下笨力气和笨功夫，走捷径成了我们生活中不可分割的一部分。 学英语，是一门精细的艺术，并不像划根火柴那样轻而易举。 必须如天将降大任于斯人，苦其心志，劳其筋骨，饿其体肤，空乏其身，就像胡小石先生教导我们那样：聪明人要用笨功夫。"石璞明白学校的一片苦心，耐心跟大家解释：这样设置课程，不完全是为了培养同学们欣赏外国文学的能力，而是为了向大家提供政治、哲学、经济、艺术等一切领域的词汇。

石璞这番话，既是诲人，也是自律。

事实证明，石璞的揣测完全正确。 短短月余时间，同学们的外语听力水平便有了突飞猛进的提高。 那些有意见的同学不再埋怨了，直夸石璞洞彻事理神领意得。

金陵大学作为教会大学，特别又是美国人出资兴办的，多模仿美国的小型独立学院（College），所以，其学制亦套自美国。 课程教学方面，金陵大学开始实行规定科目制，1915年后改用主修、选修科目制。 学生的学习过程，用富有金陵大学特色的"学分制"进行管理。金陵大学学分实际上是衡量学生学习和工作的一种人造单位。 每学分约值校内50小时或校外75小时之工作，换言之以普通学生每星期上课、自修及实验合3小时，高材生合2.5小时，低能生合3.5小时，历一学期者为1学分，预科学分之值等于本科学分之五分之四。 1917年时，学生须115～120学分才可以毕业，1925年，改定150～160学分为毕业学分，这说明金陵大学学生的课业负担是极其饱满的。 就以一个普通学生毕业按120学分算，至少要6000个小时的校内学习或9000

个小时的校外学习才可以得到学士学位。还有,金陵大学学生还要参加许许多多名目繁多的实践活动。时间对他们来说,比油都珍贵。此外,金陵大学的淘汰率是很高的。就拿历史系来说,一般情况下,能够获得学士学位的,往往只有入学时候学生人数的四分之一,其余四分之三全被淘汰了。历史系在读的学生,四个年级加在一起只有三十多人。金陵大学上课时从不点名,但座位均按姓名英文字首次序排列,教师往讲台上一站,不用环视,谁到谁没到,一目了然。

所以,金陵大学的学生不敢有丝毫懈怠。

常去石璞宿舍的同学都知道,他的案桌上,总放着他自己的一张半寸照片,卡纸上写有他手书的"座右铭":

努力才是人生,颓唐只见人死。
勿以恶小而为之,勿以善小而不为。
思想要系统化,行动要纪律化,生活要平民化。
勿悲观、勿急惰、勿自傲。

石璞把全部身心投入了全新的学习中去,一点儿不虚掷时光,分分秒秒都用在了学习上。课堂上,他专心致志听讲、记笔记;课后认真复习,撰写心得。课下,在宿舍、在图书馆、在河边、在操场,在一切可以获得知识的地方,悬梁刺股,孜孜以求,务求弄懂弄通,学深学透,从不囫囵吞枣,满足于一知半解。几本随身携带随处研读的教材几乎被他翻成了铺盖卷儿,每每有同学看见,总是微笑着跟他开玩笑道:"你看人家石璞,那才叫一个读书破万卷!"

金陵大学虽为教会大学,推行的又是基督化教育,但学校的氛围并不像人们所想象的那样封闭,相反却充溢着相当浓厚的自由风气,它在传播宗教和西方科学文化的同时,也传播西方资产阶级民主自由思想。金陵大学的图书馆里,公开陈列并允许借阅马列书籍,这客观上为渴求进步的青年提供了学习条件。 每天，石璞一有时间，就伏在学校图书馆尽头处靠近窗户的那张小桌上，如饥似渴地阅读各种进步书籍。 这个位置，从他进入图书馆第一天起，就一直坐在那。 几乎没换过。 同学们知道了石璞的习惯，轻易谁也不去打扰，所以，这地儿几乎成了他的专属座位。

铠则东胡阙巩，百炼精刚。 一个学期下来，有的同学还迷迷盹盹，没找到北，而石璞已经在同学们望尘莫及的瞩目下，当之无愧地跃入品学兼优者的阵营中。 从那以后，如果哪位同学有问题需向老师讨教，而老师又恰巧俗务缠身，老师就会对求学心切的同学说："这样吧，你先去向石璞同学请教下吧，他一定能帮助你解决这个问题。"

老师这样讲绝非戏言，同学向石璞请教也口服心服。 因为，许许多多看似不经意的崭露头角，令同学们想不服都不行。

金陵大学老师上课，十分注重师生交流。 经常性地老师讲着讲着，出其不意就提出一个问题，让学生解答。

有一次，一位老师在给同学们讲述鸦片战争的时候，突然停下来问："哪位同学读过《达衷集》？"全班顿时鸦雀无声。 顿了一会儿，石璞站起身，说："报告老师，我读过。"老师说："那你向大家介绍介绍。"石璞点点头，底气十足地讲道："《达衷集》一书由著名作家许地山校录，有一个副标题：鸦片战争前中英交涉史料。 是许地山先生在牛津大学留学期间，受朋友罗志希（即罗家伦）所托，从校图书馆所藏中国史料中摘抄的。 史料来源于东印度公司在广州行馆存放的旧函件及公文底稿。 之所以取名'达衷集'，是因为'上海事情'中有'尺牍类函呈文书达衷集卷中'这样的标题和目录。 书分三卷，只是因为其中有'卷中'字样，其实只有两卷。 第一卷是英商胡夏米不愿在广州贸易，把船开到厦门、福州、宁波、上海、威海卫、朝鲜及琉球去，沿途与各地官吏及商民往来的函件。 第二卷则是乾隆嘉庆二朝公班衙与广州督抚关部等交涉的案件。 许地山先生觉得第二卷比较重要，因为从中可以看到租界领事裁判权及外国金融在中国的发展历程，当时中国官吏的糊涂每于公文中显露出来。"

石璞这一牛刀小试，不仅让全班同学，就连授课老师都刮目相看。

石璞的行止，终于有一天吸引到了金陵大学校长陈裕光的目光。

多年养成的习惯，让陈裕光无论事务怎样错综繁冗千头万绪，也无论头晚工作到几时几刻，天一亮，他健硕的身影，一定会雷打不动地第一个在钟楼前出现。然最近这些日子，陈校长惊异地发现，这个延续了多年的排名竟被一个乳臭未干的男孩儿给打破了。

真是莫道君行早，更有早行人。

好奇，让这位名扬海内外的化学家、教育家终于走近了时走时停、口中念念有词的石璞。

"你好，这位小同学，你在干什么呢？"陈裕光和蔼可亲地问道。

见是校长天兵天降，石璞立刻有些紧张起来。

石璞曾经在开学典礼上见过这位金陵大学第一任中国校长，陈校长苦口婆心谆谆教导同学们，如果想在科学上获得"系统之研究"，能够"通晓万物之理，并据而把事情办好"即开物成务，最要紧的就是立志。陈校长说：

"古今中外，对于立志，莫不重视。王阳明说：'志不立，天下无可成之事，虽百工技艺，未有不本于志者，志不立，如无舵之舟，无衔之马，飘荡奔逸，终亦何所底乎？'舵与衔就是使我们的思想与事业，有一定的范畴，有一定的方向，不致东奔西突，徒劳无功；也有因为没有一定的方向，终日彷徨，莫知所适。张南轩也说：'诸生为学，必先立志。如作室者，必先固其基址乃可。'若要使我们的摩天大楼，矗立青云，只有使我们的基础，建筑在坚石上，否则鲜有不倾圮的。不过，有了大志，还要日日浇灌培养，庶不致偶有挫折，遽蒙退志，以致一败涂地。今天看到诸位欣然来校就学，特提出立志二字，愿与诸君共勉之。"

石璞记住了校长的话，立志学古人居陋巷，箪食瓢饮，不改其节操，学不惊人死不休！

石璞举起手中的小本本，惴惴不安地答道："校长好，我正在背诵英语单词。"

"哦，是吗？"陈裕光饶有兴致地接过石璞手里的小本本，一页一页，仔细地翻看着，上面密密麻麻地记满了英语单词。禁不住赞不绝口道："小同学，你很认真，也很用心。你叫什么名字？"

"我叫石璞。"

"石璞，石璞，石璞……"仿佛是为了记住这个名字，陈裕光连续不停地念叨了好几遍。

石璞却不知是怎么回事，还以为是校长怀疑他根本就不叫这个名字，赶忙申辩道："校长，我真的叫石璞。"

"我知道你叫石璞。"陈裕光知道石璞误会了，呵呵笑了两声，然后，正色道，"石璞同学，你有没有听说过这副对联'有志者，事竟成，破釜沉舟，百二秦关终属楚；苦心人，天不负，卧薪尝胆，三千越甲可吞吴'？"

"知道，蒲松龄写的。"石璞认真地点点头，胸有成竹地道，"蒲松龄一生热衷科举，却始终不得志，这是他在屡试不中、落魄至极之际，亲自写下的一副励志自勉联。它告诉我们，做事一定要有恒心，有毅力。想成功，就要做一个有志者，一个苦心人。"

"说得不错，就是这个道理。"陈裕光喜形于色，对石璞的赞许与器重显露无遗，"这副对联气势磅礴，催人奋进，其中引用了两个历史上非常著名的典故和典故之后的对应结果。一个是楚霸王项羽破釜沉舟灭大秦，另一个是越王勾践卧薪尝胆吞吴国。蒲松龄以此联激励自己，终于以一部《聊斋志异》名垂青史。人就是要学会在磨砺中享受成功，从成功中体验磨炼。学贵有恒。荀子说过：'锲而舍之，朽木不折；锲而不舍，金石可镂。'要想拥有珍贵的品质或美好的才华，就要不断地去努力、修炼。毅力和决心，是人生成功路上最至关重要的。无论做什么事情，只要有恒心，有毅力，专心致志，就一定能够无往而不胜！"

"石璞谨记校长教诲，一定好学不倦，持之以恒，分秒必争。"

陈裕光慈爱地摩挲着石璞的一头短发，"好，不打扰了，你继续刻苦攻读吧。祝你成功！"

石璞恋恋不舍又心怀崇敬地望着校长那挺拔的背影一直消失在枝繁叶茂的常青藤下。

学生宿舍里，石璞的寝室总是最热闹的地方。每当课余饭后，同学们齐聚一堂，床上、凳上、桌上，但凡能落座的地方，全都坐得满满当当，来得晚的同学就只能充当站客了。每次高谈阔论的"卷首语"照例都是由课本学习展开，大家伙七嘴八舌，诉困惑、说见解、谈心得、讲体会、妙语连珠、你来我往、互不相让，说着、说着，就扯到时局上去了。直说得一个个摩拳擦掌，热血沸腾。

石璞仔细观察、分析和研究过，近几年，国民党大肆在教育领域推行党化教育，强化思想控制，教会大学也不能幸免，一系列政治活动开始进入校园，如星期一必须举行总理纪念周仪式，包括背诵总理遗嘱，在遗像和党国旗前三鞠躬、唱国歌、短时静穆等，教学内容上，也由国民党党义代替宗教成为必修课。国民党还在学校普遍建立了训育制度，学校设训导长管理学生，他的职责就是防止学生行为越轨，对学生日常活动进行监视。对国民政府这些压抑民主、禁锢思想的做法，金陵大学师生强烈不满。1928年，金陵大学学生会所刊行的《金陵周刊》刊登了称"现今当局与军阀半斤八两"的文章，被当局指责为"背叛党国情节显然"，遭国民党中央宣传部查禁、查办，被迫停刊。

国民党的高压统治在学生中虽然受到抵治，但还是产生了一定作用。一段时期中，金陵大学学生对政治冷漠的现象有所上升，师生中的大多数尽管对社会现状不满，却又觉得自己无回天之力，更加疏远政治，认为只有科学才能富强祖国，埋头读书的不少。"亡国亡种，人人不必居其罪,唯教育者之罪;强国强种,人人不得居其功,惟教育者之功。 无他,教育者进化之的也。"他们认为教育是"救国要图",鼓吹什么中国最困难、最重要的问题是生计,解决生计问题唯有教育;更有人视青年学生参加政治运动是"荒废学业"和"得不偿失"的"自杀",只须"自动地用功","尽力于平民教育"。

金陵大学本来就是教会学校,学生大多出身于地主、资本家和官僚家庭,受西方文明和教会的影响颇深,崇拜西方、追求个人发展、不问政治时事是这所大学的主流。 不能说这些同学没有振兴中华救国图存思想,不愿意投身革命精忠报国,但大都是叶公好龙,附庸风雅,说几句大话,唱几句高调,发一些无关痛痒的牢骚,内心里并不愿意拿起刀枪,去血肉横飞的战场上与敌人背水一战。

对此,石璞总是言之凿凿针锋相对:"教育确是改造社会的有力工具,但要使教育发挥这一作用,关键在于要以社会改造的目的来办教育,要以社会的需要来决定教育,即'要看什么是今天最急最要的事情已决定教育的方针'。 当前中国教育'最急最要'的事情是什么?是政治的变革、经济的发展和抵御外来侵略。 中国不良的经济制度迫切需要通过政治革命予以彻底改造。 若我们照今天的样子谈什么办教育、救国家、改造社会,总是一场笑话。 值此军阀混战、列强进逼的民族危亡关头,根本不是青年人闭门读书的时候,相反,无异是宣判中国死刑。 在目前特定的条件下,不以社会改造为目的的读书,救不了国。 我们作为一代青年,必须以积极奋进的态度,冲决历史之桎梏,涤荡历史之积秽,新造民族之生命,挽回民族之青春,为索我理想之中华而斗争。"

在石璞的带动和影响下,面对日益深重的民族灾难,一大批具有强烈的爱国心和民族自尊心的同学,积极投入到日益高涨的爱国民主运动的滚滚洪流中去。 同时,石璞的觉悟也得到了迅速的提高,很快由一个爱国的民主主义者转变成了一个坚定不移的马克思主义者。

石璞的表现，也被南京地下党组织看在了眼里。

一次，南京市委在通知金陵大学地下共产党员宣国华和陈景星去开会时，他们毫不犹豫地把石璞也带去了。

会上，一位中等身材、着工人服装、湖南口音的青年作了《中国革命的新形势——新时代即将到来》的讲话。

石璞惊喜地瞪着这位讲课的青年，他的年纪其实和台下的听课者差不多大，瘦削精干的身材、宽宽的脑门，双目炯炯有神，说话条理清晰，声音不大，严肃中却透着一份兄长式的循循善诱与随和。他深入浅出地将革命的三民主义思想娓娓道来，鼓舞大家坚定为革命献身的决心，提醒大家注意锻炼身体，培养吃苦耐劳、不怕牺牲的精神。

当时，党内同志除熟悉的，一般都是单线联系，互相不问姓名。过后很久很久，石璞才知道，这位在会上讲话的就是当时任江苏省委宣传部部长的李富春同志。

李富春的讲话一结束，石璞就带头使劲儿地鼓掌。

这一刻，石璞知道自己找到了榜样。从李富春身上，石璞感觉到了火一样的热情。终有一天，他要像这位李富春同志一样，奋不顾身地投身这革命的洪流中去，干出一番波澜壮阔的事业。

回来路上，陈景星试探地问石璞，听了李富春同志的课有什么感受？

石璞的脸红扑扑的，他的心还回荡在刚刚激动的浪花中，他的手来来回回地挥舞着，说："我们大家都已知道，中国的国家、社会都已腐败不可收拾，这不必举什么例，大家必定公认的。既然知道它腐败，便必然立志要去改革它。但要去改革，岂是一时感情上的冲动所能奏效，必然要去奋斗；不避艰险，不怕危难地去奋斗。若然只是心里知道要改革，而畏首畏尾地袖手旁观，不肯去下手，社会哪里能照你的如意算盘去改造好了呢？所以我们万不可因一时的奋斗无效，便灰心消极，像学究派名士派的样子；也不可因为恶社会的铜墙铁壁不易动摇,而遂被其同化,像官僚化资本化者的样子。须要再接再励,短兵相接,随时随地地奋斗,在官僚界就在官僚界着手,在资本界就在资本界造反,成败利钝,在所不计,所谓鞠躬尽瘁,死而后已,那么,这万恶的社会,终有被我们或我们的子孙改造过来的一天!"

第十三章
志存高远

梨花似雪草如烟,
春在秦淮两岸边。
一带妆楼临水盖,
家家粉影照婵娟。

六朝金粉、王谢侯府的秦淮历来是文人诗词中忧伤美丽的意象。

作为一个千年古都,在历经朝代变迁、草枯草荣后所积淀下来的文化底蕴是挖掘不尽的,自古,文人对于有"十里珠帘"之称的秦淮总有着特殊的情结,不惜文才地写下了一首首流传千古的诗章。从古诗里我们可以看到秦淮声色犬马的繁华和千年沧桑的忧郁。

秦淮河，中国长江下游右岸支流。古名龙藏浦，汉代起称淮水。有"中国第一历史文化名河"之称。相传，秦始皇东巡会稽过秣陵，以此地有"王气"，下令在今南京市区东南的方山、石硊山一带，凿斫连冈，导龙藏浦北入长江以破之。根据这一传说，唐代改称秦淮。一千八百年以来，这里是南京最繁华的地方之一。有关此河之来由，历来说法不一。南宋张敦颐撰《六朝事迹编类》载："淮水……分派屈曲，不类人工，疑非始皇所开。"地质、考古学者们也证实，秦淮河属自然河道，非人工所凿。但其中某些地段为人工所凿，仍不能排斥。

秦淮河是南京古老文明的摇篮。远在石器时代，流域内就有人类活动。六朝时代达到鼎盛，隋唐以后，渐趋衰落。到了宋代逐渐复苏成为江南文教中心，明清两代再度达到繁华的巅峰，金粉楼台，繁华绮丽，画舫凌波，富贵云集，软玉温香，名噪一时。

"平淮既森森，晓雾复霏霏。淮甸未分色，泱漭共晨晖。晴霞转孤屿，锦帆出长圻。潮鱼时跃浪，沙禽鸣欲飞。会待高秋晚，愁因逝水归。"为杨广游经扬州时经淮河所作。"六代更霸王，遗迹见都城。至今秦淮间，礼乐秀群英。"为李白《留别金陵诸公》所吟。"朱雀桥边野草花，乌衣巷口夕阳斜。旧时王谢堂前燕，飞入寻常百姓家。"为刘禹锡的《乌衣巷》所传。然最负盛名的还是唐代诗人杜牧的《泊秦淮》："烟笼寒水月笼沙，夜泊秦淮近酒家。商女不知亡国恨，隔江犹唱《后庭花》。"据传，正是这首亡国之音的问世，秦淮河之名始盛天下。

石璞焦躁不安地踟躇于秦淮河畔。

夕阳西下。放眼望去，大地、天空、房舍、草木都笼罩在一层透明的橘红色的轻纱中，整个世界都充满了温柔。微风中，宽阔的河面上，细浪轻皱。偶尔一只水鸟掠过水面，调皮地用它灵巧的翅膀掠起几滴水珠，溅在水面上，化作一个充满诗意的晕圈，随着荡漾的河水慢慢地向四周扩散开去，直至消失。

突然，有人在背后轻轻地拍了拍石璞的肩膀，石璞惊愕地转回头，原是陈景星到了。

"你可来了，都快把我给急死了。"石璞抱怨说。

陈景星反唇相讥："你还说呢，什么事啊？火急火燎地跑这么远，在学校不能说啊？"

"当然不能说了，否则，干吗舍近求远跑到这儿来？"石璞将头一扬，"不过，这都是为你好。"

陈景星扯了扯衣襟，"把我折腾得大汗淋漓的，还口口声声为我好。我今天倒是要看看了，到底是什么大好事。"陈景星穿着一件白色的尖领汗衫，前后襟都湿透了。

"这就是对你的惩罚，谁叫你不跟我说实话？"

"就差把我写给女同学的情书给你看了，哪有什么事情瞒你了？"

陈景星莫名其妙地哈哈大笑，像梦中人的痴笑。

石璞却笑不出来，径自朝前走，"刮风下雨不知道，自己做的事自己不知道吗？"

"唉，哪庙没有冤死的鬼啊！"

石璞不理他，气哼哼地旁若无人大步流星地径自往前走着，行步如风。

陈景星亦步亦趋地跟在石璞身后，不怒不怨，任凭石璞怒火中烧。

"'六朝遗迹此空存，城压沧波到海门。万里江山来醉眼，九秋天地入吟魂。于今玉树悲歌起，当日黄旗王气昏。人事不同风物在，怅然犹得对芳樽。'石璞同学真是会挑地方，连和男同学约会选地都选得这么诗情画意：在中国所有的河流里，秦淮河恐怕算是脂粉气最浓的一条了。今人不曾见古河，今河曾经润古人。你看，古时的气息，在秦淮河的心底，一点儿不曾褪色，连岸边的水草，都是怯怯地摇曳，你说这该不会是受了秦淮河畔那些娇娇柔柔的女子的影响吧？"陈景星摇头晃脑，自我解嘲地高声吟哦道，"真得要谢谢你了，来金陵转眼几个月了，游秦淮河还是头一遭。"

石璞刹住步，转过身，眼睛瞪得圆鼓鼓的，还是不说话。

"干吗啊？你倒是说话啊！"

"我没有你这么高的闲情逸致。"

"这是怎么了今天？吃冲药了啊！"

石璞瞅了瞅，见红花翠竹，流水青山，杳无人迹，转过脸，盯着陈景星的眼睛，压低声音，说："跟我说实话，你……是不是共产党员？"

陈景星眯着眼，看着炫目的阳光，不急不缓从容有力地说道："1840年鸦片战争以后，国际资本主义、帝国主义的势力侵入中国，中国的社会结构由封建社会逐步演变为半殖民地半封建社会。从鸦片战争到'五四'运动，中国人民为了反对帝国主义和封建统治，进行了英勇不屈的斗争，其中主要的是太平天国农民战争和资产阶级领导的辛亥革命，但都相继失败了。在中国共产党成立之前，中国人民对于外国侵略者和本国封建统治者进行过长期的、英勇的斗争。这些斗争之所以收效甚少，主要原因就在于没有弄清革命的对象，不能团结真正的朋友，以攻击真正的敌人。从历史上看，无论是农民领袖，还是资产阶级民主派，都没有能力为中国人民指明斗争的目标。历史证明，中国的农民阶级和民族资产阶级，由于他们的历史局限性和阶级局限性，都不能领导民主革命取得胜利。这样那样的救国方案都试过了，但沉重的失望代替了原先的希望，国家的情况一天比一天糟。在中国的先进分子中，怀疑产生了、增长了、发展了。要救国必须寻找新的出路。中国的先进分子从消沉、苦闷和彷徨中走出来，再次在心中燃起热切的期待，一场巨大的革命风暴在孕育之中。1915年9月，陈独秀同志在上海创办的《青年》(后改为《新青年》)杂志，犹如黑夜中的一道闪电，掀起一场空前的新文化运动的狂飙。这场运动，正是新的革命风暴到来的前奏。1921年，中国共产党成立，一个新的革命火种在沉沉黑夜中点燃起来。 从此，在古老的中国大地上出现了完全新式的、以马克思主义为行动指南的、统一的和唯一的中国工人阶级的政党，它从一开始便旗帜鲜明地以马克思主义的阶级斗争观点来观察和分析中国的问题，并且深入到工人中去做群众工作，给因辛亥革命失败而迷茫的人民群众带来了光明和希望，为他们的斗争开拓了通向胜利的新航道。 中国共产党作为工人阶级的先锋队，它敢于相信、发动和依靠群众，它的全部活动都是为工人阶级和人民群众谋利益的，是为他们的解放事业服务的，采取的也是群众路线的革命方法，这是资产阶级、小资产阶级政党和其他政治派别没有也不可能采取的。 自从有了中国共产党，中国革命的面目就焕然一新。"

"这我都知道，我问的是你到底是不是共产党？"

陈景星仍没有直接回答石璞的问话，他的眉际突地掠过一片阴云。

"1927年4月12日夜，停泊在上海高昌庙的军舰上空突然升起了信号，早已秣马厉兵的全副武装的青红帮、特务几百人，身着蓝色短裤，臂缠白布黑'工'字袖标，从法租界乘多辆汽车分散四出，袭击闸北、南市、沪西、吴淞、虹口等区工人纠察队。 工人纠察队仓猝抵抗，双方发生激战。 上海两千七百多名武装工人纠察队被解除武装。工人纠察队牺牲一百二十余人，受伤一百八十人，上海总工会会所和各区工人纠察队驻所均被占领。 在租界和华界内，外国军警搜捕共产党员和工人一千余人，交给蒋介石的军警。

"4月13日上午，上海烟厂、电车厂、丝厂和市政、邮务、海员及各业工人举行罢工，参加罢工的工人达二十万人，上海总工会也在闸北青云路广场召开有十万人参加的群众大会，并冒雨赴宝山路第二十六军第二师司令部请愿，要求释放被捕工人，交还纠察队枪械。 当行至宝山路三德里附近时，埋伏在里弄内的第二师士兵突然奔出，向群众开枪扫射，当场打死一百多人，伤者不知其数。 宝山路上一时血流成河。 反动军队占领上海总工会和工人纠察队总指挥处。 接着，查封或解散革命组织和进步团体，进行疯狂的搜捕和屠杀。 在事变后三天中，上海共产党员和革命群众被杀者三百多人，被捕者五百多人，失踪者五千多人，优秀共产党员汪寿华、陈延年、赵世炎等光荣牺牲。4月15日，广州的国民党反动派也发动反革命政变。 当日捕去共产党员和革命群众二千多人，封闭工会和团体二百多个，优秀的共产党员萧楚女、熊雄、李启汉等被害。 江苏、浙江、安徽、福建、广西等省也以'清党'名义，对共产党员和革命群众进行大屠杀。 奉系军阀也在北京捕杀共产党员。 4月28日，李大钊和其他十九名革命者英勇就义。"

陈景星叙说的是历史上著名的"四一二"反革命政变。

陈景星的一番话勾起了石璞的心头之痛，他脸色一沉，气愤难抑道："早在1926年，蒋介石夺取了国民党的党、政、军大权之后，实行军事独裁的野心就已经昭然若揭。 随着北伐的胜利进军，蒋介石更是日趋反动，在南昌成立总司令部时，就是为实行清党反共做积极的准备。 蒋介石自己讲：'我在广州时，就对共产党的行动，时刻留心。 我所抱打倒共产党主张，在广州即欲实行，不是今日始有此决心，惟在广州苦于说不出口，又恐势力不敌，致国民党亡于我蒋某之手，故忍痛至今。'北伐开始后，进军十分顺利，蒋介石却哀叹说：'我军虽获大捷，而前后方隐忧陡增，共产党在内做祟，非使本党分裂与全军崩溃而不止。 遍地荆棘，痛苦万分。'"

"'四一二'反革命政变前，蒋介石'革命阵营'的腐败贪污已经伤透了我的心，政变中的大屠杀更让我心寒胆战，那么多的师长、同学、朋友死于蒋介石的屠刀之下。 每一念及，辄不免心头滚烫，热泪暗垂。"

"'泪眼问花花不语，乱红飞过秋千去。'你说的这些，每一个有良心的中国人都会感同身受。 那段日子，哪一个不是天天以泪洗面，'物是人非事事休，欲语泪先流？'"石璞话锋一转，"可我要知道的是，你到底是不是共产党？"

"我的话难道说得还不够明白吗？"

"不明白。"石璞摇摇头。

陈景星笑了，问："是怎样，不是又怎样？"

石璞垂下眼睑，决绝地道："如果你还没有加入共产党，从今天起，我们俩一道去寻找、去努力，争取早日加入共产党的队伍中去。但是，如果你已经加入了共产党，那也从今天起，与你镜破钗分、恩断义绝。"

陈景星望着石璞一副不依不饶的架势，"扑哧"笑了："前半句说得挺有道理，后半句就完全不对了。作为同乡同学，如果我已经加入了共产党，你应该为我欢欣鼓舞，为我举杯祝贺。你倒好，嘴唇一开一合就要与我断绝一切关系。这未免也有点个太不通情达理和太不近人情了吧？"

"你还知道咱们是同学同乡？"石璞反唇相讥，"景星，咱们从小一起长大，一起读书，一起秉烛读马列，一起接受新思想。中国未来要向什么方向发展，要建立一个什么样的理想社会，是当下志士仁人也包括我们共同关注和需要迫切解决的重要问题。中国共产党的出现，向世界宣告：'人道的警钟响了！自由的曙光现了！试看将来的环球，必是赤旗的世界！'也正是为了追逐这一自由胜利的曙光，我们一起由白山黑水的大东北千里迢迢来到了'钟山毓秀似蟠龙，凿岭埋金又如何；紫金王气生六朝，逸仙更在陵中卧'的南京。矢志努力于民族解放之事业，实践其所信，励行其所知。可你是怎么做的？'埋头自扫门前雪，不管亲人霜下行。'我们之间何谈乡情友情？"

"这样吧，让我先来给你讲个有关于加入共产党的故事。"陈景星看着义愤填膺的石璞，笑了。

陈景星拉着石璞的手，往前走了几步，在河边的一块石头上促膝而坐。问道："朱德这个人听说过吗？"

石璞摇摇头,"不甚了解。"

"早在1909年,朱德就在云南陆军讲武堂参加了同盟会。辛亥革命爆发后,朱德参加了响应武昌起义的云南起义,并带兵攻占了总督衙门——敌人的最后据点。以后他又参加了护国战争、护法战争,在战斗中屡建奇功,一直升职到少将旅长。蔡锷病逝后,护国军内部发生分化,沦为军阀争权夺利的工具,朱德救国救民的理想破灭了。他和许多人一样,都陷入了一种怀疑和苦闷的状态,在黑暗中摸索而找不到真正的出路。1915年兴起的新文化运动,给了朱德很大影响。1917年俄国十月革命的胜利和1919年'五四'运动的爆发,深深打动了朱德,他从中看到了工人阶级的伟大力量,看到了马克思主义的无比威力,看到了社会主义、共产主义的光辉前景,因此产生了新的希望。

"1922年初,朱德离开云南来到四川。他在四川听到了中国共产党已经成立的消息,异常兴奋。中国革命之所以一次次遭受失败,说到底,就是缺乏一个无产阶级政党的领导,必须要有一个像领导俄国十月革命的那样的马克思主义政党,中国革命才有成功的希望。他毅然决然地抛弃了名誉、金钱和地位,在重庆朝天门码头登上江轮,沿着奔腾的长江顺流而下,到上海去找党。找到了党的最高领导人陈独秀,向他提出了入党申请。陈独秀没有立即答应朱德的入党,而是向他提出了更高的要求。临别时,还送了几本马克思主义著作给朱德学习。谈及此时感受,朱德说:'我感到绝望、混乱。我的一只脚还站在旧秩序中,另一只脚却不能在新秩序中找到立足之地。'虽然朱德完成了从民主主义者到初步共产主义者的转变,但是当时党对他还不了解,所以,陈独秀没有立即答应朱德入党。这不仅符合党章的规定,也是完全正常的。"

对陈独秀,石璞一点儿也不陌生。石璞曾经读过一首歌颂陈独秀——其实,说穿了,就是歌颂共产党的诗:"依他们的主张,我们小老百姓痛苦。依你的主张,他们痛苦。他们不愿意痛苦,所以你痛苦。你痛苦,是替我们痛苦。"

从那以后，石璞就记住了陈独秀这个名字。

陈景星继续侃侃而谈："1922年9月，朱德登上安吉尔斯号邮轮，从上海启程，经香港、西贡、新加坡、槟榔屿、科伦坡，沿着亚洲大陆的西海岸横穿印度洋，进入红海、苏伊士运河、地中海，历时四十多天抵达法国马赛港，随即转乘火车来到巴黎。在那里，朱德结识了德国支部的主要领导人周恩来，在接下来的深入接触与交谈中，周恩来知道朱德真的是舍弃了一切，远涉重洋，积极地寻找革命真理，寻找中共党组织，寻找救国之路，十分难能可贵，同意了朱德的入党申请，并答应做他的入党介绍人。同时，为了有利于革命事业，决定朱德的党籍对外保密。"陈景星话锋一转，"我加入中国共产党为什么没有告诉你，归根结底还是缘于中国的革命力量还不如帝国主义、封建势力以及国民党势力强大，这一切，都需要我们进行长期和不懈地奋斗。"

陈景星一口气讲完，石璞觉得心里有种火星噼噼啪啪要冒出来的感觉。

石璞抬起头，满脸神往地望着远方，但见蓝天之下，阡陌之上，碧水飘渺，白云如雪，白云下面，是一道缤纷旖旎的彩虹。

石璞说："我也要加入共产党。我仔细研究了，共产党与国民党不同，是代表工人阶级利益，代表贫苦大众利益的，这个党的党纲就是反对封建军阀鱼肉人民，反对帝国主义列强瓜分中华，号召劳动人民在共产党的领导下，夺取全国政权，实行无产阶级专政。马克思曾经在《共产党宣言》中说过：在无产阶级和资产阶级的斗争所经历的各个发展阶段上，共产党人始终代表整个运动的利益。因此，在实践方面，共产党人是各国工人政党中最坚决的、始终起推动作用的部分；在理论方面，他们胜过其余的无产阶级群众的地方在于他们了解无产阶级运动的条件、进程和一般结果。"石璞突然抓住陈景星的手，望着陈景星的眼睛，恳切地道，"景星，你一定要帮我！"

陈景星也紧握住石璞的手，"你的要求，我一定会向组织上汇报，我希望从现在起,你就要把自己当成一名共产党员来严格要求。 还有,就是在你还没有加入共产党组织之前,我要提醒你一句,当年,朱德找到陈独秀同志请求入党时,陈独秀说:'要参加共产党的话,必须以工人阶级的事业为自己的事业,并且准备为它献出生命。'这话对你同样适用。 共产党不是一个人有理想,而是一批人有理想。 只有大家心中有共同的理想,才能共同走过艰苦的日子,所以,你还需要长时间的学习和真诚的申请。 这点,你能做得到吗?"

陈景星没有告诉石璞,他和石璞进校前,校内就已经有几名共产党员在秘密活动,团结组织进步的同学与反动势力作斗争,他本人在组织的关心和帮助下,已秘密加入了中国共产党,现在是中共金陵大学党支部书记。 石璞的思想变化早在他们的关注之中,已经确定他为下一个发展对象。

石璞斩钉截铁地道:"在南京,不准备杀头,就不要加共产党! 我是对着敌人的枪口申请加入共产党的! 这一点,我恳请你如实转告党组织。"

陈景星拍了拍石璞的肩头,两人一起走到水边,望着对岸寂寥的灯火,说:"放心吧,我会的。"

"景星,谢谢你!"

陈景星揶揄他道:"不与我断绝一切关系了?"

"谁叫你不早告诉我!"石璞不好意思地笑了,可嘴上仍不肯认输,说,"你早这么跟我说,不就免得我兴师问罪了?"

"怎么咋样说理都在你身上啊?"陈景星眼睛瞪着石璞,笑呵呵地道,"再说了,你以前也没有问过我啊? 我总不能'平生不解藏人善,到处逢人说项斯'吧?"

"嗯,这话有一定道理。"

石璞深吸了一口气,缓缓地、深思着认可了这个理由。

夕阳在这时候明晃晃地在石璞和陈景星的面前飘荡了一下,闪动着金色的光芒。

第十四章
碧血丹心

陈景星来找石璞的那个黄昏晴雨不定。

陈景星穿着一件只有苦力才穿的破夹裤破夹袄,夹着一柄漏洞百出的紫红色油纸伞。

见到石璞的时候,南京城的街市上已经亮起了路灯。

"知道吗? 冷靖到南京来了。"陈景星一见石璞面,就迫不及待地道。

石璞乜斜着眼睛看着他,说:"你昨天就通知我,叫我在房间里等你,哪都不要去,该不会就是为了来跟我说这件事吧?"还没等陈景星答话,又好奇地问道:"千里迢迢地,冷靖怎么会到南京来? 有什么事吗?"

陈景星笑了,用一种特别安详的眼光看着他,说:"'折花枝,恨花枝,准拟花开人共卮,开时人去时。 怕相思,已相思,轮到相思没处辞,眉间露一丝。'她为什么来,别人不知道,你还不知道吗?"

"你这话说的,我怎么会知道?"石璞不解地望着陈景星,"我又不是孙悟空,会七十二变,能钻到她肚子里去看一看。"

"这种事,都是心有灵犀一点通。 哪里还需要钻到肚子里去看。"

"你真是越说我越糊涂了。"

"你是揣着明白装糊涂。"陈景星用手指点着石璞的鼻子,"冷靖喜欢你,你会看不出?"

"这根本就不可能。"石璞摇摇头,一脸认真,"喜欢和有好感是两个根本不同的概念,我们俩是聊得比较投机罢了。 离喜欢恐怕还有好长一段距离。"

"你该不是'曾因醉酒鞭名马,生怕情多累美人'吧?"

石璞哈哈大笑,"我连酒是苦是咸都不知道,怎可能醉酒鞭名马? 至于拈花惹草,那就更是无稽之谈了。"

"真看不出,我们石璞还是一个'色共蓝天美,风寒若等闲;四时庭荫重,贞洁在人间'的烈妇贞夫啊,不容易,不容易!"陈景星飞快地看了石璞一眼,啧啧道。

石璞咧开嘴,孩子般的笑了,"去你的,就会讽刺挖苦我。"

"不闹了,时候不早了。 快走吧。"陈景星抬头看了看灰蒙蒙的天空,说,"回头要好好跟你唠嗑唠嗑,你可不能辜负了冷靖的一片苦心啊!"

"行了,你就别在这儿无中生有了。"石璞说完,又好奇地道,"咱们这是去哪儿啊?"

陈景星头也不回地说:"到地方你就知道了。"

石璞张开嘴,想说什么,想了想,问也多余,于是,欲言又止。

陈景星一贯谨慎行事。

通知开会、活动,向来都是单线联系,彼此相约只说时间、地点、接头暗号,互不知姓名。说来也对,眼下到处白色恐怖,学校内不光有国民党区分部,还有秘密组织"蓝衣社",与学校反动教会势力内外勾结里应外合,对进步学生虎视眈眈。

两个人穿街过巷,来到了扬子江边的一条街道纵横阡陌、屋宇鳞次栉比的老巷子。巷子不长,南北通道,七八百米而已。巷子两边是用厚厚的黄土夯成的院落,一家连着一家。院子一样的高矮、大小,一边十几户人家,围墙上挂着一串串苍翠欲滴的藤萝,藤萝下是斑斑驳驳的苔痕,像一堵堵古朴的屏风。透过矮墙,可以看到一幢幢院落里,修竹森森,天籁细细,几枝娇艳的桃花、杏花,娉娉婷婷,殷勤地摇曳着红袖,在向路人打情骂俏。黄昏刚过,这里已变得十分僻静,静得可以听到自己的心音。石璞四处打量着,发现这里还有一个优点,那就是四通八达。万一有什么风吹草动,大家可以以最快的速度撤离,非常适宜组织秘密集会之类的活动。

雨不知什么时候突然下紧了,横斜飞舞的雨线封闭了整个世界。陈景星撑着伞,闷着头踽踽而行,石璞紧随其后。走着,走着,石璞突然觉得浸淫在烟雨里的小巷里多了一位"像丁香一样结着愁怨的姑娘,撑着油纸伞,默默彳亍着,冷漠,凄清,又惆怅"。石璞不知道,姑娘是在孤寂中嚼味着"在这个时代做中国人的苦恼",还是在盼望阴霾中飘起绚丽的彩虹?一时恍惚,没注意一下子碰到了陈景星的身上。

"干吗啊,怎地不走了?"

陈景星努努嘴,"走啥走,到了。就这儿。"

石璞放眼望去,好一个雅致秀气的院落,不大,却干净利落,充满生机。正面一间穿堂瓦房,左右挺立着两棵粗大的柿子树,枝叶婆娑。如果没有那只大黄狗虎视眈眈威风凛凛地盯着来人，你一定会觉得这里是一处远离纷扰的世外桃源。

石璞好奇地望着枝繁叶茂的大树，禁不住吟诵道："庭中有奇树，绿叶发华滋。攀条折其荣，将以遗所思。馨香盈怀袖，路远莫致之。此物何足贵？但感别经时。"

陈景星用手指戳了戳他，"走吧，别触景生情了。"

石璞迷惑不解地问："你带我到这里来干嘛的？"

陈景星故作神秘地道："一会儿你就知道了。"

石璞轻轻地捶了他一下，"你这家伙，从来都不忘卖关子。"

石璞一走进房间，就看见了挂在正中那面墙上的鲜红鲜红的党旗。

石璞一切都明白了。

南京是建立中共党组织较早的城市之一。

中共一大召开前，南京就有党组织在活动。

——1923年6月，在中国共产党统一战线政策的推动下，开始了轰轰烈烈的反对帝国主义和北洋军阀为目标的北伐战争。就在这一年，中共南京地委正式成立，从此南京的爱国学生运动有了核心力量。

——1925年3月12日，孙中山逝世，金陵大学师生参加了共产党与国民党（左派）组织的各界人民悼念孙中山的活动。

1925年5月，上海发生五卅惨案，金陵大学学生立即发出通电，支援上海工人的反帝斗争。电文云："阅报，惊悉英捕惨杀工人学生，痛正义之无存，伤同胞之惨死；凡属人伦，孰不发指？祈沪人士，一致抗争，学生等誓联合南京各界为后盾，不达目的决不休止。"6月3日，金陵大学学生自治会组成沪案后援委员会办理后援事宜。并于3日、4日两日全校罢课，参加南京市民的示威游行，沿途散发传单，唤起民众。在中共南京地下组织的统一安排下，金陵大学学生到英商和记洋行开展募捐及抵制英、日货活动。

——1925年9月，金陵大学学生陈庚平和陈韶奏在河海工程专门学校同学林炯、李敬永介绍下加入了中国社会主义青年团，次年转为中共党员。毛泽东中南海丰泽园的书房里存放着一本1930年上海明日书店出版的列宁著作《唯物论与经验批判论》。这本书，是列宁这部哲学名著的第一个中文全译本，全书共461页，近30万字。译者之一就是陈韶奏。陈庚平和陈韶奏是金陵大学最早的共产党员。他们还和同学一起组织读书社，以"努力读书，改造社会"为宗旨，传播马克思主义。

——1926年7月，中共江浙区委派刘少猷来南京任中共南京地委委员，同时，还担任了国民党左派市党部常委。因金陵大学是一所教会大学，有利于隐蔽，他就以金陵大学为国民革命的据点，组织一些参加国民党的学生去做工人和学生的工作，并参加国民党市党部的工作。同时，也在学生中发展了一批共产党员，并组织创建了金陵大学第一个中共党支部，这个支部有共产党员秦元邦、熊士杰、胡华熙、于铭之、杨济民等十余人，第一任书记为胡华熙。原中顾委委员、上海市委书记夏征农也是这个时期在金陵大学加入共产党的。1925年秋，他从南昌心远中学（现南昌二中）考入了南京金陵大学。在这里，他接触了《共产主义ABC》《三民主义》等进步刊物并于1926年10月加入中国共产党，从此走上了追求革命真理的漫长道路。中共十六大召开期间，他作为九十九岁高龄的特约代表，备受世人瞩目。

——1927年，蒋介石悍然发动"四一二"反革命政变，对中国共产党人进行血腥镇压，中共南京党组织迭遭破坏，很多革命同志被捕，但他们英勇不屈，顽强斗争。刘重民面对凶恶的敌人，痛斥蒋介石无耻背叛革命、屠杀人民的罪行。敌人竟残忍地割去了他的舌头。陈君起在敌人面前公开承认信仰共产主义，当反动派问及其他同志的情况时，她斩钉截铁地说："不知道！"谢文锦、侯绍裘虽然历经酷刑，但个个坚贞不屈、意气风发，表现了共产党员的执着信念和无畏的革命精神。

4月中旬，蒋介石密令将他们处死。

赵笏臣等刽子手在一天夜里用电刀、尖刀残忍地将他们秘密杀害，并将尸体装入麻袋，用汽车运到通济门外，投入九龙桥下河水中，烈士的鲜血染红了秦淮河水。

黑云压城，就连海纳江河、高山仰止的巍巍学府也未能幸免。

南京市公安局长温建刚亲自带人到金陵大学抓走了学生会负责人，革命风潮转入低谷。

国民政府教育部急电金陵大学校长陈裕光："对此少数违法越轨分子，不能再予姑息，应速即制止，严予惩处。"

当局喉舌中央社甚至声称要不惜对学生"操刀一割"。

一时间，风声鹤唳，胆落胡房。

面对强大的反动势力，处于其统治中心的南京共产党人由大革命时期的公开斗争转入了地下斗争，他们并无丝毫的退缩和胆怯，而是一如既往、百折不挠地坚持斗争。特别是金陵大学，云集了一大批进步青年和共产党人，他们以教会学校为掩护，坚持不懈地继续开展革命活动。从石璞入党前，一直到石璞壮烈牺牲，地下党支部一直坚持每隔半月或二十天开一次生活会，组织非常严密。

金陵大学所处位置相对偏僻，国民党当局的控制常常顾头顾不了尾，因而，中共地下党组织开展工作及自由活动的空间也就相对宽泛许多。不仅本校地下组织活动方兴未艾，就连中共南京市委的一些重要的活动、集会，都经常选择在这里秘密地举行，多次受到中共江苏省委和南京市委的表扬，"革命的温床"的雅号也不胫而走。

当然，国民党政府也不是就此放任自流，经常派便衣到金陵大学监视学生，以校长陈裕光为首的进步教职工果断地决议向当局提出交涉。后期，金陵大学进步师生被逮捕的越来越多，陈裕光很不以国民党的政治迫害为然，多次由校方保释被逮捕师生。据说，蒋介石曾专门把陈裕光召去，当面要求他们对学生严加管束。陈裕光当即拒绝，正告蒋介石，过于管束，会引起更大的反抗。

尤其要提到的是，在南京这一时期风起云涌的学生运动中，金陵大学校方对学生所抱的宽容、同情乃至支持的态度。国民政府三令五申，要求校方"严加管束"。但校方对学生的活动，一直少有干预，学校与学生之间没有对立情绪，遇有学生被无辜逮捕，学校总是尽力保护或出面为学生保释。可以说，金陵大学学生的爱国民主斗争，所以能有一定成果，其中也包含有师长们的积极支持。

陈景星入学不久就在学校地下共产党员宣棣之的介绍下加入了中国共产党，很快又担任了金陵大学地下党支部书记。

陈景星主持了这次支部大会。

陈景星对石璞的考察可谓由来已久，特别是那次"反奴化教育"运动后，陈景星更坚定了自己对石璞的看法。

那天，金陵大学青年会举行会员同日会，会后放电影。该校新入社会学教授薛佛尔为同学们放映柯达克公司摄制的采风电影《中国与中国人》。

影片以强烈的纪实风格，展现了衰腐的晚清帝国的山川河流和民生时局。同学们虽不知同学会组织大家观看这样一部自然风光影片用意何在，却也没有感觉到有什么不对。一个个循规蹈矩地耐着性子继续往下看。然看着看着，就感觉到了异样。影片以灰暗的光线和阴冷的色调拍摄，画面给人以惨淡、凄凉、阴郁、冷酷的印象。为了丑化中国人民，影片挖空心思地拍摄坐茶楼、上饭馆、拉板车、逛大街的人们的各种表情，把中国人民描绘成愚昧无知、与世隔绝、愁眉苦脸、无精打采、不讲卫生、爱好吃喝、浑浑噩噩的人群。出现在影片里的中国人，不是烟客、媒婆、马快、兵卒、囚犯，就是纤夫、乞丐、僧尼、商贩、艺伎……一连串的阴暗画面，把中国糟蹋得不像个样子。

这是一起严重的反华事件，是在中国土地上对中国人民进行的猖狂挑衅。

石璞最先看清了薛佛尔的巨测居心。在好多同学还没有嗅出怪味的时候，他已经挺身而出拍案而起了。

"停播！停播！停播！"石璞挥舞着手臂，一边大声地嚷着，一边向舞台上奔去，"这不是在宣传中国，这是在明目张胆地侮辱中国人！"

"哗——"在石璞的启发下，顿时，礼堂内涌起了一股抗议的怒潮。

薛佛尔赶紧停止了放映。

"同学们，任何稍有民族自尊的中国人，看了这样的影片，都不能不感到极大愤慨。如果容忍这样的影片在世界上招摇撞骗，那就等于承认任意侮辱中国人民的反动宣传是正当的行为，那就是向国际反动派的反华挑衅投降。我们要彻底揭露和批判这部影片的反革命实质，堂堂正正地回答国际反动派对中国人民的挑战！"

这时，薛佛尔也被同学们推上了舞台。同学们横眉冷对，千夫所指，让他交待是何居心？

薛佛尔脸色铁青，目光惊恐地掠过瞋目切齿的众人，绝望地落到了石璞的身上，嗫嚅着表示：这次误会是由于自己"来华未久，于中国风俗习惯，自不免稍有隔阂之处"引起的。而且，这些影片的摄制动机"系为社会学班学生研究中国社会问题之材料与参考，绝无向外宣传之作用，更无对中国人民有侮辱之意思"。

"住口！"薛佛尔话没说完，就被石璞义正言辞地给止住了，"不要为你的反华本质寻找借口了！你的中国之行，根本就不是为了增进对中国的了解，更不是为了增进和中国人民的友谊，而是怀着对中国人民的敌意，采取别有用心的、十分卑劣的手法，利用这次到金陵大学讲学的机会，专门搜罗可以用来污蔑攻击中国的材料，以达到不可告人之目的！"石璞转过脸，面对着全体同学正义凛然地道："同学们，我们要将薛佛尔的行径反映到学校，向学校提出三点要求：（一）

立即解除与帝国主义分子薛佛尔的聘约,决不能让这样的人留在我们金陵大学;(二)扣下并销毁侮辱中国人格的影片;(三)立即解散由帝国主义分子主办的'基督教育青年会'。"

"对,将薛佛尔赶出去!"同学们异口同声地附和道。

"找校长去!"

同学们纷纷站起身,浩浩荡荡地向校长室奔去。

为"平众愤",学校当即决定"将薛佛尔辞退"。

南京市特别市市长刘纪文也签署文件,饬令薛佛尔焚毁底片,并在京沪各大报纸公开"向国人道歉"。金陵大学青年会立即停止活动。

不久,上海特别市学联会也发表全国通电,痛斥金陵大学公然放映这样的影片,是对中国的蓄意侮辱,并呼吁"全国同胞一致反对,防止文化之侵略,励行收回教育权"!

如果说,此前,陈景星对石璞是刮目相看的话,那么,这一次,已经是赞誉有加了。

由此,也加速了将石璞吸收到党组织中来的步伐。

在这次会议上,石璞第一次听到"中国共产党是无产阶级的先锋队"这个定位。

见大家依次坐定,陈景星收敛起脸上的笑容,俯身拿起桌上的一本皮质封面的笔记本,对着本子看了一会儿,说:"马克思在《共产党宣言》里有过这样一番论述:共产党从来不屑于隐瞒自己的观点和意图,他们公开地宣布,他们的目的,就是要通过暴力手段,来推翻全部现存的社会制度,让统治阶级在共产主义革命面前发抖吧。无产者在这个革命中失去的只是锁链,他们获得的将是整个世界!作为一名共产党员,就要立志为实现共产主义奋斗终身,必要时能够牺牲个人的一切,甚至生命,以捍卫党的事业。"

这是石璞在黑暗中急切寻找民族振兴、国家富强的具体道路时，接触到的最直接的革命思想。这思想，开阔了石璞放眼世界的眼光，也在他的心海里，掀起了澎湃的革命浪潮。在马克思主义真理光辉的烛照下，石璞看到了民族的希望，看到了中国的未来，更看到了一种坚定执着的革命信念和拼死拓进的奋斗精神。为这种革命信念，为这种奋斗精神，他将义无反顾地踏上这条充满荆棘的革命征途。

"大家看到的这面鲜艳的红旗，就是中国共产党的党旗。国民党的旗帜已成为军阀的旗帜，只有这面旗帜，才是我们人民的旗帜。"

关于中国共产党党旗的来历，石璞听陈景星介绍过——

1920年6月，陈独秀等在上海决定成立共产党组织。8月，取名"中国共产党"，这是中国的第一个共产党组织。1921年7月，中国共产党宣告成立，由于有俄国共产党人帮助建党并参会，党的会议上多用俄共（布）的苏维埃旗帜或马克思、列宁画像。中国共产党的发起者们，还来不及将一个崭新的革命党应具有的一切考虑周全，一切只能是顺从简便易行的原则。中国共产党作为共产国际的一个支部，党旗自然要与世界无产阶级政党的旗帜一致起来，当时的"老大哥"也就是唯一建立政权的俄国（苏联）共产党，他们的旗帜理所当然地成了中共党旗的范本，这也就是在红旗左上角加黄色镰刀锤子图案的苏维埃旗帜。关于旗帜的含义，普遍的解释是：锤子象征工人阶级，镰刀象征农民阶级，两者组合，是工农联盟的标志，也是共产党的标志。五角星既象征工、农每一只手的五指（劳动力），亦代表"全世界无产者联合起来"的口号。红色是革命的颜色，黄色则是革命光芒的颜色。

"请让我们一起来面对党旗宣誓。"

陈景星让大家站起身，面对党旗，举起拳头：

牺牲个人，努力革命，阶级斗争，服从组织，严守秘密，永不叛党！

陈景星坐下身，侧过脸来，严肃地看着大家，毫不含糊地说："中国共产党的入党誓词并不是从建党之日起就有的，而是在残酷的革命斗争环境中，共产党员面对生死考验，为捍卫党组织、保卫红色政权应运而生的。当前，我们共产党还处于创立和成长初期，力量还不是很强，尤其是1927年'四一二'反革命政变后，党的革命斗争主要是以隐秘的方式进行。所以，党高度重视纪律问题，把'牺牲个人'和'永不叛党'作为这一时期入党誓词的核心。我希望我们每一位不能只是口头上做得到，还要言出必行，行动上也做得到。"

听见陈景星的话，石璞的脸色一下子变得肃然，说：'世间无物抵春愁，合向苍冥一哭休；四万万人齐下泪，天涯何处是神州？''五四'以还，民气消沉，民运停顿，真正民意，悄然无闻。国民党部名为指导，实居胁诱威迫，强奸民意，无所不用之极。民众之怨恨虽深。不推翻国民党的统治，不彻底打碎旧有而腐朽的国家机器，人民就不能摆脱贫穷落后的命运，中国只有进行一场无产阶级革命才有出路。尽管这条道路上充满荆棘，需要流血牺牲，但它必然要获得最终的胜利！"

陈景星盯着石璞的脸仔细地看了会，说："可你知道吗？南京正笼罩在白色恐怖中，敌我力量十分悬殊，可以说，我们是在敌人的刀尖上枪口下讨生活。生命对于我们，就像天上的太阳、彩虹、流云、雨露，刚刚还云蒸霞蔚，转眼便黑云压城。随时随地，都可能死在国民党手里。"

"我们总不能为了活着，就选择去当逃兵吧？"石璞笑了，眯起眼睛与陈景星对视了一会儿，"南京是处在腥风血雨的白色恐怖中，但我想，我没有白来，我们对着敌人的枪口加入了共产党，实现了我平生的夙愿。我不会退缩，我要像广州暴动的革命烈士那样，轰轰烈烈地大干一场，打倒帝国主义，打倒军阀、官僚、贪官污吏、土豪劣绅主，建立一个独立、自由、平等、民主、幸福的中国。有句话，我老早就跟你说过，在南京，不准备杀头，就不要加入共产党。即有不虞，毁家损命亦不惜也。"

　　说完这番话，石璞突然间站得笔直笔直，一动不动地望着鲜红的党旗，一直到党旗在他眼中模糊成一片通红通红的火海。

　　石璞整个人跟火海一样滚烫。

第十五章
引人入胜

季节变化很快，夏天还没有过完，天地间已经唱响了秋的前奏。

树叶早早就开始飘零了，叶子几近掉光了，只剩下光秃秃的树干，未老先衰似的硬撑在天空里，没有生机。枯黄的落叶，像雪片一样，铺撒在校园的小径上。石璞每次走在铺满金叶的小径上，都会情不自禁地想起银冈书院的求学时光。那种恍惚之感如蜘蛛网般在他的脑海里缠缠绕绕，挥之不去。

石璞的宿舍在操场的最北边，紧挨着一片叫不上名、也不知道派什么用场的平房。建筑物的排列齐整单调，一如校园里秋天的颜色。

　　落日已经谢幕，黄昏收起缠满忧伤的长线，睁着黑色的眼睛不怀好意地注视着大地。远处隐约飘来长笛和二胡的声音，嘶哑、悠扬。

　　石璞三下五除二扒完碗里的饭，抹抹嘴，站起身步履匆匆地从食堂走出来，从宿舍门前走过也没有停留，仍大步流星地向前奔去。高高的法国梧桐，在晚风的吹拂下，在他身前身后发出轻轻的沙沙声。晚饭后的校园更阑人静，偶尔有一两个人擦肩而过，淡漠地看上一眼，然后，南辕北辙，各走各的。谁也看不穿谁身后的故事，谁也不知道谁的心里，是不是住着这么一个人，是不是住着一件事。

　　在齐整单调的平房后面那排狭长的瓜架下，石璞前后瞅了瞅，然后，敏捷地闪进了一间逼仄闷热的小屋里。

　　石璞一进门，一群絮絮叨叨的同学就围住了他，紧接着，有几名工人模样的人也围了上来。

　　陈景星见状，上前一步，压低了声音，说："准备得怎样？没问题吧？今天到的人可不少啊！"

　　石璞又挨近了陈景星一点，两个人几乎额头碰额头了。"我你还不了解吗？放心吧。"

　　陈景星没说话，在石璞的胸前欣慰地捶了下。

　　——十多天前，陈景星在饭堂外乘人不备悄悄地将一本书交到他手里。

　　"什么书？这么神秘。"石璞问道。

　　"卡尔·马克思的《资本论》。"陈景星四下瞅了瞅，小声道，"这是卡尔·马克思用毕生的心血写成的一部光辉灿烂的科学巨著。这部巨著第一次深刻地分析了资本主义的全部发展过程，以数学般的准确性证明这一发展的方向必然引导社会主义革命和无产阶级专政的确立。可以说是一部无产阶级政治经济学的光辉巨著，也是一部马克思主义的百科全书，同时也是卡尔·马克思研究资本主义社会经济形态的巅峰之作。《资本论》武装了无产阶级，成为了无产阶级进行革命斗争的强有力的理论武器。"

石璞早就听说过这部影响深远的译著，可惜，一直无缘谋面。他如获至宝地抱在怀里，爱不释手地摩挲着，"是吗？这是借给我读的吗？"

"是的。"陈景星点点头道，"这部著作是马克思一生科学研究的成果，它凝聚着马克思的全部心血和智慧，是他献给全世界无产阶级的一部最重要的科学文献，在世界各国广泛流传，成为工人阶级反对资产阶级的强大思想武器。列宁同志曾指出：马克思认为经济制度是政治上层建筑借以树立起来的基础，所以他特别注意研究这个经济制度。马克思的主要著作《资本论》就是专门研究现代社会即资本主义社会的经济制度的。马克思致力于政治经济学的研究，他的《政治经济学批判》和《资本论》，使这门科学革命化。"

"我一定好好加以研读。"

"把这部光辉著作交给你，可不是为了让你自己好好研读。还有一件光荣而又艰巨的任务要交给你呢？"

"怎么，还有附加条件？"

"是。"陈景星故意停顿了一下，他的嘴角露出一个玩笑的表情，但这丝笑容远在到达眼角前就消失了。陈景星郑重其事道："这个附加条件就是，由你先读一步，然后把卡尔·马克思的理论，结合你自己的所思所想，来给大家进行详解。"

石璞听后面露难色，想了一会儿，说："《孟子·尽心下》里说：'贤者以其昭昭使人昭昭'。我……自己都还没有读透读懂呢，怎么给别人辅导？以其昏昏使人昭昭？这不是误人子弟吗，不行的。"

"石璞啊，你啥时候变成哲学家了，喜欢把简单的问题搞复杂了，连是吃饭喝水这样的小事儿，也要去麻烦亚里士多德和黑格尔那些老人家了。这不是让你去专业院校培养学者，上课前得先把自己整成专家。你想一想，我们解读的对象都是些什么样的人？甭说餐风饮露戴霜履冰的工农群众了，就是我们的同学，你整那些深奥的道理他们听得懂吗？ 我们要做的，就是把最深奥的道理讲简单了，让一点都不懂哲学的人也能精通理解并欣然接受。"陈景星笑了，"简单地说，就是按照民众的口味来行事，把那些枯燥的道理讲鲜活了，把晦涩的事情讲通俗了，让民众能够准确地领悟阶级的本质，能够清楚地认识国民党的嘴脸。"

　　石璞鼓起勇气："那……我试试看。"

　　"不是试试，是必须。"陈景星严肃道，"时不我待啊！ 我们必须在较短的时间内，通过我们的宣传，还民众以觉悟，给民众以信心，唤民众以斗志。"说完，又补充道："觉悟、信心、斗志这东西，坍塌很容易，想要重振就很难。 所以，我们要趁热打铁，一鼓作气，将革命进行到底。"

　　"琵琶起舞换新声，总是关山旧别情；撩乱边愁听不尽，高高秋月照长城。"石璞热血沸腾信心满满地说，"就等着听我的好消息吧。"

　　"要的就是你这句话！"陈景星没有告诉石璞，之所以把这么重要的工作交给他，就是看中了石璞身上不论任何事情都要参与进去的很难抑制的决心和坚持，活力如此充沛，热情如此洋溢。 没有人能够想出来，他的能力和魅力是如何积攒起来的。

　　最重要的是，他同时还保持着绝对的谨慎。

　　今天，就是石璞给大家辅导的日子。

　　石璞穿过一排排坐得满满当当的窄窄的长凳，膝盖磕磕碰碰地从挨挨挤挤的听众席中艰难地向前走着，嘴里不停地道着歉。 没有任何方便可行，只能削尖了脑袋往里钻。 来听课的足足有一百多人，而这里却只能坐下六十人。

　　"明明知道有这么多人参加，为什么不事先换一间大点的教室呢？"

　　有人咕咕哝哝地抱怨说。

没有人搭话。因为,连他本人都清楚,这样的地方是不容易找到的。首先,这样的事,要做得密不透风,被当局知道了非法集会,那可是要坐牢的。问题严重的,被杀头也未可知。更因为,大多数人都已经将目光集中到石璞身上去了。

这个青年看上去不到二十岁,两条浓眉大眼,清癯、瘦削却又脸色红润,神采飞扬,弯弯眉毛下的眼睛闪着智慧的光芒,一看就知道是个德才兼备、锦心绣肠之人。

石璞的终于站到了仅放了一张课桌的主席台上,掏出书本放到桌上,看了看满屋子熙熙攘攘的人,清了清嗓子,侃侃而谈——

1848年,欧洲大革命失败以后,马克思和恩格斯到了巴黎,他们认真地总结了革命失败的经验教训,从中认识到,要建立无产阶级政权,就必须打碎旧的国家机器,建立无产阶级领导的工农联盟。这对于指导今后的工人运动具有重要意义。由于马克思领导了工人运动,他也成了巴黎"不受欢迎的人"。1849年夏末,马克思第四次接到"驱逐出境"的命令,以前,普鲁士政府、比利时政府、法国政府均曾驱逐过他。为此,马克思愤然退出普鲁士国籍,要做一个没有国籍的"世界公民"。

马克思在巴黎住在百合花大街45号,这一天,几个警察奉命向他宣读了驱逐令,这对于当时的马克思来说无异于雪上加霜。这并不是因为法国不欢迎他,而是因为他此时正陷入"财政危机",自己家的所有积蓄已全部用作革命经费,连家具也早已变卖,仅有的一套银质餐具也送进了当铺。而且,妻子燕妮·马克思又即将分娩,此时被赶走,困难可想而知。但是,既然不为反动派所容,就只有另奔他国了。马克思携带全家,变卖掉所有日常用品,来到了著名的雾都伦敦。来英国之前,马克思一家是两手空空,到了伦敦,仍然是身无分文。因此,他们一次又一次地因为付不起房租而被迫举家迁移。

开始,他们住在伦敦安德森大街4号,每周房租六英镑,这对马克思一家来说,简直是不让他们吃饭了!因拖欠房租,房东叫来了警察，收走了马克思一家的全部东西，甚至连婴儿的摇篮、女儿的玩具也没留下。他们搬进了累斯顿大街的一个旅馆，租金每周五镑，不久，他们又被主人赶走。1850年5月，马克思搬进迪安大街45号，不久，又因房租迁到了这条街的28号，一家七口住在两个狭窄的小房间里。

这年的12月，马克思领到了一张英国伦敦博物馆的阅览证，从此，阅览室成了他的半个家，他每天从上午九点一直工作到下午八点左右，回到家里还要整理阅读材料所记录的笔记，一般情况，他都是到深夜二三点钟才休息。他曾对别人说，我为了为工人争得每日八小时的工作时间，我自己就得工作十六小时。

其实，马克思是在为撰写《资本论》做准备。

据统计，在世界一流的伦敦博物馆所藏图书中，马克思阅读过的书籍有一千五百多种，他所摘的内容和整理的笔记有一百余本。为了更好地完成《资本论》，他广泛收集有关各学科资料，如农艺学、工艺学、解剖学，更不用说历史学、经济学、法律学了。总之，只要与《资本论》有关，不管多么艰难，他也要寻找下去，研究下去。

1856年10月，马克思迁居到伦敦西北的肯蒂士镇，这样，离伦敦博物馆更远了，但马克思并未间断工作，他仍然没日没夜地在博物馆里工作着。饿了，啃一口干面包，渴了，喝一杯白开水，疲倦了，就站起来跳两下，然后继续工作。不管是刮风下雨，他也从未因天气问题而不到博物馆去。终于，1867年，《资本论》第一卷出版了。

石璞简单明了地告诉大家，《资本论》的一个重要理论，就是"剩余价值"学说。马克思指出，干活付钱，这是错误的认识。就是说，工人干活，资本家付给他钱，看来这并没有什么不对，但是实际上，这不是"等价交换"，工人为资本家劳动所创造的财富远远大于自己所得的报酬，如一个工人一天劳动所得为八元钱，而他在一天之内为资本家所创造的利润远远不止八元，可能是十六元，也可能是二十四元，还可能更高。这怎么能是"等价交换"呢？那么这多余的部分，即这个工人工资之外的八元或十六元或更高的数额，就是"剩余价值"，资本家无偿地剥削走了。马克思把这个账算清以后，资本家剥削工人的本质、手段、诀窍就给暴露出来了，这使广大工人阶级更认清了资本家的剥削方法，从而为自己争取更高的待遇准备了充足条件。

所以，大家一定要认清，资本家的一切活动，都是为了榨取工人的血汗，达到赚钱发财的目的。整个资本主义制度，就是建立在资本家对工人残酷剥削的基础之上。资本主义制度就是一个人剥削人、人吃人的罪恶制度。为了掩盖剥削的实质，掩盖剩余价值的真正来源，说什么工人受冻挨饿是由于他们"命苦"，资本家发财致富是由于"勤俭"，这全是骗人的鬼话。马克思说：资本家来到世间，就从头到脚，每个毛孔都滴着血和肮脏的东西。他们不拿榔头，不开机器，怎么说得上"勤"？他们成天花天酒地，过着荒淫无耻的生活，又怎么说得上"俭"？资本家剥削工人的手段是极其残酷的。这些吸人膏血的东西，在还有一块肉、一根筋、一滴血可以让它吸取的时候，也决不会放手。资产阶级跟一切剥削阶级一样，都是贪得无厌的豺狼，靠残酷地剥削、压迫劳动人民发财致富；资本主义的道路是少数人发剥削财、多数人贫困破产的道路，这是一条血淋淋的道路。俗话说："天下穷人是一家"，"千亲万亲阶级亲"。我们一定要团结起来，为彻底消灭一切剥削制度而斗争！不久的将来，我们不必再打赤脚，也不必再寄人篱下，我们会有鞋子、裤子、褂子、房子，有地、有牛，什么都有，过着丰衣足食的好日子。我们流血牺牲，就是为了这个！

石璞说的都是工人的事，通俗易懂，深入浅出，又津津有味，娓娓动听，仿佛冬天里的一把火，把同学们和产业工人的心头烧得滚烫、滚烫。

第十六章
挺身而出

1930年2月，下旬。

金陵大学北大楼的布告栏上突然贴出了一份铅印的《中国自由运动大同盟宣言》，引来了一群又一群、一拨又一拨的同学驻足、围观和议论——

自由是人类的第二生命，不自由，毋宁死！

我们处在现在统治之下，竟毫无自由之可言！查禁书报，思想不能自由。检查新闻，言语不能自由。封闭学校，教育读书不能自由。一切群众组织，未经委派整理，便遭封禁，集会结社不能自由。至于一切劳苦群众征求改进自己生活的罢工抗租的行动，更遭绝对禁止。甚至任意局部，偶语弃市，身体生命全无保障。不自由之痛苦，真达于极点！

我们组织自由运动大同盟，坚决为自由而斗争，感受不自由痛苦的人民团结起来，团结到自由运动大同盟旗帜之下来共同奋斗！

《宣言》下面是发起人的署名，有田汉、沈端光（夏衍）、郁达夫、鲁迅、柔石、画室（冯雪峰）、巴人（王任叔）、宋庆龄、潘汉年、彭康、赵南公等共五十一人。

——1930年2月12日，郁达夫、鲁迅、柔石、田汉、夏衍、冯雪峰等人在上海发起成立了"中国自由运动大同盟"。虽然第一发起人是鲁迅，实际上是中共地下党员冯雪峰、潘汉年等在主持着。中共党员、上海总工会秘书长龙大道任同盟主席，潘汉年任党团书记，1930年8月后两个职务均由龙大道担任。"同盟"号召要争取言论、出版、结社、集会等自由，反对南京国民政府统治，指出"不自由毋宁死"，并出版机关刊物《自由运动》。随后，南京、汉口、天津等地相继设立分会五十多个，吸收了许多学校、文艺团体和工人组织。该组织是中共领导的外围革命群众团体，自成立之日起，就遭国民政府压制。

那个时候，大多数同学还不了解甚至不知道"中国自由运动大同盟"这个组织，更不清楚和知道的是，这份《中国自由运动大同盟宣言》就是由鲁迅先生亲自捉笔起草的。人尽皆知的是，《宣言》末尾"赞同者请签名"一行字后面，陈景星、石璞赫然在列。

昨天晚上，就在图书馆快要清场的时候，陈景星行色匆匆地走了进来。他在"老地方"找到石璞，趁人不备，低声地正色道："准备准备，跟我走。"

石璞会意地站起身，将书插入书架，将笔记本往胳肢窝一夹，不慌不忙地走出图书馆，不远不近地跟着陈景星。

石璞走进图书馆的时候，天空还清清朗朗的，没想到，出来时天空竟下起了雨。雨像圆圆的珍珠，又像滑润的碎玉儿，零零散散，断断续续。石璞就喜欢这样的天气，小小的雨，刚刚好不用打伞，就这样，像雾又像雨，凉凉的，配上阵阵的凉风，很舒服，让人清醒。

看见陈景星的身影消失在平房后面那间逼仄闷热的小屋，石璞快走了几步，前后瞅了瞅，见没人盯梢，也快速地闪进了房间。

"石璞，快过来看看。"石璞一进门，陈景星就迫不及待地招呼道。陈景星展开案几上的一张白纸，说："前些日子，中共地下党组织在上海发起成立了'中国自由运动大同盟'，当代中国的一些进步文化名人郁达夫、鲁迅、柔石、田汉、夏衍、冯雪峰等都参加了这个大同盟。你看，这是鲁迅先生亲自起草的同盟宣言。"

石璞逐字逐句地念着："自由是人类的第二生命，不自由，毋宁死……"刚读完第一行，就忍不住拍案叫绝。"说得太好了！真是说到我们心坎里去了！"他用双手恭恭敬敬地捧起宣言，仔细地阅览着、朗诵着、揣摩着、端详着。他的眉毛时而紧紧地皱起，眉宇间形成一个浓墨重彩的问号；时而愉快地舒展，像个淋漓尽致的感叹号。"……我们组织自由运动大同盟，坚决为自由而斗争，感受不自由痛苦的人民团结起来，团结到自由运动大同盟旗帜之下来共同奋斗！"

陈景星的脸却一下子拉了下来，像刷了层糨糊般的紧绷着，一双炯炯有神的大眼睛闪着严厉的目光，说："国民党在其执政以来，为了控制统治政治、思想、文化等社会领域，接二连三地颁布法令，从其标题上就可以得知，不是'检查'，就是'取缔'，几乎看不到'保护'的字样。这些法令，不但是国民党控制统治人们思想自由的具体体现，更是其控制统治人们思想自由的重要手段。"

石璞赞同地点了点头，看着陈景星的眼神就像外面的天空一样阴沉。"国民党这样做，既有其历史渊源又有其现实的要求。晚清以来，不同统治者们控制统治人们思想自由的做法给了国民党以启迪和效仿。国民党是一个追求专制、谋求'党治'的政党，其执政后，'思想一律'的指导精神必然会渗透到专制政权的每一个角落。控制自由，既是其'思想一律'的要求，又是'思想一律'的实践。"

"有件事你恐怕想不到，这份《宣言》是鲁迅先生亲自捉笔起草的。"陈景星神情庄重地告诉石璞，"鲁迅参加发起中国共产党直接领导的这一革命团体，无异于公开声明自己反国民党反动派的革命立场。自从广州'四一五'政变以来，鲁迅的一切言行都是反国民党反动派的，但是他还从来没有如此公开、如此直接地表明过自己的政治态度。"

"在现在帝国主义及国民党反动派统治残酷的压迫之下，尤其是在帝国主义间争夺市场的最后挣扎所带来的军阀混战、白色恐怖日益加深的时候，一般民众，感受不自由的痛苦与日俱增；争取自由已成为迫不及待的需要。因此，不能不奋起进行反对帝国主义、反国民党，尤其是反军阀战争，为争取一切失去的自由而奋斗。"

"是的，真正的自由只有在社会主义的新社会才能获得，所以争自由的过程就是摧毁旧社会创造新社会的过程。"陈景星意味深长地看着石璞，"中共南京市委已经委派宣传部长刘季平去上海学习'中国自由大同盟'活动的经验，准备回宁筹组'中国自由大同盟南京分会'。中国的革命，已经发展到接近高潮了。同盟希望我们在全国胜利之前夜，努力于无产阶级文化之宣传、深入与建立。我已决计在《宣言》上签名声援，你呢，就自己拿主意吧。"

"你这是什么话，这还用说吗？"石璞目光坚定如铁。他白了陈景星一眼，说："言论的本身是绝对不受法律限制的，有什么言，出什么言；有什么论，发什么论。无事不可言，无事不可论。天下事没有绝对的自由，就成为绝对的不自由。"

陈景星似笑非笑地侧过身，就像是对着窗外那稀稀疏疏的雨滴在说："那你还等什么？"

石璞笑着咕噜了一句："你这家伙，给我也用激将法。"

说完，毫不犹豫地在《宣言》上签下了自己的大名。

围观的人越来越多，一会时间，就围了个里三层外三层。

"哎，在这上签名的陈景星、石璞是哪儿的，是咱们的同学吗？"有同学问道。

接着就有同学揶揄道："这两人你都不知道啊？你也太孤陋寡闻了。石璞是物理系的，那个陈景星农业经济系的。他们俩啊，经常组织同学们一起学习马列的书籍，讲述革命理论。别看年龄不大，两人可都是满腹经纶啊！"

"你这样一说我好像知道了，"迷糊的那位同学恍然大悟，"你们说的这位石璞敢情就是那个穿起衣来清清爽爽，讲起话来文文绉绉的'小东北'吧？"

这位同学说的一点儿不错，入校以来，不论学业怎样繁复艰苦，石璞从不邋里邋遢，到哪儿都是一身干干净净的学生装，头上一顶黑呢子学生帽，兜上挂着一根自来水笔。整洁素雅，落落大方。这一点，让好多同学推崇备至自愧弗如。

"这次总算是说对了，就是那位眉清目秀的'小东北'。这个'小东北'真不简单，小小年纪，竟驮载着这般见识、这般胆略和这般情怀！你们说说，他究竟是一个什么样的人？"

"这还要问？他就是一个勇猛无畏的壮士！"

"来来来，请各位说空话的，给俺这个干真事的让个道儿。"

就在大家七嘴八舌叽叽喳喳空发议论的时候，一位文质彬彬、戴着一副宽边眼镜的小伙拨开众人走进圈里来。

"古人云：'临渊羡鱼，不如退而结网。'赞扬的话、感慨的话就是说八抬筐，赞同者后面也还是只有陈景星、石璞两个人签名。"

小伙说着，拿出事先准备好的毛笔，"唰唰唰"写下自己的大名——"张文彬"。

看到张文彬的签名，大家伙禁不住在心里暗暗赞叹，名如其人：洒洒脱脱。

张文彬也仿佛是自恋似的，对着刚刚写上去的还往下滴着墨汁的自己的大名，前前后后仔仔细细地端详了好一阵。然后，才恋恋不舍地将手中的笔往地上一扔，看着袖手旁观的同学，感慨万千，说："看见了吗？同学们，啥叫支持？啥叫声援？这就是最真切的支持和最实在的声援。愿随壮士斩蛟鼍，不愿腰间缠锦绦。"

张文彬的话音刚落，霎时全场掌声雷动。热烈的掌声像浪涛般经久不息。在场的老师和同学们无不为张文彬这种挺身而出的大无畏精神所感动。

但是，感动归感动，依然没有人紧随其后行动。

张文彬大失所望地摇了摇头。

"说曹操，曹操到。"就在这时，有人小声嘀咕道，"瞧，石璞过来了。"

大家闻听，纷纷转过脸来看着石璞，并自动地为他让出了一条道儿。

水到渠成。石璞想不站到台前都不可能了。

石璞见状，毫不犹豫地径直走到《宣言》前站下，让自己的身体沐浴在隐约的晨光里。刚刚不经意一瞥，他已经看见了，从黎明时分到现在，几个小时过去了，他和陈景星的名字后面，只增加了张文彬一个人。

他不由自主地像张文彬那样，大失所望地摇了摇头。

早些天，大家聚在石璞的宿舍里装腔作势地高谈阔论。

有位同学说："清代诗人黄仲则曾言：'十有九人堪白眼，百无一用是书生。'我们之所以被称之为读书人，就是提醒我们，'旧书不厌百回读，熟读精思子自知'。大家想一想，我们能干什么？手不能提，肩不能挑，我们凭什么去争民主、争自由？就凭我们有一腔热血满腹勇气？我们的一腔热血抵不了宪兵队的半根警棍，满腹勇气敌不住国民党的一把短枪。况且，我们的同学们根本就没有热血和勇气。我可以和你们任何人打一个赌，假若，明天校园里，有个国民党警察无缘无故围殴我们手无寸铁的同学，我们全校师生都算在一起，敢于上前阻止的，不会超过十人。 所以，我奉劝同学们，可别再大白天去做什么强国梦、振兴梦了，还是发奋识遍天下字，立志读尽人间书吧！"

石璞当即瞪起了眼睛，风像刀子一样刮在那位同学的脸上。"你错了！ 你这就是典型的鲁迅先生所憎恶的中国人的奴性性格，也是鲁迅先生认为国民性中最严重的病态，身受压迫忍辱受屈逆来顺受。1900年，梁启超在给康有为的一封信中提出：'中国数千年之腐败，其祸极于今日，推其大原，皆必自奴隶性而来，不除此性，中国万不能立于世界万国之间。'国难当头，每一个有良知的中国人都不应当'看客'，不要麻木，不要冷漠。 对于有害的事物，我们就是要立刻给以反响或抗争，揭出病苦，引起疗救的注意。 虽然我们的反抗是不能致帝国主义和国民党反动派退出历史舞台，但我们可以让他们焦头烂额。 学生运动是中国现代历史特定条件下的产物，反映了时代发展的潮流，是中国革命运动的重要组成部分，是反帝反封建斗争的一条重要战线，具有特殊意义。 顶天立地奇男子，要把乾坤扭转来。 终有一天，你会看到我们舍得一身剐，誓把皇帝拉下马！"

当时，石璞还当这位同学说这番话是故作惊人之语。 现在看来，这位同学的话绝不是危言耸听，而且，同学中持冷漠、消极、麻木、观望态度的也绝不是一两个人，而是一群，抑或更多！ 看来，要想改变眼下这种状况，激发起同学们的爱国热情和炎黄子孙的血性，还真不是一朝一夕的事。

前路漫漫，任重而道远啊！

想到此，石璞往高处站了站，清清嗓子，说："鲁迅先生说过，象牙塔里的文艺，将来绝不会出现于中国，因为环境并不相同，这里是连摆'象牙之塔'的处所也已经没有了。 不久可以出现的，恐怕至多只有几个'蜗牛庐'。 蜗牛庐者，是三国时所谓'隐逸'的焦先曾经居住过的那样的草窠，大约和现在江北穷人手搭的草棚相仿，不过还要小,光光地伏在那里面,少出,少动,无衣,无食,无言。因为那是军阀混战、任意掠杀的时候,心里不以为然的人,只有这样才可以苟延他的残喘。但蜗牛界里哪里会有文艺呢,所以这样下去,中国没有文艺,是一定的!"

本来,石璞是要好好利用一下这个契机,慷慨激昂地揭露一番国民党的倒行逆施和丑恶行径的。但是,陈景星不同意。

陈景星说:"我不赞成你赤膊上阵,公开地去踩那'捕杀的罗网',要像鲁迅先生那样,讲究的是'穿网',是尽可能地进行合法斗争。鲁迅先生说过,战斗当首先守住营垒,若专一冲锋,而反遭覆灭,乃无谋之勇,非真勇也。所以,我还是建议你像鲁迅先生那样,不直接讲自由运动,也不直接讲要受共产党领导,一切尽在不言中。但你的用意,听众完全了然于胸。"

石璞接受了陈景星的建议,就选了鲁迅先生讲过的这个小故事来阐幽明微。

"舍本而事末则不令,不令则不可以守,不可以战。"不知什么时候,事务主任倪青原的身影出现在了同学们的身旁,冷若冰霜地道,"你们的任务,是一心只读圣贤书,而不是拾人牙慧,人云亦云。"

"轰——"同学们四处逃散。

石璞愤怒地望着倪青原。石璞大睁着那双乌黑的眼睛,像是要把倪青原这张脸看得更清楚。

倪青原的眼睛四处乱看,就是不看石璞。

倪青原的眼睛高度近视,眼镜比瓶底还厚,很多时候,你根本就搞不清,他到底是看清了还是没有看清你。也许,他从心里就根本没打算看清你。

等到石璞重新回过头来,已然成了"孤家寡人"。

早先指手画脚叽叽喳喳个不停的同学已不知所踪,连张文彬也像风一样刮走了。校园又恢复了它的寂静与阒然,如同什么事情都没有发生过一样。

"你,也回到教室里去。"倪青原淡淡地道,声音里没有任何感情色彩。

"我……"

"这是校园,不是广场。你最应当遵守的是校规,而不是什么主义!"石璞还想申辩,倪青原伸出一根手指,止住了他,"去,回你的教室里去。"

倪青原说话向来都是直截了当,从不拖泥带水。这一点,倒是很符合他事务主任的身份。

石璞心有不甘地瞅了一眼《宣言》,悻悻地走向教室。

令他没有想到的是,中午放学时,《宣言》不知何时已经被人给揭走了。

石璞愤慨地找到陈景星,问他是不是再张贴一份。

陈景星摇摇头,断然制止了他,说:"不用了,此时已经引起了国民党当局的注意,再贴的话,恐带来不必要的麻烦。再说,虽然《宣言》被揭走了,但我们的目的已经达到了,起码同学们已经认清了国民党的丑恶嘴脸。"

石璞仰起脸,若有所思地望着雪亮的天空,喃喃地道:"霸祖孤身取二江,子孙多以百城降。豪华尽出成功后,逸乐安知与祸双?"

陈景星告诉石璞鲁迅先生出事了时,距《宣言》的事已经过了大约有一个多月。

陈景星从图书馆里把石璞叫出来,小心翼翼地凑到石璞耳边,说:"从杭州那边传来消息,国民党浙江省党部已经呈请通缉所谓的'堕落文人'鲁迅等人了。所幸鲁迅先生事先得到消息,已于当晚离寓。据说,先生现在暂避于北四川路魏盛里一位叫内山完造的日本友人家中。"

"真是昭昭乎若揭日月而行也!我们争取自由有哪一点做得不

对？ 胡适先生说过：'争我们个人的自由，便是为国家争自由！ 争我们自己的人格，便是为国家争人格！ 自由平等的国家，不是一群奴才建造起来的！'"石璞脸色凝重而无奈，瞋目切齿道。 说完，发出了一长串的苦笑，仰望着雨雾迷蒙的天空，又说："如果说《宣言》签名只是一道'闪电'，在黑暗的天空划过一瞬亮光后很快归于沉寂，那么，它的思想言论自由主张则更像是'朝阳'，正将黑暗渐渐照亮，并且将要在人间带来永恒的光明。"

"说得好！"陈景星亲切地握住石璞的手。

关于通缉鲁迅，这里面还有一个别有风趣的故事呢——

浙江省党部呈请国民党中央通缉鲁迅是经过批准且发出了秘密通缉令的。 此事虽未实行，但通缉令也始终未曾取消，直到鲁迅去世。

1936年7月，国民党方面通过鲁迅旧日的学生李秉中向鲁迅传信，说是可以帮助他去掉这个通缉令。 李信称："关于吾师之自由一事，中惟之数年矣！ 若吾师同意解除通缉，一切手续，中当任之，绝不致有损吾师毫末之尊严。 成效如何，虽未敢预必，想不至无结果，不识吾师意若何，伏乞训示。"

鲁迅一生结交了很多文友和朋友，其中，就有晚辈朋友李秉中。 当年，正是在鲁迅的鼓励下，李秉中怀揣着鲁迅赠予的二十块大洋投笔从戎，拎着装有包括《新青年》在内的一些进步书刊的小藤条箱，南下大革命洪流的策源地广州，考入了黄埔军校。《鲁迅日记》1935年一节中曾记录有萧军、时有恒、曹聚仁、王冶秋、郑振铎等人的通讯地址，其中地址为南京马家街芦席营42号的李秉中，被括弧注上"黄埔教官"，显得颇有些特殊。《鲁迅书信集》和《两地书》中辑录鲁迅致李秉中的信有十五封，与他致台静农的信同为最多。 相比之下，不少文人作家得到的鲁迅的信或回信却大都只有一二封而已。 而且鲁迅写给李秉中的信无话不谈，充满了真情。 家中事情谈得相当多，可见鲁迅与李秉中关系是较深的，完全拿他当"自己人"。 1932年，李秉中当上了中央军校少将衔教官。 以后，他虽仍常主动给鲁迅写信，仍恭执学生之礼，但鲁迅很少回信，即使回信也很简略，三言二语而已。

"还是由你来代我回复吧。"接到李秉中这封写在"国民政府军事委员会用笺"上的信，鲁迅冷冷往案几上一丢，看着许广平，说，"告诉这个李秉中，我今后的日子不会太长了，跟了我十年的通缉令撤销了，我会寂寞的。 还是不要撤销罢。"

第十七章
推波助澜

"和记洋行"机器房的大门洞开着,站在门外,石璞和宣国华可以清清楚楚地看到里面的情形。

——"和记洋行"是南京最早的"外资企业"。

所谓"洋行",其实就是我们现在熟知的外贸公司雏型。旧时指跟外国人做买卖的商行,后多指外国资本家在中国开设的商行,是外向型经济的早期模式。

南京开埠后,外国资本家在下关开办的第一家工厂就是和记洋行,其规模和现代化程度,在南京乃至全国都首屈一指,是一处具有殖民买办性质的工业企业，更是南京工人阶级反帝反封建反剥削反压迫斗争的前沿。今天，随着时间的推移，和记洋行早已不复当年的繁华熙攘并淡出人们的视线。但是，曾经耸立过和记洋行厂区的那一片片土地，至今还依然弥漫着浓浓的通商口岸的贸易气息，以及深入骨髓的英国味道。

"大马路花花世界，二马路是生意买卖，三马路是麻布口袋，黑杨桥请客招待，刘家湾是拖拖拽拽……"一段简单直白的顺口溜，道出了当时大马路一带经济文化发展之迅猛、开放之广阔。作为近代窗口开启之地、坐拥得天独厚的江岸线的南京下关，其民国时期的繁华程度连今天的上海滩都比之不及。

1911年，世界上最现代化的食品加工厂——英国伦敦"合众冷藏有限公司"（又名"万国进出口公司"）老板韦斯特兄弟派大班马凯司和买办韩永清、罗步洲到南京下关金川河两岸筹建"江苏国际出口有限公司"，俗称"英商南京和记洋行"（简称"和记洋行"），是中国当时最现代的食品加工厂，拥有亚洲"第一冷库""南京的北极"等称号。同时，还是中国首批钢筋混凝土建筑，留存的遗址不仅历史底蕴深厚，建筑也非常具有代表性。

和记洋行主营冰蛋、冻肉、家禽及野味出口业务，初期只有几幢白铁皮平房，短短几年就迅速扩建了蛋厂、杀猪厂、宰牛厂、鸡鸭加工厂、冷气房、厅子房、箱子房、炕蛋房、机器房、炉子间、制罐厂、火腿厂、熬油厂、制革厂、羽毛厂、饲养厂等，成为当时南京最大、最现代的食品加工厂。至1922年已发展至占地五十二公顷，每年生产旺季，日屠宰生猪三千头左右，加工鸡鸭二万余只，蛋制品产量一百余吨，最高达三百吨，年产量五万吨。

和记洋行雇佣工人有长年工和临时工之分。长年工的数量很少，负责电气、锅炉、机器房、修理间的技工和职员一般是长年工，月工资只有十多元至二十元左右。而且，英国资本家还要扣发他们薪金的百分之十，美其名曰"储蓄保证金"。这种储蓄金平时不能支取，一直要到被裁减或辞职的时候才能提取,实际上到最后还是装入了资本家的口袋。 蛋品和禽畜的旺季,英商就大批招用临时工,最多时可达上万人,占工人总数的百分之九十左右。 其中女工、童工占多数。 工人们每天的工作时间长达十小时以上,可工资极低,遭遇比长年工更悲惨:男临时工的月工资只有七元左右(折合一百三十多斤米钱),除了自己的伙食费和住宿费外,所剩无几。 童工和女工的工资就更低了,只能维持自己的生活。 临时工除了受资本家的剥削外,还要受工头的剥削。 生产旺季,大工头向工厂承包任务,再包给小工头,小工头再招临时工并随时有被资本家解雇的危险。 工人不仅在经济上受剥削,而且没有人身自由,资本家可以随便拘押、吊打工人,出厂门要被搜身,稍不顺工头的意,就被挂牌示众,有的甚至被活活打死。 工人们苦不堪言。

昨天晚上,金陵大学地下共产党员宣国华接到通知,让他和石璞到中央大学去开会。 两个人连饭都没顾得上吃,就匆匆忙忙向中央大学赶去。

会议由中央大学黄祥宾主持。

黄祥宾是江苏武进人,十六岁时考入无锡第三师范学校,经历声援五卅惨案运动后,他加入了共青团,不久转为中共党员。 1926 年赴南京考入东南大学(1928 年改为中央大学)数理系,现是中央大学地下党支部书记。 其实,早在去年 7 月,黄祥宾就已经大学毕业了,但是为了执行党的决议,坚持留校工作。

黄祥宾传达了市委关于组织学生集会支援和记洋行工人罢工的指示。 黄祥宾深思熟虑地道:"南京市委决定,近期发动工人同英国资本家进行公开斗争,以打开我党公开活动的局面。 这次由和记蛋厂支部打头阵,发动工人起来同英国大班(即总经理)进行斗争。 和记蛋厂那边由已担任市委委员兼工厂党支部书记的邓定海同志负责,他们已经召开了工人代表开会,议定了增加工资、每天工作八小时、取消包工制度、露天劳动工人应有全身雨具、设固定房子供女工喂奶、开办工人子弟学校，以及工人代表有代表工人之权和开除工人必须取得工人代表同意等八项条件并递交厂方，如不接受立即罢工。"

"当今时代，非要有个翻天覆地的变化不可。"黄祥宾坐直了身子，用一种比眼神更冷的声音说，"我也是这个心态：恨不得掀起一声春雷，把这个沉闷的社会打得粉碎！我还希望，石璞同学在方便的时候，能到和记洋行给工人兄弟们做一次战前动员。"黄祥宾看了石璞一眼，直截了当地说。

石璞义无反顾地接受了这个任务，他迎着黄祥宾的目光，说："不管是出于家仇还是国恨，我都将无怨无悔地接受这个艰巨的任务，哪怕是上刀山还是下火海。一句话，赴汤蹈火，在所不辞！"

今天，就是落实黄祥宾同志的指令的时候。

人越来越挤了！

机器房里已经挤得挨肩擦背摩胸接踵水泄不通了，那些像密密麻麻的蚂蚁一样的群众仍缕缕行行地往这儿赶。他们穿过大街小巷，从乡下或城里来到这儿。来的人全是被缺衣少食饥寒交迫捉襟见肘穷愁潦倒被压迫得抬不起头来的小人物。他们当中，有的是刚停下洋车，有的是刚扔掉锄头，有的是刚走下机床，有的是刚卸下棉包，有的甚至到现在手里还捧着乞讨的饭碗。

石璞凝神屏息目光专注地望着一张张鸠形鹄面形色仓皇面黄肌瘦的脸，想努力记住这组饱经风霜的群像。遗憾的是，他发现，他们似乎都长得一样，同样的表情，同样的眼神，甚至连说话都是同样的腔调。

但这是个视死如归不屈不挠的群体。面对侵略，他们团结一致顶天立地；面对困难，他们一往直前宁死不屈——

1925年5月，上海发生了震惊中外的五卅惨案，激起了南京人民的极大愤慨。学生演讲队集中到和记洋行门口，向工人讲述五卅惨案的真相，高呼"工人团结起来！""罢工，向英帝国主义抗议！"等口号。

在学生宣传队的宣传鼓动下，工人们积极行动起来了。

在共产党员宛希俨、曹壮父等人领导下，和记洋行成立了罢工委员会和各界救济罢工委员会。会上讨论了向资本家提出的关于抚恤五卅伤亡、惩办凶手以及增加工资、限制工作时间等七项要求，并决定6月6日举行示威游行。6月5日，罢工委员会在和记洋行厂门口贴出布告，宣布全厂总罢工。6月6日，全厂五千多工人编成十个大队举行游行示威，广大市民纷纷从大街小巷涌出来，汇集在马路两旁，对工人的行动给以有力声援。在南京学界沪案后援委员会组织的学生自行车队的引导和护卫下，愤怒的工人队伍首先来到萨家湾英国大使馆，高呼"打倒帝国主义！""为死难同胞报仇！"的口号。下午，游行队伍到达城南夫子庙，和记洋行女工吴兰英和老工人江有荣代表和记工友对残暴的英商老板及所雇封建把头进行了血泪控诉。现场群情激愤，口号声、鞭炮声、锣鼓声响成一片。

6月10日，和记洋行的罢工委员会召开工人代表会议，会上提出并议决关于组织工会、废除包工制、合理发放工资、职工劳保福利保障等十三条要求，作为向厂主谈判复工的条件，并派出谈判代表。英商不但不接受工人的谈判条件，还用武力相威胁，让停泊在和记洋行码头的英军舰上的水兵登陆，进驻工厂，以此威吓工人。但工人们并没有被吓到，仍然继续坚持罢工，并声明，如英商不接受谈判条件，就决不复工。7月17日，在南京警备总司令部、南京商会、下关商会的调停下，洋行买办罗步洲和马嘉德被迫接受了绝大部分复工要求，并由和记洋行正式签章发文，送交下关商埠会保存。罢工斗争坚持了四十二天并取得了胜利。

哪知，资本家接受复工条件只是缓兵之计，暗地里又在策划新的阴谋。开工半月后，厂主就谎称原料缺乏宣告停工，想借此开除工人。工人闻讯之后，即推举代表同买办罗步洲交涉，要求履行原订条约，发全月薪金。 罗步洲秉承厂主之意，只答应发给半月工资。 在所订条约墨迹未干之际，英商将早就准备好的英舰海军陆战队的兵士开进工厂，并向工人开枪射击，打死、打伤工人数十名，当场逮捕工人百余名，制造了著名的和记"下关惨案"。

英帝国主义的血腥镇压，激起了南京各界人民和全国人民的极大愤慨。 8月4日，南京各界人民举行大规模的游行示威，并成立了"下关惨案后援会"。 中国共产党中央委员会和共青团中央委员会联合发表了《告工人学生和士兵书》，谴责英帝国主义的罪行，号召人民坚持斗争到底。

共产党员邓定海在工厂党组织的领导下，积极开展工作。 他利用一切机会串联工友，发动群众，组织兄弟会、姊妹会，联络和团结了周汉清、宋如海、王少朋、吴兰英等一批积极分子。 1929年9月，邓定海根据党支部决定，暗地发动工人，联合要求厂方把工人的工钱从九元增加到十二元，接着又组织工友砸了黄色工会的牌子，并推选代表同资方谈判。 四天以后，厂方被迫给工人加了薪，这一系列斗争使革命斗争情绪又高涨起来。

所以，再次开展罢工斗争，组织上首选了这里。

从到场的人数来看，工人们的热情非常高涨，机器房坐不下，他们把桌子、椅子，包括能移动得了的机器都搬了出去，大家站着听，但还是挤不下。 连窗户外面都挤满了伸着脖子、扯着耳朵、倾听石璞"战前动员"的工友和各界民众。

"人越来越多，我们得开始了。"石璞说。

黄祥宾点点头，"开始吧。"

石璞从容不迫地走到屋子中间，微微一笑，说："这样吧，开课之前，我先来给大家唱一首歌吧。"说完，清了清嗓子，清唱道：

工农痛苦实在深，资本家剥削，豪绅又欺凌。

国民党改组派,压榨实在凶。
打倒国民党,驱逐美日英,成立苏维埃,红旗照光明。
工人解放,农民翻身,大家庆升平!

这首词是陈景星写的。

陈景星喜欢写诗、写词,编顺口溜,经常都是他写出来词,由石璞唱出去。陈景星写完这首"工农痛苦实在深"后,第一个拿给石璞看。石璞非常喜欢,觉得这首歌真实地反映了工人农民的生活现状,应该在工农群众中广泛传唱。石璞自作主张地给配上了《苏武牧羊》曲子,不仅自己唱,还教给别人。一时间,在工友们中间广为传唱。

工友们完全被石璞的歌声吸引住了,随着他脸上的表情,时而凝思,时而点头,时而附和。

"听完歌声,我再来给大家念一副对联。"石璞说,"古时候,有一年过年,一户人家的大门上贴了一副对联。上联'二三四五',下联'六七八九',横批'南北'。这是什么对联啊?村民们你来我往,围观议论。"

机器房内,工友们也跟着议论纷纷,"是啊,哪有这样贴对联的?这样的对联,咱们不动脑子都能写出来。"

石璞等工友们议论完,不慌不忙地接着道:"就在大家叽叽喳喳说个不休的时候,来了一位读书人。读书人品了一会儿,对大家伙说,这副对联绝不可小觑,这里面学问大了。村民们一听就讥笑读书人,那话就跟我们工友刚刚说的一样,说:这样的对联,我们不动脑子都能写出来。"

工友们"轰"地笑了。

"读书人也不恼,指着对联说:'大家伙再来看。上联:"二三四五",单单缺少"一"字,其谐单就是"缺衣";下联"六七八九",又恰恰少了"十"字,乃是"少食";横批:"南北",没了东西。上下联加起来就是:缺衣少食;横批:没有东西。'"

工友们恍然大悟，连声赞曰："佩服！佩服！"

"刚刚说的是一副古联，下面我们再来看一看当下的对联。"石璞擦了擦脸上的汗水，顺水推舟，因势利导，"民国以来，苛捐杂税多如牛毛。为此，有人特意编了这样一副对联，上联是'尽敲榨，假充公用，遍设关税、卡税、田税、屋税、丁头税，税到民不聊生——将腹税'；下联是'竭搜罗，大饱私囊，勤抽盐捐、米捐、猪捐、柴捐、屎尿捐，捐得人无活计——把躯捐！'讽刺国民党反动派使劲搜刮民脂民膏，五花八门的苛捐杂税，逼得老百姓简直没活路了，就剩下把空肚皮和瘦身子，也当成税款捐出去了！可国民党反动政府呢，仍然恬不知耻地在报纸上、广播里，大喊什么'民国万岁！''天下太平！'有位文人十分气愤，就拿这两句口号，利用谐音编了一副对联：民国万岁的岁改成了赋税的税，天下太平的平改成了贫穷的贫。一副粉饰太平招摇撞骗的对联，转眼间变成了'民国万税''天下太贫'。真是一字见真谛啊！"

工友们听懂了这一字之差的含义，纷纷竖起手指，异口同声地赞叹道："这对联改得好！这对联改得好！"

石璞等工人们平息下来，话锋一转，"工友们想一想，到底是不是这样？我们日夜劳动，却吃不饱肚子，穿不暖衣裳，一无所有。而资本家什么活都不干，却越养越肥。有个叫马克思的人说过，在资本主义制度下，工人一天的劳动时间实际上分为两个部分：一部分是相当于为维持工人及其家庭生活所必需的劳动时间，称为'必要劳动时间'；另一部分是超过必要劳动以外，白白地为资本家劳动而得不到任何报酬的时间，称为'剩余劳动时间'。'剩余价值'也就是工人在剩余劳动时间里所创造的而为资本家无偿占有的那部分价值。资本主义剥削的秘密就在这里，资本家发财致富的源泉就在这里。所以，大家一定要认清，资本家的一切活动，都是为了榨取工人的血汗，达到赚钱发财的目的。整个资本主义制度，就是建立在资本家对工人残酷剥削的基础之上。资本主义制度就是一个人剥削人、人吃人的罪恶制度。为了掩盖剥削的实质，掩盖剩余价值的真正来源，说什么工人受冻挨饿是由于他们'命苦'，资本家发财致富是由于'勤俭'，这全是骗人的鬼话。马克思说：资本家来到世间，就从头到脚，每个毛孔都滴着血和肮脏的东西。他们不拿锄头，不开机器，怎么说得上'勤'？他们成天花天酒地，过着荒淫无耻的生活，又怎么说得上'俭'？资本家剥削工人的手段是极其残酷的。这些吸人膏血的东西，在还有一块肉、一根筋、一滴血可以让它吸取的时候，也决不会放手。资产阶级跟一切剥削阶级一样，都是贪得无厌的豺狼，靠残酷地剥削、压迫劳动人民发财致富；资本主义的道路是少数人发剥削财、多数人贫困破产的道路，这是一条血淋淋的道路。俗话说：'天下穷人是一家。''千亲万亲阶级亲。'我们一定要团结起来，为彻底消灭一切剥削制度而斗争！不久的将来，我们不必再打赤脚，也不必再寄人篱下，我们会有鞋子、裤子、褂子、房子，有地、有牛，什么都有，过着丰衣足食的好日子。我们流血牺牲，就是为了这个！"

石璞牢牢握住舆论武器，用最振聋发聩的声音直抵民心。工友们也从他的演讲中习得了"马克思主义""工人运动"等最前沿的理论纲要，更了解到了一个亲切、进取又充满力量的中国工人阶级政党——中国共产党。

石璞从身后拿出一个"工"字模型，问道："大家伙认识这个字吗？"

台下有人认识，喊道："工，工人的工。"

石璞再拿出一个"人"字模型，问道："这个字呢？"

台下又喊道："人。"

石璞把"工"和"人"一重叠，含笑说："这个字一定有人认识吧？"

当然有人认识，好多人一起大声吼道："天——"

"工、人合起来，不就和天一样大吗？"大家笑了起来，频频点头。石璞又道:"咱们中国,四万万同胞,两万万男子,两万万女子,要并肩前进,将来建设共产主义,建设美好的中国!"

"说得好! 这些话真是说到我们心坎里去了。"

石璞话音刚落,斜刺里站起一条工人打扮的汉子。

石璞认得他,他就是和记蛋厂党支部书记邓定海。

邓定海趁热打铁,大声吼道:"大家好好好想想,铁路是谁修的? 火车是谁开的? 机器是谁造的? 工人不盖房,就没住处,工人不织布,就没衣穿,哪点也离不了工人的劳动。没有工人劳动谁也活不了。可我们工人终日辛苦做工,而不得保暖;而那班不做工的官僚、政客、资本家等却高楼大厦,衣锦食肉。他们的钱哪里来的,他们的衣食哪里得的? 都是由我们工人血汗中榨取来的。我们一定要向石璞同学所说那样:团结起来,为彻底消灭一切剥削制度而斗争!"

工友们也跟着怒吼:

"团结,团结!"

"斗争,斗争!"

怒吼声中,一阵昂扬的歌声平地响起:

如今世界不太平,重重压迫我劳工;
一生一世作牛马,思想起来好苦情。

北方吹来十月的风,惊醒了我们苦弟兄;
无产阶级快起来,拿起铁锤去进攻。

红旗一举千里明,铁锤一举山河动;
只要我们团结紧啊,冲破乌云满天红!

4月3日,和记蛋厂门前,一张国民党南京市社会局的布告引来了众多人围观:

查和记劳资纠纷拖延已久,于社会治安殊多妨碍。今劳资双方既已达成协议,理应即日复工。如有不良分子从中阻挠,图谋不轨等情,必加严惩……

"呜——"和记蛋厂的汽笛发出刺耳的尖叫。

工人纠察队员们闻声赶来。大家伙看见布告,怒不可遏,抢上前去,三下两下把布告撕得粉碎。

女工贼向索兰带着一群搜身婆和流氓无赖扑上来和纠察队员扭打起来。

国民党下关区党部委员、红帮头脑、和记工厂总稽查李松山闻讯吆喝数十名流氓打手也从附近的煤炭港气势汹汹赶来。他们挥舞着铁尺、短刀围打工人代表周汉清、宋如海和他带领的纠察队员,宋如海被一刀劈下,倒地而亡。

看到这一情景,工友们怒气冲天,赤手空拳冲了上去,同敌人厮打,向敌人反击。

这时,一队英国水兵打着"保护侨民"的幌子,赶来给厂方撑腰壮胆。国民党警察宪兵也打着"弹压失业工人和在业工人械斗"的幌子,强行武力镇压工人。

在敌人围攻下,工人重伤数十人,轻伤者不计其数。

和记工人的鲜血染红了煤炭港。

史上著名的"四三"惨案由此发生。

4月5日,震撼首都南京的"四·五"护厂大示威爆发了。

当天上午,石璞与金陵大学、晓庄师范、东方公学、钟英中学、钟南中学等十多个学校的学生六百余人,冲破国民党当局的封锁来到和记蛋厂。旁观的群众也跟着涌向下关,原来只有几百人的游行队伍一下子就扩大成万人以上的长龙。

国民党当局如临大敌,赶快关闭了和记蛋厂的前后门,并在屋顶上架起机枪。游行队伍无法进厂,就高喊口号,绕工厂游行一周,最后来到惨案发生地——煤炭港广场。学生们分成多组,向在场的群众进行宣传。

傍晚,学生和部分群众涌到江边,对着江面上的英国兵舰和日本水雷艇,振臂高呼:

"反对英帝国主义血腥屠杀和记工人!"

"反对日本兵舰侵入长江!"

"日本强盗滚出去!"

山呼海啸般的口号声一浪高过一浪。

4月7日,中华全国总工会和中共江苏省委分别发出了"反抗帝国主义在南京屠杀工人""援助南京'四三'惨案"的指示,要求各级组织发动群众,声援"四三"惨案,反对帝国主义霸权及国民党的反动统治。

第十八章
黑云压城

民间有句谚语，叫作"急性子做客——说来就来"。

这话儿一点儿不假。这才刚进5月，夏天已经快马加鞭火急火燎地赶了来，没几天，人们便深刻地体会到了什么叫酷热难耐。城北面那条叫不上名字的宽河里的水一天天见少。往昔，那可是急流奔驰的地方，如今也变成了浅滩，牛从河里走过，水连脊背都淹没不了了。龟裂的土地仿佛饱经风霜的老人脸上的皱纹，那么深刻，那么无奈，那么哀伤。大路上一天到晚见不到个人影，只有载着荷枪实弹的警察、宪兵的警车忽远忽近来回奔跑穿梭，警笛声比狗叫都响，让人听着能把心揪成碎片。

当夜幕像收网似的从四面八方慢慢地将整个天空拉拢后，黑云也堆成了一整片，像一口厚厚的黑铁锅，无所顾忌地一点一点地往下扣，已经扣到屋盖上了，眼看着就要将屋子压扁。石头城犹如一个巨大的蒸笼，满城的人都煎熬地在蒸笼里哗啦啦地淌着汗，觉得自己随时随地都有可能要熟了。

而宽河边上的那幢带有典型的徽派建筑风格的民居却一反常态，不时有人闪进闪出。这幢房屋以黛瓦、粉墙壁、马头墙为表型特征，以砖雕、木雕、石雕为装饰特色，以高宅、深井、大厅为居家特点，集中反映了古徽州的山地特征、风水意愿和地域美饰倾向。

这是金陵大学一位教授家的老宅子。

今天，中共南京市委借用这里召开扩大会议。

这段时间，南京城控制相当严密，动不动就实行戒严，"客栈无保不准住，民房无眷不准租"。找一个活动的场所，比找个媳妇都难。

金陵大学一位进步教授听说后，主动贡献了这座老宅子。

然时间已过，市委负责军事工作的杨子庄却迟迟不到。

刚刚走马上任的中共南京市委书记绷着脸正襟危坐，他隔一会儿就低头看看腕上的手表，一句话都不说。脸冷得像冰霜一样。

显然，他在对有些人没有按时与会表示不满。

市委宣传部部长刘季平看在眼里，急在心里。他不时地抬起手腕看表，但是，他把手表都快看烂了，杨子庄依然不见踪影。

这次会议是刘季平负责筹备的，有人缺席，他有着不可推卸的责任。你说你都通知到了，可市委书记不会管你的过程，书记只知道，会议时间已经过了，可还有人没到。刘季平一会儿忐忑不安地瞥瞥新任市委书记的脸色，一会儿焦躁不安地放眼窗外，看看那位迟到的同志的身影是不是已经在门外出现。

新任市委书记个子不高，长条脸，瘦瘦的，脸色苍白，鼻梁上架副眼镜,一头乌发梳理得一丝不苟。如若不认得他,走在街上擦肩而过,你一定会认为这是一位绅士,而不是市委书记。

"不等了,开会!"市委书记拍案喝道。

"等一下,等一下。"市委书记话音未落,杨子庄气喘吁吁地闯了进来,"请等一下,我有一件非常紧急的情况要向市委汇报。"

见杨子庄跌跌撞撞赶来,刘季平紧悬着的一颗心落了下来。"这位就是杨子庄同志。"刘季平向市委书记介绍道。

市委书记冷冷地看着杨子庄,"你以为你可以凌驾于市委之上吗?"

"……"杨子庄愣住了,目瞪口呆地看着新任市委书记,眼珠子瞪得老大。

刘季平与杨子庄朝夕相处,了解他的行事作风,没有十万火急的事情,他是不会这么急躁冒进鲁莽行事的。

"老杨应该是遇到了什么紧迫的事情,就先听他说说吧。"刘季平歪过头,将嘴唇贴到市委书记的耳边,小声道。

市委书记沉默了一会儿,意味深长地瞅了刘季平一眼,"唔"了一声,说:"那就说说吧。"

刘季平跟杨子庄说:"说吧老杨,到底发生了什么事?"

杨子庄焦眉苦脸道:"我也是刚刚接到报告,驻在龙潭国民党宪兵连里的中共地下党支部负责同志失职,致使该支部的一份党员名单不慎丢失,极有可能落入敌手。地下支部的同志们为防遭到破坏,请求举行军事暴动。"

"打住。"市委书记将手在空中一挥,贸然打断杨子庄,说,"不打无把握之仗,这是用兵之道。在战争前,应认真地研究敌情我情,分析敌我双方的优势和弱点,考虑天时地利,从而使自己立于不败之地。你以为,仓促上阵的情况下,我们能有多大胜算?"

杨子庄的脑子快速地转了一圈,胸有成竹地说:"这一点,领导尽管放心。要想在战争中立于不败之地，就必须了解自己，也了解敌人。知彼知己，才能去实施避实击虚之计，才能掌握战场的主动权，变不利因素为有利因素，最终战胜敌人。我们已经了解和研究过了，这个支部的党员人数占全连的三分之一，他们所警戒的军械库里有不少枪支弹药，只要能夺取过来，可以武装几个连。"

杨子庄啊杨子庄，你说话能不能过过脑子啊，这话说得也太满了！刘季平在心里暗自为杨子庄捏了一把汗。夸夸其谈，大包大揽，新领导不批评你"左"倾冒险主义才怪。

刘季平赶忙圆场道："书记，事情紧急，子庄同志可能还没来得及细思量，您——"

"你错了季平同志，我和你的看法不一样。"没想到，刘季平话刚说一半，就市委书记被止住了。新领导淡淡一笑，说："我以为，倒是你的看法欠思量。"

刘季平怔怔地看着这位喜怒无常的新市委书记，静静地等待着他的英雄所见。

"子庄同志的请求，非常符合中共中央政治局的决议精神。目前全国的情形，正如共产国际来信所指出，确已进到深刻的全国危机的时期。这一革命形势的速度，即实行武装暴动直接推翻反动统治的形势的速度。我们必须如共产国际所指示，现在就准备群众，去实现这一任务，并积极地开展和扩大阶级斗争的革命方式。眼下，我们最迫切的任务就是：集中力量，积极进攻，组织罢工、组织地方暴动和组织兵变，促进和准备武装暴动直接革命形势的到来，变军阀战争为国内阶级战争，推翻国民党统治，建立苏维埃政权！龙潭国民党宪兵连兵变，完全可以视为我们认真落实中共中央政治局的决议精神最具体的行动。"

刘季平明白了，怪不得新书记说他的"看法欠思量"，原来，杨子庄的建议和新书记的想法不谋而合。刘季平不反对兵变，但这种仓促之际临时动议，难免百密一疏。稍有不慎，就会给党组织带来巨大损失。

刘季平必须制止。

"我来说两句，"刘季平字斟句酌地道，"我以为，中国革命形势只是'开始复兴'，而'不是成熟复兴'。因此，不顾客观和主观条件，而要在敌我力量十分悬殊的南京迅速进行无条件的暴动，是不适宜的。我们应该加紧日常小斗争，由小的斗争发展到大的斗争，决不能冒险蛮干。"

市委书记"嚯"地站起身来，背起手来回转了两圈，然后在刘季平身旁站住，居高临下地看着他，说："无产阶级的伟大斗争，是决定胜负的力量，没有工人阶级的罢工高潮，没有中心城市的武装暴动，绝不能有一省与几省的胜利。中国革命正遇着整个帝国主义之政治经济的大恐慌，军阀统治之急剧的崩溃，阶级斗争之极端的尖锐化，土地革命的深入与发展，苏维埃区域的扩大和中国工农红军之迅速的发展，这些条件决定了中国革命与我们党的任务——全国武装暴动。我们坚决反对党内存在的那种消极的、颓废的'调和思想'，坚决在政治上和'调和主义'做最坚决的斗争！"

新书记一张嘴就给刘季平的"错误"定了性。

"秀才遇到兵，有理说不清。"刘季平还能说什么呢？

刘季平仰起脸，痛苦地闭上了眼睛。

市委书记将胸脯一挺，突然提高嗓门，很有气势地道："市委完全同意杨子庄同志关于龙潭国民党宪兵连兵变的设想。在此，我也提醒全体同志，我们必须警惕那些企图曲解共产国际和党的路线，而来进攻中央的反动分子，坚决实行党内两条战线的斗争，加紧反对右倾和加强右倾立场的'左'倾，并集中火力对付之。在这事关全局和前途的关键时刻，为适应斗争的需要，我宣布，市委成立了南京'红五月'行动委员会，大张旗鼓地搞'飞行集会''示威斗争'，开展'五罢（罢工、罢市、罢课、罢岗、罢操）运动'，党的工作，也开始由秘密的地下活动转入公开。"

市委书记盲目的鼓动，迎来了像晴天霹雳一样的一片欢呼声。与会的同志不约而同地站起身，走到市委书记的面前，跟他握手，为他助威。

市委书记满面春风地与大家互动。

而刘季平的眉际却掠过一片阴云。

陈景星作为金陵大学地下党支部的代表参加了这次扩大会议，当他把这次会议的精神原汁原味地传达给石璞时，石璞感觉自己的心里五味杂陈。

"一时半晌，我还真是辨不清谁对谁错孰是孰非。"石璞实话实说。

陈景星点点头，"实事求是地说，我是附和新书记的思路，赞同来几场或更多轰轰烈烈的运动的。这也绝不是青春年少血气方刚。"

"可刘季平同志的担忧也不是空穴来风啊。"

"是啊，这也正是我的为难之处。市委要求我们5月25日在学校组织一次文艺晚会，其他学校地下党支部尽量多组织群众来参加。到时节，以中场熄灯为令，把号召罢课的传单散发出去，同时，宣布罢课开始。"

"你说吧，我来做些什么？"石璞自告奋勇。

陈景星脱口说道："这样吧，咱们双管齐下，文艺节目的事情就交给你了，其他的事情，我们分头来做。"

"放心吧，一定圆满完成任务。"

石璞是个精明的人，他的每一次行动都会事先做出完整而周密的计划，绝不允许出现漏洞。因此，他虽年轻，却常常是担当重任的人选。

时间过得飞快，转眼间就到了5月25日。

这一天，来的人可真是多，把学校的礼拜堂挤得满满当当。

礼拜堂是金陵大学最早的建筑物，由美国芝加哥帕金斯建筑事物所设计，陈明记营造厂承建，建筑造型仿照古代的庙宇形式，屋顶主跨为歇山顶，附跨为硬山顶，外墙用明代城墙砖砌筑。

这座平时主要用来做礼拜的地方一下子涌进来这么多农民、工人装束的汉子，厚重而有历史感的礼拜堂一下子惊呆了：这些人要干什么？

石璞正在后台忙碌着，陈景星匆匆走过来，小声说："我们的行动计划可能泄露了，我看见礼拜堂里来了好多鬼鬼祟祟形迹可疑的人。"

"怎么会这样？"石璞吃惊不小，"那还按计划进行吗？"

"市委宣传部长刘季平已经知道了有国民党特务混迹其中的事情。"

"他怎么说？"

"他说新领导的作风很生硬的，完不成任务，就会被批评为右倾机会主义。如果这一晚再无结果而散，那在全市举行纪念'五卅'运动的'五罢'斗争就根本不可能了。只能孤注一掷，采取拼命主义了。"

"明知山有虎，偏向虎山行。这不是拿同志们的生命开玩笑吗？"

陈景星摇摇头，答非所问道："时间不早了，准备吧。记住，不论发生什么事，一定不能冲动冒险。把革命的实力保持住了，比喊一两句无关痛痒的口号更重要！"

石璞仔细地咀嚼着陈景星话里的味道，忧心忡忡地道："好吧。"

石璞的隐忧不幸一语成谶。

熄灯信号发出以后，刘季平刚把手中传单散发出去，就被密探围住了，当场被捕。

石璞正琢磨着是进还是退，有无必要站出来发表演讲时，一个女孩突然天兵天降般出现在他面前，"快跟我走！"然后，不由分说拉起他的手，跌跌撞撞地就往后台奔。

这座礼拜堂，石璞跟同学们一起来过多少次，他自己都数不清。

可他丝毫不知舞台后面竟然有一个暗门,而女孩则轻车熟路。女孩打开暗门,先让石璞钻出去,自己再钻出去,从容不迫地将门关好。然后,拉着石璞,一路小跑,来到了学校的大门外。

"啊？ 原来是你啊！"石璞诧异地叫道,"你怎么会在这里？"

在昏黄的路灯下,石璞看清了救他的人原来是冷靖。

石璞有些恍惚起来,仿佛面对的不是冷靖,而是一个宽广的梦境。

冷靖的眼神里又恢复了女大学生的骄傲与矜持,抢白石璞道:

"你以为你是玉皇大帝,大家都围着你转。"

"不行,我还得回去,景星和好多同学还在里面呢。"

"你就把心放到肚里去吧,同学们都已经分头转移了。景星知道你一根筋,怕你冒险行动,落入敌手,专门安排我来保护你的。"冷靖白了他一眼,"你以为我愿意来啊！"

"这就好,这就好。"石璞长吁了一口气,"谢谢你搭救之恩啊！"

冷靖撇撇嘴,一扭脸不再看石璞,"谁叫你谢！"

石璞绽开笑容,说:"对了,一直想问你呢,千山万水地你咋也到南京来了？"

"我是你们家的童养媳啊,到哪儿去还得经过你的批准？"冷靖依旧不依不饶,"我就奇了怪了,南京是国家的首都,凭什么你能来,我就不能来？ 只许州官放火,不许百姓点灯。 幸亏你不是蒋介石,否则,中国人民的日子比现在还要惨！"

冷靖从来不跟人说狠话,她身上似乎包裹着一层温润的光泽,走到哪儿都光彩照人,但又不令人目炫,只使人感到亲近,却唯独对石璞是个例外。

石璞的嘴动了一下,却没发出声音,但冷靖似乎读懂了他的意思。

"你还好意思说呢,一声不响,连个招呼都不打就独自一人来了南京——"

　　石璞分辩道:"怎么是独自一人？好多人呢,有陈景星,有郑辅周,有……"

　　"你是木头啊？他们与我有关系吗？"冷靖爱恨纠缠地瞪了石璞一眼,打断他的话头。

　　石璞张了张嘴,看到冷靖眼睛里有种露水般苍凉的幽怨,小声道:"是。"这声"是"连他自己都没听到。

　　"你突然就从地面上消失了,我到处找你不见,又不好跟人打听。就天天到你的宿舍、你的教室旁等待,满心期望着能够'蓦然回首,那人却在灯火阑珊处'。遗憾的是,奇迹始终未能在我身上出现。我内心的那种煎熬,说了你也感受不到。那时,才真正体会到了啥叫'衣带渐宽终不悔,为伊消得人憔悴'。想想真是,'相思相见知何日,此时此夜难为情'。早知如此绊人心,还如当初不相识。我什么道理都想通了,可就是不死心。也不是不死心,而是……死不了心。"冷靖的眼睛湿漉漉的,越说越伤心。突然,猛地一转身,捂着脸,将头靠在墙上,抽动着肩膀,"呜呜"地哭了起来。

　　石璞怎么也想不到冷靖能滔滔不绝地说上这么一番话,一时间没了主意,愣在了那儿。心里像开了锅似的上下翻滚,一肚子的委屈、愧疚、心疼不知从何说起。

　　"终于有一天,我打听到了,你来了南京。我也不怕你笑话,得到确切消息,我一刻都没停留,打起背包就追随你到南京来了。连父母都没告诉。我想,这也许就是所谓的'也想不相思,可免相思苦。几次细思量,情愿相思苦'吧。"

　　冷靖一口气说完,转过脸来看石璞。她本以为石璞会和她一样心潮澎湃面红耳赤摩拳擦掌心头撞鹿,没想到,她却在石璞的脸上看到了一种难以言说的表情。石璞的眼睛黑洞洞的,看不到一点光芒。

　　冷靖却从石璞眼睛深处看到了一种男人的阴郁。

　　冷靖的心莫名地颤了一下。

冷靖的脑海里飘过来一句话：单相思是场哑剧，说出来，就成了悲剧。

没想，石璞冷不丁地冒出了一句话。这句话，把冷靖吓了一跳。

石璞说："等革命胜利了，如果我还活着，我一定娶你！"

冷靖百感交集。

她开始等待胜利。

"到处找你，没想到你跑到这儿耳鬓厮磨儿女情长来了。"没想到，郑辅周冷不防从暗影里杀了出来，一见面就嚷嚷道。把石璞和冷靖给吓了一跳。

"你怎么跑到这儿来了？景星他们呢？"石璞就仿佛抓到了一把救命的稻草，忙不迭地问道。

郑辅周也不客气，"你说我咋跑这儿来了，还不是为了找你。快走吧，景星正等着你开会呢。"

"好，咱们就走。"石璞转过脸，对一脸失落的冷靖道，"对不起了，我要赶去开会了。咱们抽空再聊。"

"去吧，不能耽误，那是大事。"冷靖惨淡地一笑。

面对冷靖的深明大义，石璞心里却一疼。就在这一瞬间，他突然明白了自己其实也是喜欢冷靖的。

转身的一刹那，石璞说："冷靖保重！"

石璞和郑辅周匆匆远去。

冷靖的视线一直都没有离开石璞的背影。在她的眼里，石璞好像一下子长大很多、很多。

这么多年过去了，好多人变了，好多事变了，"忧国忘家、救亡图存"的梦想一点没变；故乡离开了，年华消逝了，"赤心报国、披肝沥胆"的志向丝毫没改。

望着石璞渐行渐远的身影：你的坚守，让我肃然起敬！冷靖说。

刘季平被短期关押后，很快就被押解到苏州高等法院监狱。

不久，陈景星接任市委宣传部部长。

一天，石璞、宣国华接到通知，要他俩到法院对面一所小平房开会。

这是党组织新建立的一个秘密活动点。

会上，大家汇报了发动群众的情况，一致反映，南京白色恐怖日甚，大规模发动群众困难太大。

有人提议召开一次全民大会，请所有加入"反帝大同盟"的师生出席，控诉帝国主义的罪行。

这个提议立刻遭到了与会者的一致反对：

"不行，这样太容易暴露了。万一再像上次那样，什么事都没办成，反而致多名同学身陷囹圄，太得不偿失了。"

话音一落，挫败感和严峻感一下子弥漫全屋，与会者都陷入了长久的沉思之中。

宣国华思忖再三，说："我的意见……还是坚守本校，利用简便易行的形式，举行纪念五卅运动的活动。"

石璞接话道："我同意这个观点。经过五卅惨案后，帝国主义仍不知收敛，继续做伤天害理的事情。这太可恶了！我们确实应该在大庭广众之下，揭露帝国主义丑陋可憎的嘴脸，但我们更要保存好革命实力。我准备绘制一张能够反映国民党反动派残暴欺压百姓的图画，贴在校门口，以此来激发同学们的反帝爱国热情，怎么样？"

"办法倒确实是一个好办法。"宣国华立刻附和道，"问题是谁去画？"

"没有金刚钻，不揽瓷器活。我来画，而且，我的脑海里已经有了一个大概构思。"

陈景星也参加了这次会议。听完石璞的建议，陈景星也完全赞同。他说："那就你来吧，石璞同志。不过，切记一定要办得缜密，切勿打草惊蛇。"

闷热的夏夜，石璞在寝室里挥汗如雨。他先是构思草图，安排场景、人物、器具，再进行人物角色设定，包括动态、服饰，把大调子定下来，最后再精雕细刻，调整完善。整整捣饬了一夜，最终大功告成。

第二天，天刚刚蒙蒙亮，宣国华就神不知鬼不觉地把漫画贴在了北大楼门口。

画上，一群肥头肥脑的国民党政府要员，正张着猩红的血盆大口吃着面条，一双双脚跷在一个骨瘦如柴的农民身上。旁边写道：

党外无党，帝王思想；党内无派，千奇百怪。
以党治国，放屁胡说；党化教育，专制余毒。
三民主义，胡说道地；五权宪法，夹七夹八。
建国大纲，官样文章；清党反共，革命送终。
军政时期，官僚运气；宪政时期，遥遥无期。
忠实党员，只要洋钱；恭读遗嘱，阿弥陀佛。

一名早起晨锻的同学看见后，转身就往宿舍跑，大呼小叫地将寝室同学一个个喊起。于是，一传十，十传百，不一会儿，北大楼就被围了个水泄不通。

好多人根本就不知道发生了什么事，迷迷盹盹地也随大溜跟了来。

遗憾的是，没多会就被匆匆赶来的事务主任倪青原给揭去了。

七点多，宣国华去上课，路过总务处时，瞥见倪青原手中正捧着那张画，与总务处的几位老师窃窃私语，交头接耳。

宣国华找到石璞，小心提醒说："敌人可能要采取行动，一定马上做好应急准备。"

石璞听完，立即离开课堂赶回宿舍，把清理出来的书籍和没有散发完的传单，藏了起来。

警察和宪兵来搜查石璞和宣国华宿舍那天，大雨滂沱，同学们全都闷在屋里。石璞后来分析，这样的安排是警局故意的，有警示众人的意思。

气势汹汹的警察和宪兵们在雨中蜂拥而至，他们的皮靴在水洼里踩起四溅的水花，肆意地营造着一种紧张恐怖的气氛。

同学们都不由地为他俩捏了一把汗。

石璞忍不住了，他咬紧牙关，要冲出去和宪警们论理，但他刚一迈腿，胳膊就被抓住了。不用看，他也知道是宣国华抓住了他。宣国华的手像是铁钳，死死钳住了他的冲动，眼睛也向他射出了警告。

特务们翻箱倒柜，一直折腾到天亮时分，也没搜查到证据。

而那幅作为主要证据的漫画，幸好早被校方销毁了。宪警们向倪青原讨要，倪青原不亢不卑地道："撕掉了，冲进了马桶。无从查找。"

特务们一无所获。耀武扬威而来，垂头丧气地走了。

这件事让石璞感觉到，学校，包括不冷不热、拒人于千里之外的倪青原对革命势力还是支持和爱护的。同时，他也清醒地意识到，校内的反动势力还依然存在，他们内外勾结，对革命者们的监视和打击一点儿也没有松懈。

工作开展将更加困难。

5月30日中午，石璞、宣国华接到紧急通知，让他俩立刻到司法院对面那个小平房内开会。到会的共八人。会议主持人说："这次纪念五卅运动，各校发动群众都有困难，大规模的活动难以进行，现在决定在花牌楼杨公井国民大戏院门前，当晚六点戏院散场时，喊三句口号：'打倒帝国主义！''打倒国民党！''坚决拥护共产党！'然后迅速撤离。"

当晚，石璞、宣国华、金鼎铭、郑辅周、陈景星等先后来到戏院门前，各自找好了合适的位置。当一千多名观众涌出戏院门口，正处于混乱之时，石璞等振臂高呼口号。戏院门前，你拥我挤，口号不断，就像事前组织好的群众集会一样。当敌人闻讯赶来时，同志们都消失在人流之中，无一人被捕。

不久，石璞看见上海油印的小报《红旗》刊载一条消息说：南京学生工人在杨公井大戏院门前举行纪念五卅运动五周年飞行集会，参加者达千余人。

石璞笑了。

无论是晴天还是下雨的夜晚，宪兵的探照灯永远都那么亮。白亮的强光在南京城上空四处穿梭，仿佛要射穿这个漆黑一团的夜幕。南京的马路上，永远都有成队成队的宪兵踩着大头皮鞋，"夸夸夸、夸夸夸"，目不斜视地大踏步前进，他们肩上的枪刺，在月光里永远都那么闪耀夺目，散发着令人心寒的青光。巡捕房或者是警察局的警车鸣着令人心惊胆战的笛声，彻夜不停地在大街小巷往来穿梭。街市的上空，不知啥时候就会响起一两声单薄而坚硬的枪响。和这些国民党宪兵相像的是，石璞也在趁着更深人静，不顾安危地穿大街走小巷，张贴革命标语，散发传单，秘密地到中央大学等学校联络同志。

石璞经常在街上与一些穿黑衣戴礼帽的人不期而遇。石璞不用问也知道，这些人都是国民党的爪牙，专门从事盯梢、抓人、暗杀等见不得人的勾当。可这些人似乎并不觉得这样做有什么可耻。从表情上看，无所事事的时候，他们的脸上挂着的全是肆无忌惮的笑容，身上洋溢着的也都是一些趾高气扬的意味。

好几次，石璞都差一点儿陷入敌手。最要命的是，每次深夜归来，校门都已关闭，他只能悄悄翻墙而入。

随时随地，都有暴露的危险。

为了便于从事革命活动，石璞主动向学校党组织请示，要求搬到校外去住。恰巧，组织上也有此意。于是，石璞便搬进了鼓楼医院后的另一座学生宿舍。陈景星为了不断扩大工农武装力量，组织好武装和暴动，干脆就住进了和记洋行工人宿舍里。

假期快到时，一天，陈景星的身影突然出现在石璞的宿舍里。

陈景星不约而至，而且行色匆匆，一定是发生了什么事了。

石璞心里一紧。

陈景星的脸上看不出丝毫表情，但语气却是十分急促，说："宣国华已经引起了国民党特务的密切注意，在校已无法活动，随时随地都有被捕的危险，要马上转移。"宣国华还想分辩，陈景星说得斩钉截铁："马上，一会都不能耽搁！"

宣国华顺从地道，"好，我服从组织决定。"

当天晚上，宣国华就转移到家乡安徽省天长县了。

陈景星将目光又移植到石璞的脸上，说："你也要引起注意，虽不像国华同志这样严峻，但也已经上了国民党的黑名单，时时刻刻都要绷紧弦。"

"我不怕！"石璞说，"世界上没有一帆风顺的革命，挫折是不可避免的，要经得起挫折。只有不怕失败的人才是能取得胜利的人。"

确实，在光明与黑暗的决战中，石璞可以说做好了一切准备。年轻生命中蕴藏着的那种坚定执着、一往无前的信念，那种肝脑涂地、在所不惜的忠贞，那种蓄势待发、热血偾张的激情，那种跃马扬戈、驰骋疆场的渴望，是任谁都改变不了的。那是我们中华民族骨子里传承下来的优秀基因，是民族精英们共同的精神品格、思想节操。没有这种基因，就没有千百年来中华民族的奋斗与抗争；没有这种精神品格、思想节操，就没有我们今天独立和富强的日子。

6月下旬，学校放暑假，郑辅周、金鼎铭等来约石璞和他们一块儿回东北探家。石璞很干脆地回绝了。

没成想，冷靖也来约他与她同行。

石璞想了想，说："两个月的时间，能做很多事，我就不回去了。你还是约其他同学一道结伴而行吧。"石璞声音低沉，听不出感情变化，像他的脸一样安静。

冷靖摇了摇头，看着石璞，"我要是愿意与其他人一路同行的话，我何必来与你费这么多口舌！"

"那倒是，那倒是。"石璞尴尬地笑着，说，"如果你方便的话，就劳烦去一趟我家，转告我父母，我不回去了。其他的……就不要再说了。"

冷靖嗔怨地盯着石璞。

冷靖看石璞的眼神，就像是只惊魂不定的小猫，面对一个让她茫然无知的世界。确实，从那天起，冷靖对石璞的担忧日甚一日。每天，只要一睁眼，就仿佛看见石璞正一个人形单影只地在危机四伏的大街上东奔西走，而整个南京则正向一锅水似的在慢慢地沸腾起来。

7月16日中午，石璞放下碗筷就早早就来到了夫子庙。

有着"天下文枢"之誉的夫子庙，始建于东晋成帝司马衍咸康三年（337），宋景祐元年（1034）改建为孔庙。在六朝至明清时期，世家大族多聚于附近，故有"六朝金粉"之说。它是中国最大的传统古街市，与上海城隍庙、苏州玄妙观和北京天桥同列中国四大闹市。

夫子庙历来都是人山人海，热闹非凡，说书唱戏的，耍猴卖艺的，要钱讨饭的，吆喝买卖的……

石璞一进夫子庙，就闻到了一股令人不安的气息，掩藏在污浊的空气里。石璞就知道了，在这熙来攘往的人流中，一定还混杂着为数不少的便衣、特务，他们正瞪着一双双饿狗一样的眼睛，在人流中乱窜。

石璞一进门就引起了那个一脸狐疑的警察的注意。石璞从眼睛的余光里可以看到那家伙始终在盯着他。他嘱咐自己，要沉住气。他慢条斯理地随着滚滚人流往里走。那个警察也开始走，和他同速，同时眼睛还是盯着他。

——早在7月初，石璞就接到通知：市委拟于8月1日晚以枪声为号举行暴动。暴动开始后，兵分三路，一路攻打国民党政府，一路攻打军火仓库，一路攻打银行。并决定于7月16日在夫子庙举行反军阀大示威，作为暴动的演习。

接着,石璞就看见天天有人穿街走巷散发传单:
"工农兵劳苦大众们罢工、罢市、罢课、罢岗、罢操!"
"7月16日下午到夫子庙示威去!"
"只有暴动,才是最后解放的出路!"
甚至有人唯恐国民党不知道,竟把"7月16日下午到夫子庙示威去!"的标语,用毛笔写到了国民党政府门口的大墙上。

石璞大惊,这不等于把行动计划公开地告诉了敌人吗!

石璞警惕地注视着那个跟踪他的警察和周围的一切。

我哪里引起他的怀疑了呢?

石璞这样想着,目光就和警察相碰了。石璞向他挤出一个调皮的笑容。

那警察啐一口,悻悻地走开了。

其实,石璞并不害怕这个多疑的警察。他虽年轻,但早已出生入死。他常说自己知道每一颗子弹行走的路线。这虽是一句笑谈,但道出的确确实实是一句实情。如果是石璞自己来执行任务,他一点儿也不担心。因为,一个人可以轻而易举地就消失在彤云密布的人海中。他忧虑的是那些满腔热情的工人兄弟。尽管这里有迷宫一样的露天剧场和集市,四通八达畅行无阻,但到处都是当局的耳目和告密者,别说还要高呼口号、散发传单了,安安静静地在大街上行走,都有可能落入虎口。

对这种危及同志们生命安全的事情,石璞从来不相信运气。

原计划以一声爆竹为号,就散发传单,集合队伍开始示威游行。石璞早已隐藏在夫子庙奇芳阁的高处,单等一声爆竹响,居高临下,把传单撒出去。

三时许,一声爆竹在人群中炸响,奇芳阁上,传单像悠悠地飘着的雪,柳絮一般的雪,芦花一般的雪,轻烟一般的雪,流转着,追逐着,舞蹈着,纷纷扬扬地飘下,洒在游人的头上、身上、脚下……

顿时,夫子庙乱作一团。

"嚯——嚯——"警笛也在这一刻凌乱地鸣响。

一名特务头子从车上下来，朝天就是一枪，"谁敢反抗，给我毙了！"

一群满脸杀气黑衣黑帽的国民党特务像突然生出的杂草一般，从四面八方冒出头来，挥舞着警棍、手枪，到处抓人……

由于敌人的疯狂镇压，"八一"暴动计划未能实现。

始终站在斗争最前列的石璞、陈景星等人，遭到了警察和国民党反动派的密切注意。

南京城的斗争形势愈来愈严峻了，警察特务跟疯了似的，对每一个觉得可疑的人进行盘查，随随便便就把人抓进去了，每天都有无辜者丧命。

生死一下子变得那么猝不及防，那么无常莫测……

南京城白色恐怖，腥风血雨。

从5月到7月，短短两个多月中，数十名地下党同志被捕。更令人痛心的是，党所控制的国民党龙潭宪兵连，在一次执行国民党枪杀共产党人的任务时，本来计划把他们营救出来，但因为要等待所谓暴动时机，不能打乱全国暴动计划，最终失败，宪兵连的士兵们抱头痛哭。

最后，这支武装力量自动解散了。

石璞本也可以不让自己陷入险境。

如果想撤离，也有足够的时间和机会。他完全可以离开南京，像郑辅周、金鼎铭一样打道回府。或者，像宣国华一样去到别的城市。可他想的是党的工作还要如火如荼地开展下去，南京还有许许多多的地下共产党员和进步工友也和他一样身处险境。他要同他们一道坚守到底。

为党的事业奋斗，使命崇高，神圣光荣！

忧心如焚的石璞冒着随时随地都有可能被国民党反动派的密探认

出来的危险,来到新街口邮局。

新街口的历史可追溯至一千五百年前,新街口地名的出现在清朝同治年间,它最初是指糖坊桥至明瓦廊之间的一条狭长的街道。1928年以前,这里是一片清冷的旧式街区,房屋低矮,街道狭窄,沿街房屋后面还有不少空地及池塘。1928年依据《首都计划》将新街口规划为商业区。往昔,这里妓院、烟寮、书场、酒楼、商店一间挨着一间,人来人往,万人空巷,是做生意的好地方。"山河破碎风飘絮,身世浮沉雨打萍。"曾经车水马龙的新街口,如今,也变得门庭冷落车马稀了。

在邮局门口,他与陈景星不期而遇。陈景星把他推进巷子里,呵斥说:

"你疯了,出来挨枪子儿啊?"

"你不是也出来了吗?"

"我……"陈景星一时语塞,瞬间,强词夺理道,"我和你不一样,我有重要任务。"

石璞笑了,"危险都是一样的,它可不管你是你是石璞,还是陈景星。"

石璞没有告诉陈景星,他刚刚给金鼎铭发了一封电报:

"勿来京,告郑。"

意思是,让他转告郑辅周:南京形势风云突变,暂时千万不要回来。

第十九章
舍生忘死

入夜时分,天空突然落了一场雷阵雨。

大雨点噼里啪啦地往下落着,雨水焦躁不安地嘶喊和咆哮着,好像在发出什么警告似的。

林立在南京街头的宪兵站得像雕塑一样,水流如注,雨花沿着他们的油布雨披的衣角不停地向下挂落,他们也不躲不避。行人一看便知,肯定是又得了不得违误的军令。

石璞的身影出现在街市时,雨已经小了很多。只偶尔有一阵蒙蒙细雨,羞于见人似的,漫无目的地在空中匆匆飘过。

马路两旁，树木很茂盛，然行人却很少，十分幽静。

南京，对石璞来说，来了这么久了，实际上仍然是陌生的。石璞始终感觉自己就像一叶浮萍，没有一丝一缕的根。

两个穿着黑色制服的警察，不怀好意地瞥了石璞一眼，与他擦肩而过。后面跟着几个背枪的士兵，刺刀闪着寒光。他们也跟前面那两个穿着黑色制服的警察一样，不怀好意地瞥了石璞一眼。石璞目不斜视，从容不迫地走着自己的路。

路上，石璞遇到了一次严格的盘查，虽然他拿出了自己证件，但是军警还是例行公事地对他进行了搜身。这让石璞感到意外。

石璞恍然有一种兵临城下的感觉。

而且，紧随其后发生的事情，也证明了他的这种感觉，绝非空穴来风。

石璞沉着地转过几条街，确信身后没有盯梢的"尾巴"后，镇定自若地向鼓楼医院后的那座学生宿舍走去。没想到，刚转了一道弯，一个草帽把整个脸都盖住了的中年汉子挡住了他的去路。

石璞猝不及防，差点儿撞到那个人身上，连忙道歉："对不起，是我没当心。"

没想到"草帽"却将声音压得很低很低地道："结庐在仙境。"

石璞一怔，立马接道："贵客到柴门。"

"来人可是石璞同学？"

石璞一惊，警惕地问道："你是谁？"

警惕于石璞来说，已经是一种常态。

"相逢何必曾相识。我是谁不重要，重要的是时间不容许我跟你闲叙家长里短了。"

石璞看到"草帽"脸上有一种难言的表情，两只眼睛里黑洞洞的，看不到一点光芒。

"你找我什么事？"石璞不假思索地说。

"草帽"把声调放低了，低到似有似无的声音，然语气却不容置疑："南京市委交通员鲁达卿叛变投敌了，组织上要你赶紧撤离。"

"草帽"说完这句话，转身就走。

石璞到底见多识广，迅速镇静了下来。"要不要通知其他同志？"石璞问，生怕"草帽"走远了。

"草帽"站住脚，背对着石璞，头也不回地道："你以为市委只会保护你一个人吗？"

说完，继续往前走。像一滴墨汁洇进黑夜一样，眨眼之间就消失得无影无踪了。剩下石璞一个人呆站在黑暗中，就像呆站在一个悲凉无底的深渊里。

这时，正如国民党特务正匆匆赶往这里一样，又一场蓄谋已久的雨，正从四面八方向这边赶来。雨钻进了石璞的脖子，石璞觉出了阵阵凉意。

"这个人，有意思。"石璞望着"草帽"远去的方向，若有所思地道。

石璞走进雨中，没有回头，边走边琢磨与"草帽"的对话。

"草帽"要求他"尽快"。

"尽快"的意思，石璞知道，就是尽量加快，抓紧时间，力求用最快的速度完成。"草帽"之所以说"尽快"而不是立刻，这足以说明，事情还有转机，远没到十万火急的地步。所以，他必须要回一趟宿舍。因为，那里还存有近期暴动的组织计划，各种传单、标语、印刷宣传品等。

就是上刀山下火海，也要把这些东西安全转移出去。

决不能落入敌人之手！

想到此，石璞扭头就跑，一口气冲到了宿舍里。

"还好，东西都还在。"

石璞刚掀开被褥，就听见门外传来了一阵阵糟乱的脚步声。

石璞知道，这是国民党的宪兵队到了。

"该来的都来了。"石璞冷笑道。

转移传单、标语、印刷宣传品等肯定是来不及了。这些东西,敌人看了也就看了,除了徒添气愤与烦扰之外,不至于给组织上带来多大损失,顶多就是浪费了点笔墨纸张,以及同志们的时间和精力。当务之急是必须将组织计划销毁。

石璞非常镇静地划了一根火柴,将组织计划点燃,然后安静地坐在床上,眼睛一眨不眨地看着火苗一抖一抖地跳跃着。火光把他的脸也给映红了。

火很快就熄了,那纸就只剩下了黑色的轻薄的躯壳,疲惫地蜷缩在地上。

弥漫的烟雾中,"咣当"一声,门被人一脚踩开了,接着,十几支明晃晃的枪口对准了他。

石璞的心猛烈地揪了一下。

陈景星是否安全转移了呢?石璞想。

后来,石璞在监狱里见到陈景星时才知道,那晚,"草帽"刚刚在和记洋行和陈景星接上头,便衣特务就赶到了,并迅速地包围了他们。

陈景星和"草帽"双双被捕。

南京卫戍司令部看守所。

审讯室里烟雾沉沉,空气十分污浊。

石璞一走进去就闻到了一股刺鼻的血腥味。发霉的味道,冲着石璞的鼻孔,痒痒的,想打喷嚏。石璞的嘴角挂着血,眼睛已经肿了。他轻轻地揉着眼睛,竭力想去看清对面的审讯官到底是什么人模狗样。

审讯官就坐在审讯台后面的椅子上,台灯斜切的光线,把他的脸一分为二。他一边啃着半个馒头,一边面目狰狞地问:"姓名?"问话的时候,审讯官突然毫无理由地站了起来。

石璞猜不透他站起来的理由。但是，他的起立，让石璞看见了这是一个满脸横肉的中年男人，穿了一件乳白色的汗衫，汗衫几乎全湿透了，胸部那儿有一片夸张的油渍，看上去好像里面藏了一只不安分的猫。

"石璞。"

审讯官扭头对照着桌子上的名册看了眼，那上面有石璞的照片，说："不好好读书，跟着瞎胡闹什么？"

"世间无物抵春愁，合向苍冥一哭休；四万万人齐下泪，天涯何处是神州？"石璞毫不畏惧，"审讯官先生也请睁开眼看看我们的天下，每年每月每天，有多少人冻死、饿死，或是病死。这样的情形，会发生在你们这些执政的人身上吗？绝不会。你们的家族和子孙绝不会挨饿、受冻。试问，如果你们是黎民百姓，你愿意被这样的执政者统治着吗？"

"呦呵，没想到啊，小小年纪，嘴皮子挺厉害啊，巧言令色，信口雌黄。"审讯官惊讶地看着伶牙俐齿的石璞，怪模怪样地说，"看来，把你请到这里来是请对人了。说吧，把你知道的，统统说出来。"

"我什么都不知道，你就是问到天亮也是白费口舌。"

"小东西别嘴硬，到这里来的，几乎哪个开始都和你一样，像茅坑里的石头——又臭又硬。酷刑受尽，最后还是得老老实实交待。何必呢？乖乖地听我的话，我不仅可以保你性命无虞，顺顺利利完成学业，还可以保你享不尽的荣华富贵。"

审讯官直视着石璞，似要从他那充满稚气的脸上找出成交的线索，而石璞也挑战似的反盯着审讯官。

石璞冷笑一声，说："'不炼金丹不坐禅，不为商贾不耕田；闲来写幅丹青卖，不使人间造孽钱。'你的荣华富贵还是拿给行尸走肉们去享用吧。我的态度已经十分明确了，而且，你的刽子手们也已经迫不及待了，别废话了，该怎么用刑，你就直接来吧。"

"石小同学多虑了。既是学生，我也就不能拿着当老百姓待。常言道,'威镇家邦四海清,文韬武略显英雄。 全凭智勇安天下,统领雄师百万兵。'对付文化人,就要用文化的办法。 我还是先来跟你讲一个故事吧。"审讯官将啃剩的馒头随随便便地往墙角一扔,似笑非笑慢条斯理地道,"苏轼在朝廷当礼部尚书时,有一日去王安石的书房乌斋去找王安石。 王安石不在,苏轼见台桌上摆着一首只写得两句尚未写完的诗——'明月枝头叫,黄狗卧花心。'苏轼好生质疑,明月怎能在枝头叫? 黄狗又怎会在花心上卧? 于是提笔改为'明月当空照,黄狗卧花荫。'后来,苏轼游历南方,发现南方有一种鸟就叫'明月',叫声珠圆玉润余音绕梁;有一种昆虫就叫'黄犬',袅袅婷婷飞舞花心。 这时他才明白,王安石是对的,倒是他自以为是,聪明反被聪明误。 乃痛心疾首地道:'人皆养子望聪明,我被聪明误一生。'"

"仁者见仁,智者见智。 一千个人眼里有一千个哈姆雷特。 不同的人,从不同角度去认识事物,犹如佛家明心见性。 你说你的鸟,我吟我的月;你描你的虫,我状我的狗。 苏东坡大可不必苦不堪言愁肠百结。"石璞早就看破了审讯官的雕虫小技,微微一笑,说,"这一点上,他倒真是不如爱国诗人文天祥。'几日随风北海游,回从扬子大江头。 臣心一片磁针石,不指南方不肯休。'赤诚之心,光照青史!"

审讯官碰了一鼻子灰,话锋一转,恼羞成怒软中带硬地道:"识时务者为俊杰。 气节可能会让你流芳千古,却不能助你利利索索走出宪兵队。 光棍不吃眼前亏,我还是要奉劝你,千万别机关算尽太聪明,到头来,反误了卿卿性命。"

石璞哈哈大笑,"哼,佛海回头是佳境,我无反顾奔苦海。 生活就是不停地战斗,我的武器,就是信仰和意志。"

"我这人平生有几不欺,譬如老人,譬如女人,对一个学生痛施酷刑,下不去手的。"审讯官假惺惺道,"看你年纪,幕后必有主使,只要你说出他是谁,你……"

石璞不等审讯官说完,就抢过话说:"乱臣贼子,人人当诛,何须指使!"

199

"中毒太深，中毒太深啊！ 别忘了，你还是个孩子啊！"

"有志不在年高，无志空长百岁！"

"在中国只有三民主义……"

石璞怒目相视："别打着三民主义的旗号，掩盖你们背叛革命的恶行了。 你们早就背离了中山先生的三民主义，我就是要革你们这些中山先生叛徒的命！"

审讯官哈哈大笑，说："可是，你并没有革了我的命，反倒是，我将要革了你的命。"

"我死不足惜。 我虽然吃尽了苦中苦，而我们的后人们则可以享受到福中福。 为了最崇高的理想——共产主义，我甘愿付出生命的代价。"

"郑板桥有言：'多读古书开眼界；少管闲事养精神。'你很快就会为你的误入歧途付出沉重的代价。"

"革命是我第一生命，我决不后悔！"

"无怪乎有人说，共产党有一种神奇的、蛊惑人心的力量，不谙世事的年轻人，有一个毒一个。 你如此冥顽不化执迷不悟，我也就爱莫能助了。 不给你点厉害瞧瞧，你都不知道马王爷长几只眼。 来人——"审讯官恶狠狠地吼道。

两位宪兵应声而到。

"把这位高材生带下去，好好给他松松筋骨。"

两名宪兵架着石璞的胳膊，一言不发地将他带了出去。 一直带进行刑室，粗暴地将石璞按到在椅子上，要捆绑他。

石璞想反抗，可是，力不从心。 那两个宪兵膀粗腰圆，力大过人，一举一动都压迫着他。 转眼间，石璞就被结结实实地捆绑在椅子上。

像一只等待任人宰割的猫，无助而又无谓地挣扎着。

宪兵从墙上取下鞭子，准备在石璞身上以身试法。 审讯官走了进来。宪兵以为审讯官要亲力亲为,赶紧把鞭子往审讯官手里递,审讯官没接。

审讯官盯着石璞的眼睛,说:"你现在开口还来得及。"

石璞蔑视地一笑,扭过头,将目光落到鞭子上,默默地吸了一口气,准备受刑。

从入党那晚起,石璞就从没忘记,在面对中国共产党党旗举手宣誓的时候,他说过,时刻准备着为了胜利而牺牲。那么,现在就到了为党、为国家牺牲的时候了!

为党献身,石璞死而无憾!

作为一名地下共产党员,他曾无数次听其他同志说过,国民党反动派为了撬开一张牙关咬紧的嘴,经常把人打得鬼哭狼嚎满地找牙。没想到,这种过去总以为是天方夜谭的事情,竟然确确实实地发生到自己身上了。

石璞神色坦然地盯着审讯官,说:"架势都拉好了,还废话什么?"

"我劝你不要不见棺材不掉泪。"

"这就没办法了,我这人就是这样:见了黄河都不死心!"

"有句话,我要事先跟你讲清楚:宪兵队里刑法无情,出生入死!"

"我恰好也有句话要告诉你,那就是共产党员钢铁意志,视死如归!"

审讯官一仰头,宪兵手里的鞭子"唰——"地落到了石璞的身上,石璞还没叫出声来,"唰——"另一名宪兵手里的鞭子也落了下来。石璞没有躲,也无从躲。鞭子噼里啪啦如雨点般落到石璞形销骨立的身上,石璞忍不住惨叫了一声。

审讯官面目狰狞地道:"怎么样,现在可以说了吧?是谁指使了你?"

石璞怒目圆睁,看着他,猛地朝他脸上吐出一口唾沫,"没有人指使我，我的所有行动，都是我自觉自愿的。我的目的，我的主义，我的信念，就是反对国民党，反对蒋介石！"

审讯官本能地弹跳起来，气急败坏地吼道："给我打！给我狠狠地打！打到他跪地求饶！"

两名宪兵左右开弓，不管轻重缓急，不分青红皂白。不一会儿，石璞就被打得皮开肉绽遍体鳞伤了，他的两个眼眶都肿起来了，嘴里满是血沫，牙齿也松动了。

像一只破旧的四面透风的破箩筐。

一名宪兵托着他的下巴问："说，还是不说？"

石璞意志坚定地说："你们，可以夺去我的生命，但是，想让我开口，肯定比登天还难！"

"你还嘴硬！给我狠狠打！"

那两名宪兵打累了，又换了两名宪兵上来。宪兵如疯狗般，用皮鞋、枪托、铁棍等轮流狂殴石璞。石璞昏了过去。

就这样，短短一会儿时间，石璞被打昏过去三次，又被冷水浇醒过来三次。

"啊！你这是怎么了？怎么被打成这个样子？这些国民党反动派也太蛇蝎心肠心狠手辣了！"陈景星一见石璞几乎被吓呆了，略带着哭腔喊道。

"咦？你怎么也进来了？"石璞用手支托着头，艰难地挤出一丝笑容，"放心吧，死不了的！"石璞的脸，毫无血色，白得像一张纸。

"你这筋骨哪受得了这个啊？"陈景星的眉际掠过一片阴云。

"别说我了，快说说你自己吧。你怎么也进来了？"

"嗨，别提了，都是鲁达卿这个软蛋，几乎整个南京地下组织都给他破坏了。"

陈景星告诉石璞，鲁达卿进去以后，没有等到用刑，就迫不及待地把什么都招了。那些铁镣、老虎凳、皮鞭、烙铁、辣椒水，不动声色地就吓破了他的胆。鲁达卿痛哭流涕,一边哭一边说,眼泪和鼻涕糊了满脸,惶恐不安地吼叫着:"我说,我说……我全都说!"他的举动,让那些国民党宪兵都嗤之以鼻:"共产党里怎么会有这种软蛋!"

石璞听了,仰天长叹:"真是难以想象啊,共产党队伍里也能出这样的败类!"

陈景星义愤难平地道:"我真想不通,究竟是哪位同志这么不长眼,竟然发展这种人入党。他们根本就没有什么信仰、主义、目标,他活着就是时刻为一旦被捕立刻叛变准备来着。什么精忠报国、毁家纾难,都不过是昙花一现的幻影罢了。"

"孤情难立,见此艰辛,皂帛难分,龙蛇混杂啊!"

可能是伤口疼了,陈景星看见石璞面色蜡黄,说一句简单的话,都累得气喘吁吁的。陈景星给一个同学使了个眼色,那同学端了一碗水过来。

陈景星接过,端给石璞。

"不说了,喝口水歇歇吧,什么事咱们回来再说。"

石璞点点头,没再说话。

一碗水喝下,石璞闭起双目又歇了一会儿,脸上慢慢地有了点红润,眼睛里也有了光泽。

陈景星一颗提着的心放了下来,又忍不住开始跟石璞说话。

石璞心里明白,陈景星之所以一个劲儿地跟自己喋喋不休,其实是为了转移自己的注意力,不再去想自己所受的皮肉之苦。

"嗯……问你一件不合时宜的事,不过,你可得跟我说实话啊。"

陈景星言语支吾,欲言又止,又于心不甘地道。

"说吧,看你那样子,吞吞吐吐,嗫嗫嚅嚅的。"石璞笑了。大概是一张嘴牵动了伤口,跟着就疼得咧了下嘴。

"你最近有见过冷靖吗?"

陈景星这一问,石璞豁然想起了与冷靖道别时的情景——

那日,冷靖穿着一件蓝布旗袍,不长也不短的头发里扎着一根嵌有花边的发带。冷靖袅袅婷婷地走着,越走越远。

但她那欲言又止的目光却在石璞的眼前盘旋了很久很久……

"还是她回东北之前见过一面。没想到啊,那日匆匆一别,再见面恐已是阴阳相隔了!"

"你真是太粗心了!"陈景星埋怨地剜了石璞一眼,叹了口气,道,"也难怪,你的心完全被党的事业占据了。天塌地陷都不足以撼动党在你心目中的位置,何况儿女情长!"顿了顿,陈景星又说:"你知道吗?冷靖根本就没有离开过南京,一直在默默地关注着你的一切。"

"什么什么,你说什么?"石璞火烧眉毛地问道,"冷靖没有回东北?"

"是的,一点不错。"陈景星点点头。

"为啥啊?"

"她本来确确实实是准备回东北来着,但是,你跟她说,你不打算回去了。那一刻,她毫不犹豫地彻底地放弃了自己的想法。南京的局势这么乱,她怎么可能放心你一个人留在这儿冲锋陷阵。冷靖亲口对我说:对于世界,你是一名战士;但是,对于她,你是整个世界!"

九言劝醒迷途仕,一语惊醒梦中人。石璞黯然神伤地垂下头,说:"真是一个善解人意的好姑娘!"

"你还知道这是一个好姑娘啊?这么好的一个姑娘你也舍得伤?"陈景星冷峻地瞪着他。

石璞面如白纸,恍惚得如同刚刚从梦中醒来,低声道:"你还记得我借给你读的,德国18世纪伟大的文学家、思想家约翰·歌德的代表作《少年维特之烦恼》里面那句脍炙人口又耳熟能详的话吗?哪个少年不钟情,哪个少女不怀春。在钟情和怀春的年纪,谁能抹去一缕缕的羞涩情怀与一阵阵的悸动?我非草木,心海里,怎可能不泛起一层又一层的涟漪。"

"那你为何——"

"我们是干什么的? 你忘了?"石璞反诘道,"干我们这一行,哪有安稳的时候,哪天不是在刀尖上枪口下讨生活? 生命对于我们,就像天上的太阳、彩虹、流云、雨露,刚刚还云蒸霞蔚,转眼便黑云压城。 很难说什么时候,我们就被国民党给杀害了,真要是那样,冷靖怎么办?"

陈景星强词夺理道:"那也不至于这般冷酷无情吧?"

"不是不爱,是心中有爱,却不能爱。 如果爱,就成了伤害。"石璞看着陈景星那双被睫毛覆盖的眼睛,惨淡一笑,说,"两利相权取其重,两害相权取其轻。 板荡之际,也只能是知其不可而为之了。"

"如果你能见到她,请替我把这首诗转送给她:'努力爱春华,莫忘欢乐时;生当复来归,死当长相思。'"

"你以为我能出得去吗?"陈景星白了石璞一眼。

这天晚上,石璞整晚都没有入睡,自始至终如雕塑般坐在黑夜里,偶尔抬起头,透过窗子,望一望牢房上空那个缺了一只角的月亮。

直坐到东方既白。

石璞被捕的消息,冷靖在第一时间想方设法传回到了石璞的故乡铁岭。 同时,积极游走于学校和各社团,为营救石璞奔走呼号。

石吉昌闻听大惊失色。 他的脸色纸一般苍白,身子晃了两晃,几乎要倒在地上。 石吉昌从来没有听说过自己的儿子是共产主义者,因为,这在东北、在全国各地,都是要掉脑袋的事。 就在前两天,他还在谋划着,如果石璞毕了业,愿意回铁岭的话,他准备找厅长活动活动,看能否在检审厅里给他谋个合适的职位。

现在看来,所有的设想都成了水中月、梦中花了。

石吉昌立即赶到奉天少帅府,通过关系与南京政府一位高级官员取得了联系。 南京方面随即电告说:"只要履行某些手续之后,是可以放人的。"并代聘一位南京有名的律师为其辩护。

石吉昌感到有了一线希望,连连表示:"只要能救幼子性命,将不惜倾荡家产。"

接着，石吉昌携款南下营救儿子。

几经周折，石吉昌聘请的律师在狱中见到了石璞。

不苟言笑的律师，盯着石璞看了半天，说："我是……你父亲聘请来的律师。你父母听到你被捕的消息，悲痛万分，托我来为你辩护。你只管按我的计划行事，保你立即释放。"律师脸色凝重而无奈，他抬起头，警惕地看了看周围，小声说："你要做的就是，你只要在开庭时，承认自己年幼无知，误入歧途，所犯过失，是受匪徒指使，非出己愿，并保证从此改过自新，闭门苦读圣贤书，以待异日报国。"

律师煞有介事地说完，石璞沉默了几秒，"扑哧"笑了。笑完，不无讥讽地道："你何不直说让我叛变，苟且偷生？告诉你，杀我头易，改变我的信仰难！你出去吧，不要再白费力气了，要我向国民党低头，那是不可能的事情。我若会低头，当初就不会加入共产党！"

律师从口袋里摸出一盒烟，抽出一支点上。烟雾绕过他白皙细长的食指和中指，绕过他爬满了白发的鬓角，绕过他紧皱的浓眉，挡住了他看向石璞的目光。律师迷惑不解地望着石璞，"哎呀，你怎么就不理解的呢？这样做，仅仅是个权宜之计。又不会威胁到你们那个什么共产党的利益。你只管按我说的做，我保证……"

"不，我决不会说的。"石璞的眼睛里射出一股火焰一样的光芒，"我宁死不屈！"

"你这样做不啻是以卵击石，国民党如日中天，不是你们几个小学生说推翻就能推翻的了的！"律师气急败坏地叫道。

"隋炀帝亡国后，李世民翻阅炀帝的手迹，大吃一惊。于是问魏征：炀帝讲的都是尧舜之言，何以灭亡？魏征曰：讲尧舜之言，行桀纣之实，蒙蔽百姓，鱼肉天下，焉有不亡之理？龚自珍当年曾大呼：'亡国灭种的大祸就要临头了！'其标志就是：'官无廉官，吏无能吏，兵无勇士，军无良将，民无良民，甚至盗无侠盗。'你不觉得所有种种都和我们今天的社会很像吗？我告诉你，国民党蒋介石就是秋后的蚂蚱，蹦跶不了几天了！"

"你这个小孩子，你怎么……"律师发出一声长长的叹息后，以父辈的姿态，朝前斜了斜身子，说，"你知道吗？ 你的父亲石吉昌在听说你被捕后，费尽心机，层层托人找到我，说：'唯幼子有志，只要能救出来，不惜倾家荡产！'你想想，你在他心目中多么重要！ 你是家里最小的孩子，父母最疼爱的是你，然而你现在这样执迷不悟，岂不是要伤透他们的心吗？"

听见律师提前父母，石璞的情绪里突然涌满了些微的苍凉。

石璞想起了自己的家，想起了自己的父母，想起了一望无际的高粱，想起了浓浓的家乡味道，以及家门前那条河。 那是一种北方的河，与南方很不一样。 两岸没有很多植物，都是农田，河中也没有船只和渔夫，单纯地由河床和河水组成，默默无闻，不舍昼夜。

想到此，石璞的眼睛里充满了泪花。

律师见状，脸上露出了欣慰的笑容，他在以胜利者的姿态，胸有成竹地等待着石璞向他投降。

哪知，石璞突然莫名其妙地笑了起来，用一种特别安详的眼神看着他，说："如此，就麻烦先生回去禀告父母。 儿今生不孝，不能奉父母之命向国民党反动派投降，今生已无机会在父母膝下尽本该有的孝道，只有来生再报答父母的养育怜惜之恩。 望父母大人切勿过分悲伤，儿为救国之志牺牲捐躯，为自己崇尚的信仰牺牲捐躯，永不后悔！"

律师的镇定无影无踪了，双肩垂落下来。 但律师的神经已然被石璞的话语击中，他对面前这个钢一样的青年突然之间充满了敬意。 同时，他也坚信，这个钢一样的青年，是国民党摧毁不了的！ 只是他当时实在是想不明白，这个青春年华的热血青年究竟是喝了什么迷魂汤，以至于酷刑用尽，遍体鳞伤，不知何时就要被拉上断头台了，竟然还能这般镇定自若，视死如归。

多年以后，律师也投身了革命。 这时，他才明白，鼓舞着石璞不畏一切地前行着的，是信念、是忠诚、是追求、是执着、是宽厚、是勇气、是热血、是勤勉，是对一个民族最深沉的责任感，和自己从不曾拥有过的精神财富。

律师站起身，恭恭敬敬地给石璞鞠了一个躬，一句话没说，转身而去。

"请转告我父亲母亲，死亡，也是另一种回家的方式。"

在牢房门口，律师听见石璞又说道。

律师怔了一下，在心里默念了一遍，阔步远去。

石璞入狱期间，金陵大学理学院师生提出了严重抗议，校方专门派事务主任倪青原前去保释，交涉多次均未成功。

1930年9月4日。

南京卫戍司令部看守所。

一轮残月，一盏孤灯。

阴森森的高墙上是纵横交错的黑色的铁丝网，墙下，是武装整肃荷枪实弹的宪兵。

眼下，正是黎明前的黑暗时刻。空荡荡的走廊里，一名无精打采的看守叼着烟，从走廊这头，到走廊那头，百无聊赖地来来回回地走着，"咔嚓咔嚓"的脚步声让人心烦，也让人心颤。

不一会儿，几辆军车飞驰而至，急匆匆的脚步声中，牢房的铁门被粗暴地打开，"稀里哗啦"地发出了一长串金属的碰击声。

一群穿着国民党制服的宪兵张牙舞爪地闯了进来，为首的那个宪兵趾高气昂地喊道：

"点名了，点到谁，谁站出来！"

石璞明白，最后的时刻到来了。

这段时间，几乎每天都有成批的"犯人"被拖出牢房，拉到雨花台英勇就义。看守们依次大声地叫着一个一个被判处死刑的"犯人"的姓名。每叫出一名，军警们就会一拥而上用麻绳五花大绑，押上囚车。为了提高枪毙的效率,监狱据说专门调来两挺捷克式机枪。

第一个被叫出的就是石璞。

此时,石璞还不知道,依照国民党政府的法律,不满十八周岁的人是不能被处以极刑的。可是,丧心病狂的国民党反动派执意要将他处死,卑鄙、残忍伪造了石璞的年龄,将其增加两岁,由十七岁改为十九岁。这样,就可以掩人耳目、掩耳盗铃,然后以"甘心附共,图乱首都,无法可恕"之罪名,"名正言顺"地将他处决。

石璞镇定地站起身,难舍难分地挨个和难友们告别。

"永别了,同志们。国民党可以杀死我,可就是打不败我。永永远远打不败我!"

难友们含着热泪说:"永别了,石璞同志。"

"男儿到死心如铁。看试手,补天裂。"石璞面色从容地说道,"同志们,为了无产阶级革命事业,我们永别了。人生自古谁无死。没什么值得难过的,黑暗中,总有人要站出来寻找光明!我们虽然被杀了,但我们的鲜血不会白流,无产阶级是会报仇的!还记得我教唱的那首《工农痛苦实在深》吗?让我们一起最后演唱一遍吧——"

在石璞的带领下,整个监狱同声合唱:"工农痛苦实在深,资本家剥削,豪绅又欺凌,国民党,压榨实在太凶……打倒国民党,驱逐美日英,建立苏维埃,红旗照日月,工农得翻身,大家庆升平!"

慷慨激越的歌声,震得风雨飘摇的宪兵司令部监狱岌岌可危……

歌声刚一落音,又有人带头喊起了口号:

"打倒国民党!""打倒蒋介石!""共产党万岁!"

宪兵们大惊失色道:"快,快上去把他的嘴给我堵上,拉出去推到车上去!"

惊慌失措的宪兵们如狼似虎般的扑了上来,手忙脚乱地去堵石璞的嘴,同时,粗暴地将他往外推。

"不用你们推,我自己会走!"

石璞使劲儿甩开团团围住他的宪兵,转过身去,一步一步,不紧不慢地信步朝外走去。 石璞边走边阔步高歌:"煮豆持作羹,漉菽以为汁。 萁在釜下燃,豆在釜中泣。 本是同根生,相煎何太急。"

石璞走得那么镇静、安详、优雅,没有一丝儿恐慌和不安。

石璞一边走着,一边从容不迫地与一双双满含热泪的眼睛深情相望,与一双双透过栅栏伸出的大手深情相握:

"莎士比亚有一句名言:我们谁都免不了一死,与其在世上偷生苟活,挺着日子,还不如轰轰烈烈地死去。 万里征途远,秣马再起程。 永别了朋友,早点出去干革命!"

他迈着从容镇定的步子,走在最前面,率领着众难友,走向雨花台刑场。 他破烂的布鞋踩过一丛丛碧绿的草。 他突然想起了由大连乘轮船到上海,并经上海来南京求学的情景。 他迎着风站在船头,飞溅的水沫随心所欲地就爬到了甲板上,也落到了他那双"临行密密缝"的新布鞋上。 他的头发被风吹得微微上扬起来。

石璞与陈景星对视了一下,然后,嘴唇开始蠕动,声音由轻而重,他唱的是《国际歌》。 跟着,是陈景星、是张叔巍、是师集贤……

起来,饥寒交迫的奴隶! 起来,全世界受苦的人! 满腔的热血已经沸腾,要为真理而斗争! 旧世界打个落花流水,奴隶们起来,起来! 不要说我们一无所有,我们要做天下的主人! 这是最后的斗争,团结起来到明天,英特纳雄耐尔就一定要实现……

一颗子弹带着尖锐的呼啸从石璞头顶飞过,石璞抬起头,看见1930年的秋天早已来临,树枝上,已经快没有落叶了。 天是一如既往地阴暗,呼啸过后的一切归于平静。

直到这时,石璞仍没有那种生命将尽的惧怕。 他的脸上带着笑意,仿佛刚才那声脆响是一个玩笑。

"预备——"一名满脸络腮胡子的军官在一边大声喊道。

石璞当时想:你都成了兔子的尾巴了,还牛气什么?

他并不知道，行刑官并不是牛气，而是紧张。

行刑队有八名士兵，一人对应一个，他们齐齐地举起了长枪。

八位烈士中，石璞年龄最小。敌人对他还犹存幻想。

行刑官似笑非笑地看着他，说："现在后悔还来得及，我把他们都打死，就没人知道你是怎么一回事了！"

石璞意气轩昂，胸襟爽朗，仰天大笑，说："开枪吧，你们这帮丑类！李大钊先生临死前说过这么一段话，现在，把这段话送给你们吧：你们这些热锅里的游鱼！不要以为绞死了我，就绞死了伟大的共产主义！共产主义在中国必然得到光辉的胜利！"

行刑官恼羞成怒："放！"

"哒哒哒哒……"

一阵密集的枪声过后，鲜血触目惊心地染红了他们眼前的土地。

石璞在倒地前，突然想，如果他们的血和眼前这片土地混在一起，这块土地一定会变得红装素裹。而且，还会在来年春天的时候，长出大片大片穰穰满家的麦穗。

与石璞同时慷慨赴死的还有陈景星、张叔巍、师集贤、李林泮、罗仲卿、冯爱萍（女）、何月芬（女）等七位共产党人。他们用鲜血和生命把坚持理想、坚守信念、矢志不渝、慨然担当的共产主义精神，深深镌刻在了建党伟业和建国大业的历史丰碑上，他们用鲜血染就的一抹红色，从此成为了一份不灭的红色记忆、一份宝贵的红色资源，它所放射出来的绚丽光芒，将永远照亮人们的心灵，照亮实现中华民族伟大复兴中国梦的奋斗之路。

事后，有一个押送的看守，流露出敬佩和同情的神色对人说："这八个人真是有种！个个都不怕死！有的身中十多枪，还在大喊'共产党万岁'，高唱'旧世界打个落花流水'！"

石璞殉难当天，冷靖和金陵大学事务员顾俊人、工友小倪一起到雨花台收殓了烈士的遗体。石璞被反动派折磨得遍体鳞伤，身中数弹。校方出资购买了棺材，将石璞入殓。遗体先是寄存在雨花台永乐寺，后葬在雨花台附近的奉直会馆义地。金陵大学事务主任倪青原在烈士墓前立一石碑，上书：

辽宁石璞之墓

和金陵大学事务员顾俊人、工友小倪一起到雨花台收殓满身血污的石璞遗体这天晚上，冷靖一路步行，独自来到了秦淮河畔的一个名为"记忆"的酒吧。

店堂里，冷冷清清，光线暗淡。一位双目失明的男人在无精打采地吹奏萨克斯管。那种忧伤的旋律充满了思乡之情，如泣如诉，让人听了直想掉泪。

冷靖一进去就有股奇特的烟味扑面而来。

老板是一位漂亮端庄的美人，看上去，更像是大户人家的少奶奶。见到冷靖进来，并未起身相迎。而是坐在昏暗的灯光里，长久地注视着她。直到冷靖在一张吧台前坐下，才隔着吧台懒洋洋地问道："喝点什么？"

冷靖的手往橱柜里泛泛一指："随便。"老板狐疑地看着冷靖，刚要起身，冷靖又说了一句："能把人灌醉就行。"

老板往架上瞅了瞅，便"随便"地给她拿过一瓶，放到了冷靖的面前。

冷靖瞧都没瞧，拿过酒瓶就把面前的杯子倒满了，顺手又给她让老板放在对面的那只杯子也倒满了。

那阵势，就像在等一个能够与其对酒当歌的人。

也许是根本就没有人来，也许是冷靖已迫不及待，酒杯刚一倒满，冷靖就急不可耐地一饮而尽。乳白色的液体，白浪滔天般流进冷靖的嗓子，冷靖这才知道，看似波澜不惊的玉液琼浆，其实就是一枚威力无比的炮弹，刚一穿过喉咙，立刻就在她的体内掀起了一场石破天惊的大爆炸。

立马，冷靖就有了醉意。

"有人说：世间一切，都是遇见。就像，冷遇见暖，就有了雨；春遇见冬，有了岁月；天遇见地，有了永恒；人遇见人，有了生命。为什么？从遇见了你，我就丢了魂儿了呢？你知道吗？你从我的生命里走过，你的痕迹，就再也抹不掉了。这辈子，都抹不掉了！"冷靖流着泪，自言自语道。

冷靖又为自己倒了一杯酒，摇摇晃晃地又灌进了自己的嘴里。

醉意立刻又深了一层。

"我醉歌时君和，醉倒须君扶我。扶我的人，你在哪儿呢？"

冷靖的眼睛已经开始发直了，她一动不动地望着窗外黑沉沉的天空和稀稀疏疏的星星，直到它们在她眼中模糊成一片。冷靖的心跟冰窖一样悲凉。

"石璞，如果你有来生，你想找我的话，记住，别再找冷靖了。冷靖已经不在了。从今天起，我的名字叫念璞！"

冷靖从包里摸出钱包，数出几张往桌上一放，往回放时，仿佛突然想起了什么似的，十分干脆地将钱包往桌上使劲儿一拍。然后，站起身，在女老板狐疑不定的目光的凝望下，踉踉跄跄趔趔趄趄走出酒吧，毫不犹豫地向黑夜里走去。从此失踪。

没有人知道她的下落。

在风云际会的大革命中，冷靖的故事只能是一个悲剧性的插曲。

第二十章
巍巍丰碑

　　六朝雨花凝天地神韵，一部青史铸千秋圣台。

　　——从公元前1147年泰伯到这一带传礼授农算起，雨花台已有三千多年的历史。自公元前472年，越王勾践筑"越城"起，雨花台一带就成为江南登高揽胜之佳地。三国时，因冈上遍布五彩斑斓的石子，又称石子冈、玛瑙冈、聚宝山。

　　南朝梁武帝时期，佛教盛行，高僧云光法师常在此地高座寺后的山顶设坛讲经，有僧侣五百余人，趺坐聆听，讲得精彩，听得入神，盛况空前。相传此事感动了佛祖，遂落花如雨，化作遍地绚丽的石子，雨花台由此得名。

在雨花台上下三千年的历史长河中，有许多古圣先贤和仁人志士曾在此演绎了壮丽的人生，留下了丰富的历史文化遗产。历代文人墨客乃至帝王将相，从李白、王安石、陆游、朱元璋、康熙、乾隆到鲁迅、田汉、郭沫若、刘海粟，都留下了吟咏雨花台的优美诗篇。"南朝四百八十寺，多少楼台烟雨中。""雪映山眉紫，烟消树顶圆。"这些美妙的诗句，正是历史上雨花台人文景观和自然风光栩栩如生的写照。

由于雨花台是南京城南的制高点，故成为历代兵家必争之地。东晋豫章太守梅颐曾在此抵抗外族入侵，南宋金兵入侵，抗金名将岳飞在此痛击金兵；此后的太平天国天京保卫战，辛亥革命讨伐清兵，抗日战争"首都保卫战"，都曾在此掀起连天烽火，雨花台也因此逐渐荒芜。

1927年蒋介石发动"四一二"反革命政变叛变革命。从那时起到1949年中华人民共和国成立，雨花台变成了国民党屠杀中国共产党员和爱国人士的刑场，这里洒满了烈士们的鲜血。国民党反动派将众多烈士杀害以后，有的是草草掩埋，有的是曝尸示众，风雨侵蚀，岁月流逝，此地白骨累累，被老百姓称为"髅上髅"。

1950年，南京人民为了纪念革命先烈，在这里兴建了1.14平方千米的雨花台烈士陵园。

石璞遗骨的出现，神秘得像预言，曲折得像梦境。

1953年，一场雨，拉开了秋的序幕。

伴随着秋雨，天气也有了变化。有些冷，但让人很清醒，好像一剂镇静剂，让烦躁不安的心，平静了下来。

石瑛是傍晚前来到雨花台的。

这个季节，对于石瑛来说，不属于温暖，不属于欢笑，有的只是孤独与悲凉。

石瑛这次来宁，是借上海出差时机，假道南京，前往雨花台寻找石璞之墓。石瑛着一身深灰色中山装，鼻梁上架着一副黑框眼镜。这副眼镜，曾经帮着他看见了中国，看到了全世界，让他了解了"轮船之奇、沧海之阔"，让他滋生了"慕西学之心，穷天地之想"。

——1930年，石璞遇难时，他正求学海外。第二年，他由欧洲回国，一踏上祖国土地，弟弟死亡的消息像晴天的霹雳一样震撼着他，万恶的国民党反动派夺去了他年轻的弟弟——中国的优秀青年的生命。

中华人民共和国成立后，党和人民政府对烈士家属关怀得无微不至，当时政府为追恤家庭，曾请父亲石吉昌写过一份石璞的生平材料。南下前，石瑛专门查找了当时父亲为政府写的那份材料，想从中找到一点线索。

下车之后，石瑛直奔雨花台。

烈士陵园管理处的负责同志非常热情地接待了他，听明来由，很快就取来了一摞子有关石璞的生平资料给他参阅。可是，一听石瑛提起石璞墓址的问题，这位负责同志立刻面露难色。他说：原奉直义地看坟人孙德斋在世时，组织上曾安排他们到雨花台东北隅的永宁寺旧址寻找过多次，始终毫无所得。现在，这位老人已经过世多年了。他说，如果石瑛坚持要再去寻找一次的话，他可以安排孙德斋的妻子陪同前往。

石瑛马上表示感谢。

石瑛解释说，并非是不相信地方政府，但是，烈士青冢何处，全家人一直惦记着。负责同志赶忙摆手："想法不一定相同，但目的是一致的。能找到烈士的墓穴，于我们也是一件功在当代、利在千秋的大好事。这样吧，你先住下来，我去安排一下，咱们明天一早就出发。"

"好，那就拜托了！"石瑛千恩万谢。

第二天，天还没亮，一行人就上山了。

孙德斋的妻子似乎也并不怎么认得路。她一边走，一边努力地回忆着。每到一处岔路口，大家就会不约而同地将脚步放慢，留出时间供她回忆、犹豫、判断，以及拍着脑门埋怨自己的记性。

孙大妈寻路的表情愈来愈愁眉苦脸，石瑛的心就越来越凄凉。孙大妈越是愁颜不展，寻找的过程就会变得越偏远、越离奇。石瑛想。

秋天的旷野，荒芜凄凉。除了望不穿的野草和叫不破的寂静以外，一无所有。一阵冷峭的秋风吹来，周围的矮树、枯草毫不掩饰地现出了不可思议的惆怅。

风，紧一阵缓一阵地呼呼地吹着，像在哭。想弟弟就长眠于这般百木凋敝的不毛之地，石瑛不觉悲从心来。有那么一瞬，负责同志看见石瑛的眼角有水沁出来，但是，石瑛很快地用手指抹掉了。

几个人从日出一直找到黄昏，走遍了奉直义地的角角落落，一无所获。

"天就要黑了，我们回去吧。"负责同志说。

"我想，自己待一会。"大概是石瑛感觉到了负责同志在好奇地看着自己，又说，"你们先回吧。"

石瑛一直安静地站着，在黄昏的余晖里，他差不多把自己站成了一棵一动不动的树。其实，石瑛内心的波澜比奔流不息的扬子江还要惊涛拍岸，浪花滚滚。没有人看得见，石瑛的喉结一下一下剧烈地滚动着，仿佛是要将所有的缅怀、惦念和记挂都吞咽下去……

又十年过去了。

1963年，石瑛再出差南京，公余之暇，又前往雨花台。

陵园管理处主任和资料股一位姓林的同志接待了他。

陵园管理处又找出了许多石璞的新的资料，让石瑛感觉比十年前的记载更丰富了。资料股的林同志告诉石瑛，石璞就义后，金陵大学事务主任倪青原在烈士墓前立曾立过一石碑，上书："辽宁石璞之墓"。

林同志还古道热肠地主动陪同石瑛再访奉直义地,"葬身他乡已经够委屈烈士的了,哪能还遗尸地头不知所踪。"

石瑛对陵园同志们经年累月地苦心搜寻烈士遗迹的精神,表示了极大的感动。

毕竟时过境迁,询问当地群众奉直义地所在地,好多常驻当地的人都没有听说过这个地方,听石瑛一说,惊讶万分。

石瑛的心境黯淡如乌云密布的天空。

石瑛想不明白,一个曾经舍得一身剐、敢把皇帝拉下马的热血青年,一个为了无产阶级革命事业"勇往奋进以赴之""殚精瘁力以成之""断头流血以从之"的铁血壮汉为何要躲避,躲避人群,躲避社会,躲避历史,像一个怀抱着茂草和鸟鸣的满头白发、满脸皱纹避世隐居的老人,任世界纷纷攘攘,他却不再哼一声。

"璞弟,人道的警钟响了! 自由的曙光出现了! 环球已经是赤旗的世界! 你站出来看一看啊!"

石瑛百感交集,酸甜苦辣的滋味,像晚风一样,弥漫在荒山,弥漫在树丛,弥漫在草地……

次年,石瑛又去南京讲学。

资料股那位姓林的同志再陪同他去寻找奉直义地。

他们早晨出发,直至暮色苍茫打道回府。

考虑到明天即将离开南京,石瑛主动向雨花台管理处的同志们道别,林同志坚定地说:"寻找烈士遗骸是我们应尽的职责,您走后,我们继续寻找。"

因为几次来雨花台一直行色匆匆,石瑛想,这次寻墓之事尽可以告一段落了。于是便在毛主席题字的烈士纪念碑前徘徊了一下,看着雨花台四周的青松翠柏,芳草鲜花,再看纪念碑上"死难烈士万岁"的题字,心中有无限的慰藉。

走下山麓时,石瑛想买几块雨花石作纪念,于是向卖雨花石的小摊子走去。 当经过雨花台食堂时，遇见两位人民公社的社员，石瑛根本就不抱任何希望地有一搭没一搭地问道：

"请问二位是本地人吗？"

一位四十岁左右的中年人停住脚，望着石瑛，回道："这位同志想打听什么事体呢？"

石瑛说："老乡可知道奉直义地在哪儿吗？"

"这你可是问着人了！"老乡笑着说，"我爹孙德斋活着的时候，就是奉直义地看管人。 我是他儿子孙炳正，他死后，我也看管过一段时间。"

这真是踏破铁鞋无觅处，得来全不费功夫。

石瑛喜出望外道："你是孙德斋老先生的儿子？ 十年前我曾来过，怎么没见到你？ 你母亲还好吗？"

孙炳正脸一寒，说："1952 年我就搬到雨花台附近水洞二社居住了，所以没见到。 你问我母亲，她已经在几年前就去世了。"

二人谈兴正浓之时，林同志恰好走了过来，三个人说起了寻墓的过程和种种艰辛，当即约定，第二天早八时在雨花台会齐前去寻墓。

第二天，石瑛早早就来到了雨花台。

孙炳正一见石瑛就急忙赶上来，激动万分，说："石同志，你兄弟的墓找到了，墓前有小石碑，上边写有'辽宁石璞之——'，后面的字没看到。"

几个人一刻也不敢耽误，在孙炳正的带领下，大步流星马不停蹄往奉直义地赶脚。 孙炳正带着他们爬高上低，左转右转。

果然，在东北角的一处偏坡上，静静地坐落着石璞的孤坟。

石瑛跪在地上，仔仔细细地辨认着石碑上的一撇一捺。 荒草掩映下的淡青色的花岗石纪念碑上的文字十分醒目："辽宁石璞之墓"。 只是，"墓"字被黄土埋上了。 墓志铭上左书"民国二十四年六月"（石璞 1930 年牺牲，牺牲后遗体寄放寺内，直至 1935 年才迁葬奉直义地，故而碑文刻为民国二十四六月），右书"××示人"，石瑛前前后后打量了半天，最终也没有认出那是两个什么字。

石瑛的心里悲喜交加——

"青山有幸埋忠骨，白铁无辜铸佞臣。"遗失三十四年的烈士骨骸终于在党和人民的支持协助下找到了，怎能不使他感激党和人民呢？

石瑛在墓前看了又看，他把墓前的杂草除了，把地扫了扫，然后把墓碑仔细地擦干净了。石瑛在墓碑前坐下，开始无声地向弟弟亲述。他说了家族的故事，说了他的想法和家人现在的情况。

石瑛相信弟弟听得见他的话。

林同志拍了拍石瑛的肩膀，说："石瑛同志，领导已经决定了，马上换一碑碣，上刻烈士事略。今年先指定专人照管，待将来雨花台烈士陵园规划妥善后，即将石璞烈士与在雨花台牺牲的其他革命先烈一起安葬在雨花台。"

石瑛抬起头，望着铅灰色的天空。风吹起了他的头发和衣衫，远处滚动着沉闷的雷声。他预感到一场雷阵雨就要降临。就在这时，一声悲惨的抽泣从天而降。石瑛一面啼哭，一面声诉，模模糊糊的语音，缠缠绵绵的悼念，断断续续的语句，无不在颂扬着烈士的品德——

璞弟呀！你守口如瓶，不出卖同志，真是硬骨头！你大难当头，不泄露组织秘密，真是有血性！你立场坚定，不屈服敌人，真是好男儿！你坚贞不屈，不改变主义，真是好党员！

璞弟呀，你的血未白流，你的名未泯灭，你的遗骸未失。你伟大的理想已实现，你壮烈的志愿已成功！

璞弟呀！你真是党的好儿子！你是我们的好榜样！

1982年5月20日，由南京大学全体师生捐资建造，纪念在南京大学牺牲的二十位烈士的烈士纪念碑隆重奠立。纪念碑是南京大学的一个地标建筑，威严地俯视着南大校园。

夕阳西下，朔风凛冽，高高耸立着的纪念塔显得孤寂、苍凉、悲壮。

纪念碑的奠立，并不仅仅是对二十位烈士的祭奠，更是一座记录南京大学及其前身（金陵大学、东南大学、中央大学等）的先驱们在各个历史时期可歌可泣的英雄史诗的丰碑。遗憾的是，石璞生辰月份被误写成了1910年。但也有一件极为巧合的事，那就是，纪念碑就竖立在石璞当年住过的那幢宿舍楼的东侧。

1983年，雨花台陵园管理处按照新的规划，将石璞及先后在雨花台捐躯的十六位革命先烈的遗骸一并移葬至现在的烈士墓区内，受到千千万万人民的瞻仰和悼念。

朱德委员长生前曾来雨花台凭吊革命先烈，他说："我们活在你们的事业中，你们活在我们的记忆中。"

2014年12月，习近平总书记在视察江苏时指出，在雨花台留下姓名的烈士就有1519名，他们的事迹，展示了中国共产党人的崇高理想信念、高尚道德情操、为民牺牲的大无畏精神。习总书记强调，坚持和发扬党的光荣传统和优良作风，能够为培育和践行社会主义核心价值观提供丰厚营养，使社会主义核心价值观教育更加具有震撼人心、塑造灵魂的作用。他殷切希望江苏"要注意用好用活丰富的党史资源，使之成为激励人民不断开拓前进的强大精神力量"。

参考文献

1. 《金陵大学史》，张宪文主编，南京大学出版社，2002年。
2. 《诚真勤仁光裕金陵》，王运来著，山东教育出版社，2004年。
3. 《雨花台的情思——忆石璞烈士牺牲的前前后后》，张楚宝撰，载《党史纵横》，1991年第6期。
4. 《从银冈书院走出的革命志士——石璞》，黄卫东撰，载《党史纵横》，2014年第4期。
5. 《革命》，王子其著。

雨花忠魂·雨花英烈系列纪实文学

《流火：邓中夏烈士传》　　　　　　龚　正 著
《落英祭：恽代英烈士传》　　徐良文 于扬子 著
《去留肝胆：朱克靖烈士传》　　　　王成章 著
《夜行者：毛福轩烈士传》　　　　　周荣池 著
《残酷的美丽：冷少农烈士传》　　　薛友津 著
《爱莲说：何宝珍烈士传》　　　　　张文宝 著
《飙风铁骨：顾衡烈士传》　　　　　邹　雷 著
《碧血雨花飞：郭纲琳烈士传》　　　张晓惠 著
《"民抗"司令：任天石烈士传》　　　刘仁前 著
《青春永铸：晓庄十烈士传》　　　　蒋　琏 著

《文心涅槃：谢文锦烈士传》　　　　周新天 著
《丹心如虹：谭寿林烈士传》　　　　刘仁前 著
《云间有颗启明星：侯绍裘烈士传》　唐金波 著
《风向与信仰：金佛庄烈士传》　　　李新勇 著
《栽种一棵碧桃：施滉烈士传》　　　蒋亚林 著
《雄关漫道：陈原道烈士传》　　　　杨洪军 著
《忠贞：吕惠生烈士传》　　　　　　辛　易 著
《红骨：黄励烈士传》　　　　　　　雪　静 著

《热血荐轩辕：李耘生烈士传》　　　张晓惠 著
《世纪守望：徐楚光烈士传》　　　　李洁冰 著

《以身殉志：邓演达烈士传》　　　　王成章 著
《逐潮竞川：孙津川烈士传》　　　　肖振才 著
《生命的荣光：朱务平烈士传》　　　吴万群 著
《信仰无价：许包野烈士传》　　　　裔兆宏 著
《金子：杨峻德烈士传》　　　　　　蒋亚林 著
《血花红染胜男儿：张应春烈士传》　李建军 著
《青春祭：邓振询烈士传》　　　　　吴光辉 著
《任凭风吹雨打：罗登贤烈士传》　　龚　正 著
《红灯永远照亮中国：吴振鹏烈士传》曹峰峻 著
《青春的瑰丽：陈理真烈士传》　　　薛友津 著
《长淮火种：赵连轩烈士传》　　　　王清平 著
《青春绝唱：贺瑞麟烈士传》　　　　刘剑波 著
《逐梦者：刘亚生烈士传》　　　　　李洁冰 著
《抱璞泣血：石璞烈士传》　　　　　杨洪军 著
《新生：成贻宾烈士传》　　　　　　周荣池 著